안 보이는 것은 보려는 마음에서
모든 것이 탈라겁니다.

2023. 11.

수 미 여 드림

자유와 진실을 향한

장하리

초판 4쇄   인쇄일 2023년 12월 20일
초판 4쇄   발행일 2023년 12월 24일

지은이   추미애
펴낸이   장성순
책임편집   장현주·박서온·이지영
마케팅   진병훈
인쇄   한솔미디어
펴낸 곳   해피스토리

주 소   서울특별시 마포구 월드컵북로 207, 근녕빌딩 302호
전화   02-730-8337   팩스 02-730-8332   이메일 happistory12@naver.com
출판등록   2006년 12월 6일(제300-2006-174호)
홈페이지   http://www.happistory.com

당신의 이야기가 곧 역사입니다.

ISBN   979-11-93580-02-8 (03810)

자유와 진실을 향한

장하리

추미애 지음

해피스토리
Happistory

시작에 앞서

일제의 잔혹한 수탈 통치가 군국주의 전시체제 아래에 민족을 가두어 공포에 익숙하도록 길들여 왔지만 민족의 자주독립의 의지를 결코 꺾지 못했다. 해방 후 이승만의 친일 경찰을 통한 경찰통치, 박정희의 중앙정보부를 통한 정보통치, 전두환의 군부를 동원한 군사통치를 거쳐오는 동안에도 국민의 민주주의에 대한 의지와 열망이 단 한 번도 꺾이지 않았다. 그리고 불과 5년 전 평화적인 촛불시위로 장엄하고 극적인 민주화의 성취는 세계 민주주의 역사에서 가장 경이롭고, 외부의 찬탄을 받았다.

그럼에도 불구하고 뒤이어 "검찰통치"의 문을 열어준 것은 명백한 정치의 실패이고, 개혁의 실패이다. 그런데 정치의 실패로 인한 결과는 다시 국민의 몫이 되고 말았다.

뼈아픈 성찰과 점검은 다시 시작하기 위해서 반드시 거쳐야 하는 과정일 것이다.

왜 실패했는가? 실패의 연유를 알아야 극복할 길을 찾을 수도 있는 것이다. 민주주의는 원래 허약하고 검찰 정권도 국민이 뽑은 선택의 결과라는 것은 하나 마나 한 변명에 불과하다. 민주주의를 지키기 위해 이보다 더 노력하고 이보다 더 치열한 국민은 없을 것이다. 그에 대한 부채의식으로 개혁 임무를 맡았던 일원으로서 무엇이 어디서 어떻게 전개되고 누가 어떻게 사태를 진단하고 판단했는지 알릴 의무를 우선하기로 했다. 그러나 법적 제약으로 인해 이미 알려진 자료를 근거로 하되 실명은 바꾸어 알릴 것이다.

법치를 가면으로 쓰고 정치를 악마화하고 있다. 정치인은 무력하고 대중은 점차 침묵에 길들여지고 있다. 합당한 비판이나 관심조차 피해를 야기할지 모른다는 공포감에 겁먹고 시민적 도리도 주저하게 된다. 검찰 정권은 권력을 장악하고 공직을 독점해 '검찰사대부'라는 신분제 사회를 창조했다. 과거 독재세력은 금융테크노크라트를 통해 금융질서를 통제했으나 검찰독재는 금융 관련 공직도 스스로 차지해 직접 통제할 수 있게 되었다. 재벌경제와 부동산시장, 민생경제와 중소기업 자영업자 중 후자에 대한 돈의 흐름을 줄이고 전자에 대한 공급 권한을 장악해 금융질서의 판도나 기존의 재계의 판도를 바꿀 수 있게 되었다. 검찰정권 아래에서 권력과 금력의 일체화가 되는 것이다.

수직적 명령 복종 체계를 의미하는 '검사동일체 원칙'을 공권력 어디에나 미치도록 해 '권력동일체 원칙'으로 확장하고 있다. 일사분란한 통제로 공직 사회 내부에 당연히 있어야 할 자체 점검과 내부 비판의 목소리마저 숨죽였다. 삼권분립이 무너지고, 정치검찰, 권력검찰이 이 땅의 정의를 독점하고 있다. 기회를 가로채고 공정과 상식을 무너뜨리고 있다.

언론은 이제 최소한의 기계적 중립도 지키지 않는다. 검찰정권의 프로파간다의 도구가 되어 진실과 거짓을 구분하지 않는다. 국민에게 판단을 맡기지도 않고 큰소리로 말하면 그것이 진실이 되고 당연히 따라야 하는 것으로 공포 분위기를 몰아가고 있다. 단순한 맹종이 시민적 미덕으로 강요되고 있다.

누구의 눈치도 보지 않는 정권은 주권자를 지배 대상, 맹종의 대상으로 간주하는 전체주의적 특징을 드러내고 있다.

법기술자들의 설익은 정치가 시대의 앞실노 가로막고 있다. 그늘의 눈에 권력은 한낱 개인 욕망을 달성하는 도구나 수단에 불과하다.

그러나 권력은 약속과 비전을 실현하는 공적인 책무여야 하는 것이다.

보통의 사람들에게는 정치는 계층과 집단 간의 갈등을 풀고 기득권의 욕망을 적절하게 통제해 각자에게 골고루 기회가 열리도록 숨통을 틔어주는 역할에 충실해야 하는 것이다. 또한 정치는 거대한 전환의 시대에 미래를 설계하는 역할을 맡고 있다. 그런데 불안정하고 불확실한 전환기에 아무런 준비도 설계도도 없이 퇴행 중이다. 부도덕하거나 실수한 정치인의 행동 하나하나를 뉴스의 비판거리로 소비하는 것으로 정치 뉴스의 대부분을 차지하고 있다. 정치인을 매도하고 능멸하고 부패 집단으로 묘사해 정치를 희화화함으로써 정치에 대한 대중의 관심을 떨어뜨린다. 그럴수록 검찰 정치가 엘리트 정치로 정의로운 정치인 것처럼 오인하게 되고 그들에 대한 기대치와 신뢰를 올리는 방편이 되는 것이다.

　개혁의 전제는 검찰개혁에서 출발해야 하는 것이다. '검언정경판', 검찰, 언론, 정치, 경제계, 법조 5대 기득권 세력의 공고한 연합 질서의 입구에 검찰이 있는 것이다. 가장 입구에서 기득권 질서를 수호하고 공생하며 이득을 취하는 검찰 개혁 없이는 개혁은 가능하지 않다. 그러나 검찰개혁은 실패했다. 실패 정도가 아니라 검찰정권의 출현 자체가 30년 역사의 후퇴인 것이다. 민주주의를 군홧발로 짓밟은 군사정권의 유산을 완전히 청산한 촛불혁명 뒤에 감히 검찰 정권의 시대가 올 것이라고는 누구도 상상하지 못했다. 무장한 물리력을 동원할 수 있는 군대와 마찬가지로 법적 강제력을 가진 검찰과 경찰 집단이 개혁의 대상이 되는 것은 민주주의를 무력화시키는 막강한 권력과 수단을 가지고 있기 때문이다.

　검찰개혁의 요체는 견제와 분권에 있다. 그런데 촛불혁명의 이후 적폐세력에 대한 수사와 법적 처리가 사법권력에 넘어갔다. 대통령은 적폐수사에 무한 신뢰와 애정을 보내면서 윤석열을 서울중앙지검장에 발탁했다. 그러나 그는 이때부터 자신의 세력을 키우며 검찰 요직을 독점해 나갔다. 한 사람에 대한 지나친 신뢰로 견제 없는 힘을 실어준 결과 '견제와 분권'이라는 명확한 명제를 간과한 것이 뼈아픈 대목이다 그 후과는 너무나 크다. 검찰 통치가 자행하는 퇴행의 탁류에 나라와 역사가 통째 휩쓸려 가고 있다. 역사의 물줄기를 청류로 바꾸기 위해 민주 정치를 시급히 복원해야 한다.

　정치는 예술이어야 한다. 끊임없는 투쟁의 예술이다. 자신과의 투쟁이며 고독한 투쟁이다. 신념을 지키고 관철해 내기 위한 투쟁이기 때문이다. 정치가 사술이나 권술이 안되도록 경계해야 한다. 궁극적으로 정치는 선(善)의 예술이어야 한다. 악마의 기술이 아니다. 악마의 기술이 된 정치를 선의 예술이 되도록 끊임없이 담금질하지 않으면 안된다.

　푸른 하늘을 향한 비상을 기약하며 이야기를 시작한다.

IV 검찰 쿠데타

V 점화

I

숨겨진 진실

1

한 젊은 검사의 이름을 걸고

10대 때 장하리의 장래 희망은 기자 또는 법관이었다.

이웃이 당하는 불의로 인한 고통을 그냥 봐 넘기지 못하는 자신의 성격에 어울리는 직업이라고 생각했다. '사회의 목탁'으로 부조리를 고발하는 기자 아니면 검은 법복을 입고 불의를 응징하고 정의를 가려내는 사람이 되고 싶었다. 그렇게 아버지에게 장래 희망을 말했을 때 아버지는 여자가 이루기 어려운 헛된 꿈이라고 말하지 않고 기꺼이 그녀의 편이 되어 주었다.

"너는 할 수 있어!, 너를 믿는다."

'하루 한 끼로 살아가더라도 불의한 권력 앞에 엎드리며 비굴하게는 살지는 마라' '어려운 이웃을 보고 지나치면 네가 어려울 때 아무도 도와주지 않는다' 아침 밥상 앞에서 허리를 꼿꼿이 하라고 앉는 자세부터 잔소리를 하면서 아버지는 소녀 장하리에게 매번 타일렀다. 그럴 때마다 어머니는 '국이 다 식는다'며 아버지에게 그만하시

17

라는 눈치를 주었다. 학교 늦는다고 조바심을 내는 장하리에게 아버지는 한결같은 강조를 빠뜨리지 않았다.

"사람이 죽어서 남기는 건 이름뿐이다. 그러니 하루를 살더라도 의롭게 살아야 하는 거다."

2020년 10월 아침 검은색 정장을 차려입고 출근을 서두른 장하리는 꿈을 지지해주던 아버지를 회상했다. 장하리가 탄 검은색 관용차가 육중한 서울 남부지방 검찰청 청사 앞마당에서 멈췄다. 꿈을 이루었으나 초임 근무지에서 스스로 죽음을 선택한 한 젊은 검사를 기리기 위해서였다.

장하리는 먼저와서 장하리를 알아보고 다가온 고인의 부모에게 인사를 건넸다. 60대의 부부는 멀리 부산에서 올라 온 터였다.

"자식이 부모를 두고 먼저 가는 것은 나쁜 일이라는데…" 어머니는 말을 잇지 못했다. 장하리는 울먹이는 어머니의 두 손을 잡으며 아들이 갑자기 떠난 사실이 아직도 인정되지 않는 그 마음이 어떨지 같은 어머니로서 헤아릴 수 있었다. 수수하고 맑게 보이는 어머니는 장하리와 동갑이었다.

추모 행사 준비가 될 동안 일행은 박철순 검사장실에서 기다렸다. 선해 보이는 인상을 한 고인의 아버지가 찻잔을 들다 내려놓으며 무거운 침묵을 깨려는 듯 먼저 말문을 열었다.

"제 아들이 죽고 한동안 날마다 사진첩을 열어보며 지냈습니다. 어느 날 고교 선생님이 집으로 찾아와 아들 얘기를 들려줬습니다. 학급 반장이었던 제 아들이 가정형편이 어려워 수학여행을 못 간다는 반 친구의 여행경비를 대납했다고 합니다. 자기가 초등학생 때부터 꼬박꼬박 모은 세뱃돈이라고 내밀면서 선생님께 특별히 부탁했다고 합니다. '일생 한 번뿐인 수학여행을 나중에 돈 있다고 갈 수 있는 건 아니잖아요. 이 돈으로 제 친구도 같이 갈 수 있게 꼭 설득해주세요. 그런데 선생님! 절대 제 돈이라고 밝히지 말아 주세요. 그 친구 자존심에 상처를 주지 않았으면 합니다.' 그래서 담임선생님도 학교의 배려라고 거짓말을 하고 그 학생을 제 아들 덕분에 수학여행에 데려갈 수 있었다고 했습니다." 아들을 회상하던 아버지도 북받치는 슬픔 탓으로 목이 잠겼다.

장하리는 여느 고등학생과는 달리 나이에 비해 무척 성숙하다고 생각했다.

그의 이름은 김홍영 검사였다.

배려심 깊고 정 많음을 알 수 있는 그는 '부장검사의 폭행과 폭언을 견디지 못하겠다'는 말을 친구에게 남기고 자취방에서 스스로 목숨을 끊었다.

박철순 검사장의 안내로 김홍영 검사가 근무했던 방으로 갔다. 책상 위에 놓인 액자 위에 오전 가을 햇살이 부드럽게 부서지고 있었다. 사진 속의 고인은 막 공을 차고 난 후 땀에 젖은 운동복 차림으로 동료들과 함께 환하게 웃고 있는 싱그럽고 아름다운 청년이었다.

"운동도 참 좋아하고, 친구와 어울리기도 좋아하고, 힘든 일도 싫은 내색 한번 없이 밝기만 했었는데 그래서 제 아들에게 이런 일이 일어나리라고는 상상조차 못 해 본 일이어서, 눈치도 못 챈 것이 어미로서 너무 한이 됩니다." 아들이 여전히 웃고 있는 모습을 마주한 어머니는 더욱 마음이 저미어지는 듯했다.

장하리는 잔잔하게 떨고 있는 김 검사 어머니의 등을 감싸주며 검찰청사 앞마당으로 나갔다. 힘없이 어깨를 늘어뜨린 채 옆에서 묵묵히 걸어가는 김 검사의 아버지를 바라보면서 아들을 떠나보낸 심정을 짐작할 수 있었다. 장하리는 '의롭고 명예롭게 살아야 한다'고 당부하던 자신의 아버지처럼 이 아버지도 그랬을 아버지였을 것이라는 생각이 들었다. 드디어 고생 끝에 꿈을 이뤘다고 여겼던 건장한 아들의 느닷없는 죽음으로 인해 한 가족의 소박한 꿈이 사라지고 노년의 평범한 일상도 사라져버린 일이 결코 남의 일이 아니었다. 그는 꿈 많은 한 청년이고 우리의 아들이었다.

검찰을 지휘감독하는 장관으로서 장하리는 변질된 검찰을 이해할 수가 없었다. '이토록 싱그럽고 아름다운 청년의 푸른 꿈과 기상을 꺾어버린 조직문화를 어떻게 바로 잡을 수 있을까? 부당한 상관의 명령에 무조건 복종하면서 조직에 순치되고 카르텔의 일원이 되지 않으면 견딜 수가 없어 죽음으로까지 내몰리는 합법적 폭력집단이 된 이 조직을 어떻게 바꾸어 낼 수가 있을까?'하는 생각이 그녀의 머리를 가득 채웠다.

'공정과 정의를 실현하는 꿈을 가지고 도전해 어엿한 검사가 된다 한들 조직이 저지르는 불의와 타협하지 않으면 자기 자신도 지켜내지 못하는 참담한 현실을 나는 한 젊은 검사의 이름을 걸고 반드시 혁파해야 한다.'

장하리는 김홍영 검사의 추모 행사를 지시하면서 내내 이렇게 다짐했었다. 그러나 마땅히 해야 할 당연한 것을 관철하는데도 저항이 만만치가 않았다. 법무부 장관이 되어 제대로 일하기로 마음먹으면 자신의 가족을 인질로 잡고 온갖 터무니없는 공격을 일삼는 정치 검사들과 직면해야 했다.

마음속에 이는 분노를 가라앉힌 장하리는 일행과 함께 하얀 국화 화분이 가지런히 놓인 화단 한편의 나무를 심을 빈터 앞에서 멈췄다. 고인을 기리기 위해 미리 준비한 곧고 푸른 주목 나무를 깊게 심고 그 위에 삽으로 흙을 몇 차례 떠서 다진 후 유족과 함께 먼저 고인을 위한 묵념기도를 했다. 그리고 검사가 된 아들이 비록 이 세상을 떠났지만 이 주목처럼 기품 있고 당당하게 기억되라고 유족을 위한 기도를 했다. 마지막으로 명예를 상징하며 '살아 천년, 죽어 천년'이라고 하는 장수 나무 주목처럼 남은 검사들이 미혹에 빠지지 않고 바르고 명예로운 길을 계속 걸어갈 수 있도록 오래 지켜달라고 기도했다.

그리고 나서 청사 안으로 되돌아와서 김홍영 검사의 모습을 새긴 동판부조를 검사들이 드나드는 엘리베이터 입구에 걸었다.

길이 끝난 곳에도 길이 있다.
길이 끝난 곳에서도 길이 되는 사람이 있다.
스스로 봄길이 되어 끝없이 걸어가는 사람이 있다.

장하리는 정호승 시인의 '봄길'의 시구를 새겨 넣도록 했다. 짧은 인생을 살다 간 그의 이름을 이렇게 해서라도 남기고 싶었다. 타락을 거부하고 때 묻지 않은 맑은 영혼으로 살다 간 그 이름이 꼭 기억되게 해야 한다고 생각했기 때문이었다.

2

아무도 말리지 않았다

문명을 만드는 주권자는 투우장의 구경꾼 심리를 경계해야 한다. 함께 싸우지 않고 돌멩이 하나라도 나르지 않는다면 주인이 될 수 없다. 누구는 맨 앞에서 길을 내고 누구는 뒤에서 적을 막아내며 뒤처진 사람 손을 잡아주며 미지의 길을 함께 헤쳐나가는 것이다. 처음 걸어가는 미지의 험난한 길이었다. 허무하게도 다시 그 길의 출발선으로 미끄러졌다.

셰익스피어는 끝이 좋으면 모든 것이 좋다고 했다. 반대로 끝이 안 좋으면 모든 게 좋지 않다는 말이다. 그러나 힘없는 민초에게는 끝이 끝이 아니다. 더 이상 포기할 것도 없기 때문이다. 그러니 새로 시작하는 길만 남았을 뿐이다.

나라가 조용히 검찰권력의 수중에 떨어졌다. 경제나 사회 상식, 정치에 대해 경험도 부족한 검찰총장이 대권후보가 되고 대통령이 되었다. 그는 서울 중앙지검장을 하고 검찰총장을 하면서 표적수사와 표적기소로 정부기능을 마비시켜 나갔다. 검찰이 언론을 다루는 능력으로 기사 받아쓰기를 하는 언론은 검찰 쿠데타를 눈감아 주었다.

영화 〈그 남자, 좋은 간호사〉 The Good Nurse의 이야기다. 입원 환자들이 영문도 모르게 자꾸 죽어 나갔다. 주인공 간호사 에이미에게 다정하게 다가온 남자 간호사 찰리가 있었다. 우연히 에이미는 그런 죽음이 남자 간호사 찰리의 짓이라는 의심이 들자 자신의 목숨과 어린 자녀의 안전을 걸고 진실을 파헤치기 시작한다. 에이미의 노력으로 찰리가 16년간 환자 300여 명을 링거에 엉뚱한 약물을 주입해 살해한 사실이 드러났다. 에이미는 평소 누구에게나 친절했던 찰리에게 '왜 그런 짓을 했느냐?'고 물었다. 그런데 찰리는 어이없는 대답을 했다.

"아무도 말리지 않았다"

그처럼 용건석이 무슨 일을 하더라도 '아무도 말리지 않았다.' 외려 칭찬과 아부를 아끼지 않았다. 하지 않아야 할 일을 할수록 그의 몸집과 욕망은 더욱 커져갔다.

12월도 중순에 접어들었다. 장하리는 일 년이 봄 여름 가을 겨울로 나눠진 것이 아니라 마치 긴 하루를 보내는 것 같은 느낌을 가졌다. 그런데 이제 그 긴 하루도 거의 끝나가고 있었다.

1월 2일 과천에서 시작한 한 해가 그날부터 하루가 멀다 하고 전쟁통 같았기 때문에 장하리로서는 겨울에 시작한 첫걸음이 계절이 네 번 바뀌어 다시 겨울이 와도 온몸으로 고통과 뜨거움을 느꼈다.

새벽에 검찰총장에 대한 징계가 결정되는 날이었다.

그것은 과거와의 단호한 결별을 의미했다.

12월 16일 새벽 네 시, 기다리던 이용식 차관의 전화였다. 그런데 그의 목소리는 맥이 풀려 있었다.

"장관님! 방금 징계의결서에 다 사인을 마쳤습니다. 그가 고집을 꺾지 않아 결국 정직 2개월을 넘지 못했습니다.…"

고등법원 부장 판사 출신인 이용식은 매우 침착하고 신중하며 또한 법률 이론에 빈틈이 없고 스마트한 사람이었다. 밤을 지새우고 징계를 심의 의결하는 마라톤 회의에서 의외의 복병은 위원장이었던 것 같았다.

장하리는 징계위원회를 이끌어가는 위원장 정영한이 피징계자인 검찰총장 용건석에 대해 가장 가벼운 의견을 제시한 것으로 짐작했다. 평소 매우 다혈질로 알려진 정영한은 평소 검찰을 개혁해야 한다는 소신을 자주 피력해 왔다고 한다. 그는 특히 특수부 출신 검사들이 검찰개혁에 저항하는 것은 퇴직 이후에도 예우를 누리고 싶기 때문이라며 특혜를 박탈당하는데 따른 저항도 이해 못 할 것은 아니라고 말했다는 것이다. 검찰 특수부는 경제·부패 사범을 취급한다. 수사대상이 된 대기업 경영자나 고위공직자의 경우에 수임 단가가 상상 이상으로 거액이다. 특수부 출신 변호사들이 기소까지 가지 않고도 끝내는 경우 그들이 받는 성공 사례금이 매우 높은 것으로 알려졌다. 정식 선임계도 내지 않고 심지어 전화로 변론하는 경우도 있어 수임료 탈세도 드물지 않았다. 이것을 사람들은 '전관예우'라고도 하는데, 사실은 전관예우라고 부르는 것 자체가 문제가 있었다. 전직 선배에 대한 봐주기식 부당한 특혜와 담합 짬짬이를 당연한 대접이라고 우기는 표현이 바로 전관예우인 것이다. 다른 공무원 조직에서는 볼 수 없는 악습이 검찰조직 안에서는 버젓이 관행으로 자리 잡고 있었다. 그러니까 정영한은 검찰이 직접 수사를 내려놓지 못하는 것도 그 막대한 특권 때문이라 보고 조롱 섞인 비난을 했던 것이다.

그뿐만 아니었다. 용건석이 지난가을 국회에서 '정치를 할 것이냐?'고 야당 의원의 질문을 받았을 때 명확하게 부정하지 않고 봉사할 것이라는 식으로 두루뭉술 얼버무렸다. 일개 검사도 아닌 일국의 검찰총장의 그런 태도가 사실 말도 안 되는 것이었다. 정영한도 이를 강하게 비판했었다. 검찰의 정치적 중립성을 누구보다 앞장서서 지켜야 하는 검찰총장이 이를 단호하게 거부하지 않음으로써 정치적 영향력을 키울 수 있다는 우려 때문이었다. 그리고 만약 용건석이 실제 정치에 뛰어든다면 권력으로부터 독립된 수사를 하도록 총장 임기를 보장한 검찰청법의 취지에도 어긋난다고 본 것이다. 그랬던 그가 징계위원장이 되더니 태도를 돌변한 것은 의외였고 의아했다.

검사들의 직무상 비위나 품위유지의무 위반 등 직무상 일탈에 따른 징계 청구는 검찰총장이 한다. 그러나 검찰총장에 대한 징계 청구는 법무부 장관이 한다.

최근 들어 성추문, 뇌물 등으로 징계를 당한 검사들이 꾸준히 있었고 징계위원회는 언제든 열릴 수 있도록 위원들이 구성되어 있었다.

장하리는 총장 징계절차를 앞두고 괜한 오해를 사지 않도록 징계위원을 교체하지 못하게 했다. 그런데 징계대상자가 총장이고 보니 언론이 위원들이 누군지 주목하며 현미경을 대듯이 그들의 정치 성향이나 출신 성분을 파악을 하려 들었다. 위원들은 그런 분위기에 압도되어 위축되어 갔다.

심재환 검찰국장, 신주식 대검 반부패부장은 이용식 차관과 함께 내부 당연직 위원이었다. 외부 위원도 세 사람이 있었는데 한 사람은 아예 법무부 직원의 전화를 받지 않거나 회의와 관련한 이메일을 열어보지도 않았다. 또 한 사람은 위원으로 더 이상 활약하지 못하겠다고 임기 도중 사퇴 의사를 밝혔다. 그중 여성인 안진희 교수만 흔들리지 않고 의연했다.

차두헌 장관보좌관이 장하리에게 사퇴한 외부 위원을 대신할 명단을 가지고 왔다. 차 보좌관은 1기 검찰개혁위원이고 검찰개혁을 꾸준히 주장해온 정영한 교수가 그중 가장 낫겠다는 의견을 조심스레 보탰다. 이용식 차관도 그를 적극 추천했다.

징계를 청구하는 장관은 징계위에 들어가 심의 의결할 수가 없다. 그래서 장관이 이끌어 갈 수 없는 경우에는 차관이 장관을 대신해서 이끌어 가는 것이 관례였다. 그런데 미리 청와대는 공정성이 제기되는 것을 우려해서 그런 것인지 외부 인사로 하여금 위원장을 맡도록 하는 것이 좋겠다고 언론을 통해 이례적으로 의견을 내놨다. 장하리도 정영한 교수를 위원으로 위촉하고 위원장으로 회의를 이끌도록 했다.

뜬눈으로 밤을 새우고 아침 출근을 서두른 장하리는 징계위의 정직 2개월 의결에 마음이 무거웠다. '고작 정직 2개월 정도의 잘못을 가지고 임기 보장된 총장에 대해 징계 청구를 한 것이냐? 그렇다면

26

검찰총장 찍어내기 아니냐?' 용건석에 대해 우호적인 언론은 이런 식으로 몰고 갈 것이 뻔했다. 용건석은 서울 중앙지검장 시절부터 '일보'라고 간판을 단 언론사 사주와의 만남을 가졌던 것으로도 알려졌었다. 괜한 오해를 만들지 않는 여느 검사장들과는 다른 매우 이례적 행보였었다.

그런데 출근하자마자 나민영 대통령비서실장이 전화를 했다.

"축하합니다. 수고하셨어요!"

"어…글쎄요, 축하받을 일이라기보다 좀 예상 밖의 결론이어서 걱정이 앞서는데요."

의외의 경징계 결론으로 곤혹스러운 상황에서 축하는 부적절한 표현이었다. 얼떨결에 그가 단어를 잘못 선택한 것으로만 생각했다.

"아, 저, 그리고 있다가 징계의결서를 가지고 들어오실 때 사직서도 미리 써 가지고 오셨으면 합니다."

"뭐라고요?" 장하리는 머리를 한 대 맞은 듯 아득했다.

사실은 12월 초순경 미리 나실장을 만났었다. 여의도의 양식당에서 저녁을 했었다. 그 자리에서 검찰총장이 측근 검사의 위법한 행위에 대해 수사가 제대로 되지 않도록 방해하는 등 징계에 이르게 된 불가피한 사정을 말해주었다. 또 검찰총장이 나가고 난 다음 자신이 나가더라도 나가겠다고 하면서 끝까지 주어진 임무를 완수할 의지를 분명하게 말했었다. 당연히 대통령에게 보고되리라 믿고 말했던 것이다. 그런데 사표를 내라는 말에 잠깐 멍해졌다가 정신을 가다듬었다.

"그럴 수는 없겠는데요, 나는 사표 내지 않을 겁니다. 그럴 이유도 없고 오히려 제가 약속한 일을 끝까지 할 겁니다."

이런 대답은 미처 예상을 못 했던 것처럼 "아… 그러면 얘기가 달라지는데… "라며 나 실장은 말을 잇지 못하는 듯했다.

"제 스스로 물러나지는 않을 테니까 차라리 국무총리가 해임건의를 하는 정식 절차를 밟아서 저를 해임하십시오!" 그녀는 한 번 더 단호하게 거절하고 전화를 끊었다.

장하리는 잠시 멍한 상태에서 깨어나자 주변의 조언이 필요하다고 생각했다. 혹시 대통령이 측근에 휩싸여 정확한 판단을 못 한다면 장관의 사표를 받으라고 한 것이 대통령의 뜻인지를 알 수 있는 누군가의 자문이 필요했다.

침착하면서도 예리한 전직 총리 출신 박예찬이 떠올랐다.

전화를 받은 박예찬은 앞뒤 설명을 죽 다 듣더니 '사표를 절대 내면 안 된다. 아마도 사표는 대통령의 의사가 아닐 것이다. 징계의결서를 서면보고를 하지 말고 청와대로 들고 가서 대면보고를 하겠다고 하고 대통령을 꼭 만나는 게 좋겠다'고 조언을 했다.

징계권자는 대통령이므로 징계의결서에 대통령이 재가를 함으로써 집행되는 것이다. 차두헌 보좌관이 대통령에게 보고할 징계의결서를 책상 위에 조용히 올려놓고 나갔다. 장하리는 한 줄 한 줄 짚어가며 읽고 주요 부분은 하이라이트로 밝게 색칠을 하여 읽어보기 편하게 만들었다. 장하리는 여러 번 반복해서 읽어보면서 용건석의 위법 부당행위 내용이 매우 무거운 반면 정직 2개월의 징계결론은 너무 가벼워 긴 한숨을 내쉬었다.

'용의 몸통을 열심히 그려놓고 끝부분에 이르러서는 뱀의 꼬리를 그려 넣다니!' 마음속에서 절로 장탄식이 나왔다.

오후 세 시 정부합동청사에서 법무부 장관, 국정원장, 행안부 장관 등이 함께 권력기관 개혁에 대하여 국민께 드리는 브리핑을 하기로 예정되어 있었다. 그러나 장하리의 머릿속은 온통 징계 의결 이후 전개될 상황에 대한 생각으로 가득했다. 브리핑 룸에 들어서기 직전부터 복도에 대기하고 있던 사진 기자들은 장하리의 무거운 표정을 담아내느라 연신 카메라 셔터를 누르기 바빴다.

셋 중 장하리의 브리핑 순서가 맨 먼저였다. 미리 작성한 문서를 읽어 내려가면서도 앞으로의 계획과 의지를 밝힐 때는 너무 또렷이게 힘주어 말했다.

"검찰은 앞으로 국가 형벌권의 적정한 실현을 위해 범죄자를 소추하는 공소기관으로서 확고히 자리매김하고, 수사권이 남용되거나 인권침해가 발생하지 않도록 수사절차의 적법성을 통제하는 인권 보호관으로서 본연의 역할을 충실히 수행할 것입니다." "… 앞으로는 검찰을 위한 검찰이 아니라 국민만을 바라보고 국민이 원하는 정의를 구현하겠습니다."

장하리는 원고에 없는 내용을 약간 추가해가면서 앞으로 추진될 일에 대한 자신의 의지를 유난히 강조했다. 아침에 나실장이 사표를 내라고 한 것에 대한 반발심에서 자신의 할 일을 계속하겠다는 의지를 말함으로써 방어벽을 치는 심정이었다.

장하리가 세종로 종합청사에서 합동 브리핑을 마치고 나오자 대통령 보고 전에 비서실장을 먼저 만나야 한다고 법무부 배경천 비서관이 전했다. 비서실장이 따로 할 말이 있다고 전화로 알려왔다는 것인데 장하리는 그렇게 하기가 싫었다. 장하리는 장관 사표를 받도록 대통령에게 의견을 낸 사람이 나 실장일 것이라고 의심했다.

아침에 사직서를 들고 오라는 것을 거절했기 때문에 다시 한번 설득해보려는 것이라는 짐작이 갔다. 장하리는 정부서울청사 주차장에서 시간을 보내면서 다시 한번 하늘색 파일에 담긴 징계의결서를 넘겨 보았다. 임기가 보장된 검찰총장에 대한 징계인 만큼 신중하고 무거울 수밖에 없었다. 임기보장이 특권 보장이 아닌 만큼 총장의 책무도 무거워야 한다. 이런 엄청난 비위내용을 대통령이 확인한다면 재가와 동시에 마땅히 그를 해임조치할 것이라고 생각했다. 비서실장을 경유하지 않고 징계의결서를 들고 바로 대통령에게 직보하면 대통령이 결단할 것이라고 기대했다.

오후 다섯 시가 지난 시각 세종로 정부서울청사를 빠져나가 청와대로 향했다.

여민관은 비서동이다. 대통령은 비서들과 함께 비서동 건물에서 평소 집무를 본다. 대통령 집무 공간이라고 하나 빨간 카펫이 문 앞까지 깔려 있는 것 외에 별다른 장식도 화려한 치장도 없이 수수했다. 나 실장이 문 앞에서 아무 일 없었다는 듯 웃으며 맞았다. 장하리도 가볍게 목례만 하고 곧바로 둥근 회의 테이블로 안내되어 앉았다. 장하리는 대통령에게 준비해 간 징계의결서 대로 읽어 내려가면서 보고를 하는데 아무도 별로 내용을 귀담아듣고 있지 않는다는 느낌을 받았다. 이미 결론이 정직 2개월로 난 것이어서 그런지 과정에 대해 궁금해하거나 무슨 내용으로 그런 결론이 난 것인지 누구도 묻지 않았다. 장하리의 목소리도 가라앉아 나직했다. 말없이 끝까지 듣고 있던 대통령은 마지막 페이지가 끝나자 의결서에 재가의 서명을 마쳤다. 그리고 장하리를 향해 조용한 미소와 함께 덕담을 건넸다.

여기까지만 해도 장하리 장관이 아니면 할 수 없는 일이었다고 치하하고 그동안의 성과도 장하리에게 공을 안겼다. 검찰과 경찰 사이의 수사권 조정도 이루어졌고, 고위공직자 범죄수사처도 출범할 수 있게 된 것이 장하리의 공인 것처럼 덕담을 이어갔다. 그러나 덕담이 귀에 들어오지 않는 장하리는 속으로 경징계에도 왜 큰 의미를 자꾸 강조하는 것인지 섭섭했다.

대통령은 징계 수위보다 징계 자체에 중요한 의미를 두었다. 임기가 보장된 검찰총장이라고 하더라도 징계 사유가 있으면 법 절차에 따라 징계하는 것이 민주적 절차이고, 이런 것을 당연하게 받아들이는 사례를 만든 것도 민주정부이니까 할 수 있는 개혁의 하나라고 했다.

그러하니 이제 장관이 결단을 해야 하는 때가 왔다고 장하리를 바라보며 말했다. 대통령의 말을 얼른 이해하지 못한 듯 장하리가 놀란 표정을 지었다.

"제게 물러나라는 말씀인가요?"

대통령은 그렇다고 짧게 대답했다.

"대통령님께서 제게 힘을 실어주십시오!" 그러나 대통령은 장하

31

리의 호소를 누르고 곧 재보궐 선거를 치러야 하는 당의 입장도 있고 장하리도 당대표를 지낸 경험이 있는 만큼 그런 정도는 이해해야 하는 것 아니냐고 "기승전 사표"로 답을 미리 정해둔 듯 말했다.

그 순간 장하리는 자신의 사표를 받기로 당정청이 미리 의견을 모았고, 오전 나 실장의 전화 통화에서 장하리가 거부의사를 밝히자 대통령이 직접 말을 꺼내게 한 것이라는 짐작이 들었다. 장관 인사권자가 대통령인데 대통령이 물러나 달라고 하는 것이 확인되었다.

어색한 공기가 잠시 주변을 감돌았다.

그렇지만 징계청구자는 해임을 하고 징계대상자는 유임을 한다는 것이 장하리에게는 잘 납득이 안되는 결론이었다. 더군다나 징계가 정당하다고 결재하면서 민주적 절차의 의미가 크다고 한 평가와도 배치된다. 그간 장하리는 용건석이 물러난 다음 날이 자신이 그만두는 날이 될 것이라는 말을 여러 번 했다. 그것은 주어진 책무를 반드시 완수해야 한다는 자신에 대한 다짐이기도 했다. 또 한편 그 뜻이 대통령에게도 전달되기를 기대했기 때문이다. 그럼에도 대통령이 모순된 결론을 내린다는 것에 장하리의 마음이 와르르 무너져 내렸다.

장하리는 목이 잠긴 듯 대답을 하는 대신 물러나겠다는 의미로 고개를 숙였다.

나 실장은 장하리에게 청와대 소통관으로 가서 대기하고 있는 기자들에게 직접 사표를 냈다는 말을 남기고 가야 한다고 말했다. 그는 상황이 뜻대로 정리되어 만족해하는 듯한 표정을 지었다. 대통령도 언론에서 경질됐다고 평가할 수 있으니 꼭 소통관에 들러서 징계에 대한 민주적 의의와 역사적 평가를 강조하고 일련의 개혁 작업이 마무리되었으므로 스스로 물러나는 것이라고 말하고 가야 한다고 했다.

그러나 장하리는 얼굴이 상기된 채 자리에 일어나 돌아서 나와 곧장 집무실 문과 마주한 엘리베이터 쪽으로 발걸음을 향했다. 그러자 나실장은 장하리를 엘리베이터 앞까지 뒤쫓아 와 붙잡으려 했다. 평소에도 체하거나 가장하지 못하는 장하리는 당황한 기색을 기자들에게 보이고 싶지 않았다. 서둘러 엘리베이터에 몸을 실었다. 나 실장과 함께 배석했던 소통수석은 그런 눈치도 없이 자신들의 안내에 따르지 않는 장하리를 난처한 듯 쳐다보았다.

3

산산조각

서둘러 청와대를 나온 장하리는 퇴근 인파가 분주히 움직이는 저녁 풍경을 승용차 창밖으로 물끄러미 바라보았다. 그의 두 눈에 눈물이 가득 고였다. 장하리는 갑자기 우주 미아가 된 기분이 되었다. 그동안 참았던 긴장이 풀어지면서 기력이 다 소진되었다. 그는 위로해줄 누군가를 떠올려 보았다.

얼마 후 서초동의 한 식당에 도착해서 과천 청사에서 장하리를 기다리고 있을 보좌진들을 불렀다. 당 대표 시절 보좌를 잘 했던 강용원도 소식을 들었는지 한걸음에 달려왔다.

장하리의 표정만 보고도 대강 짐작하는지 장하리가 입을 열 때까지 무거운 침묵을 견디며 기다리고 있었다.

장하리가 이동하는 도중에 청와대가 사표 메시지를 빨리 내라고 재촉했다고 배경천 비서관이 침묵을 깨며 말했다. 청와대 소통관에서 아직도 기자들이 사표 메시지를 기다리고 있다는 것이다. 그러자 강용원이 페이스북에 직접 올리는 것이 좋겠다고 장하리에게 의견을 꺼냈다.

그러나 대통령이 물러나라고 한 것으로 다 끝난 것인데 장하리가 새삼스럽게 사직의 글을 올리고 싶지는 않았다. 대신 검찰개혁을 손꼽아 기다리고 있었던 시민들에게 송구한 마음만은 꼭 전하고 싶었다.

"모든 것을 바친다 했는데도 아직도 산산조각으로 남아있습니다.
산산조각이 나더라도
공명정대한 세상을 향한 꿈이었습니다.
조각도 온전한 일체로 여전히 함께 하고 있습니다.
하늘세 맘을 시샌 국민 여너분께 비칩니니.
사랑합니다.
존경합니다."

그리고 강용원이 들고 온 정호승 시인의 시집에서 〈산산조각〉 시를 헌정 시로 올려 산산조각 난 자신의 심경을 드러냈다. 박살이 나더라도 개혁 의지만은 꺾이지 않겠다는 다짐으로 조금이나마 위로가 되길 바랐다.

산산조각이 나면 산산조각을 얻을 수 있지
산산조각이 나면 산산조각으로 살아갈 수가 있지

35

밤샘 새벽에 징계 의결 소식과 함께 시작된 하루가 대통령의 재가가 있은 후 바로 자신의 사직으로 결말이 난 것이기에 고통스러운 날이었다.

악행은 독버섯처럼 자라고 있었다. 대수롭지 않게 여기면서 자신들도 모르게 악행을 거들 때가 있다. 다른 판단을 하고, 다른 행동을 했더라면 막을 수도 있었던 악행의 조력자들이 있다.

이제 악행을 제지할 사람도, 악행을 막을 수 있는 아무런 제동장치도 없다.

정직 2개월이라는 어처구니없는 결론에는 외부의 입김이 작용한 것이라는 의심이 갔다. 청와대가 총장 징계 정국을 관리해야 할 비상사태로 보고 출구전략으로 장관 사표부터 받으면 쉽게 수습된다고 판단한 것 같았다. 만약 장하리가 그만두면 용건석도 좋게 물러날 것이라고 판단했다면 너무나 안이하고 순진했다. 용건석은 결코 물러날 위인이 아니기 때문이다. 결국 거악을 끊어내지 못하고 더 큰 힘을 키워주는 재앙이 될 것이라고 장하리는 생각했다.

본질을 보지 못하고 허상만 보고 쫓으면 놓쳐버린 본질로 인해 일을 그르친다.

검찰개혁이라는 험로가 예상된 과정에서 정권이 여론에 흔들릴 수도 있다. 언론은 철저하게 검찰과 한편이 된 지 오래다. 언론이 검찰개혁에 대한 여론을 나쁘게 끌고 가리라는 것도, 그래서 지지율이 내려가리라는 것도 예상된 것이고 감내해야 하는 것이었다.

징계 청구 이후 여론조사에서 대통령 지지율도 폭락했다. 그런데 일시적으로 여론이 내려갔다고 불안해하면 아무것도 못 한다. 더구나 개혁을 정면에서 가로막고 검찰 권력을 수단으로 정권을 노리는 검찰총장을 상대로 한 검찰개혁이었다. 이미 한 명의 장관이 취임한 지 겨우 한 달 만에 용건석은 그 가족을 기소하고 구속시켜 물러나게 하지 않았던가? 그걸 지켜보고도 아무런 위험을 감수할 의지가 없이 그저 우아하고 점잖게 개혁할 수 있기를 바란 것이라면 의리가 없거나 한심한 것이다. 원칙을 세우고 법적 정당성을 가지고 돌파해 내지 않으면 악당에게 정권을 바치게 될 것이라고 장하리는 속으로 걱정했다.

4

어머니의 꿈

장하리가 대통령 집무실로 가서 해임당하는 그날 장하리의 어머니는 다른 날보다 일찍 잠이 깼다. 뒤숭숭한 꿈으로 인해 이른 아침부터 마음이 산란했다.

여러 사내들이 모여서 누군가를 멍석 한가운데 뉘어 놓고 둘둘 말아서 들고 휙 내다 던졌다. 사내들이 다 떠나고 난 뒤 어머니가 궁금해서 가까이 다가가 멍석을 펼쳐보았다. 상처투성이로 엎어져 있는 사람은 바로 딸 장하리였다. 소스라치게 놀라 꿈에서 깬 어머니는 온종일 뉴스를 확인하며 좌불안석했다. 그렇다고 불길한 꿈을 딸에게 직접 말할 수도 없었다.

그 먼저 겨울에 장하리가 법무부 장관으로 내정되었다는 소식을 들었을 때 어머니는 걱정이 앞섰다. 명성 장관이 당하는 것도 예사롭지 않던 차에 자신의 딸도 이용만 당하는 것이 아닌지 정치는 잘 모르지만 직관적으로 염려가 되었기 때문이다.

딸이 사법시험을 준비할 때도 대구 팔공산 갓바위 108계단을 새벽에 올라가 관세음보살 부처님께 기도를 했다. 어머니는 늘 딸을 믿고 지지했다. 분지 지형으로 한겨울 추위가 여간 아닌 대구에서 보일러가 고장 나 온기가 없는 방 안에서 들여놓은 화초가 얼어버리고 물대접의 물이 얼 정도인데도 냉기를 참아가며 밤새워 사법시험공부를 하던 장하리의 대학시절 모습을 떠올렸다. 어머니는 딸 장하리가 한번 마음먹으면 어떤 어려움도 참아내고 이겨낸다는데 대한 믿음을 가졌다. 다만 그런 딸이 덜 고생했으면 하는 간절한 바람을 가질 뿐이었다. 나중에 아버지의 반대에도 불구하고 딸이 국회의원이 되겠다고 무모한 도전을 감행할 때도 팔공산 갓바위 부처님을 찾아가 빌고 또 빌었다. 그런 딸을저럼 이번에도 무사하기를 염수를 놀리며 빌 뿐 달리 방법이 없었다.

나중에 장하리가 무직자 신세로 설날이 되어 친정에 찾아왔을 때가 되어서야 지나간 꿈 이야기를 꺼냈다.

"야야, 니 꿈을 꾸고 생각해 봤다. 결국에는 니를 아무도 안 돕고 니 한테 다 떠넘기고 니를 쫓아내고 했던 거제! 그 꿈이 맞는 기라, 그기 맞제?"

장하리는 아직도 앞날을 걱정하는 어머니를 위로해 드리는 것 말고는 아무 말도 할 수가 없었다.

5

복기

장하리는 복기를 해보았다.

정영한 교수가 징계위원으로 위촉되고 며칠 지나지 않았을 때였다.

"그게 징계 감도 안된다는 소문이 돌던데," 당에서 김의원이 장하리에게 걱정된다며 전화를 했다.

"누가 그래요?"

"정교수가 그러고 다닌대요"

"그저께 임명된 분이 그럴 리가 있겠어요? 심의가 시작되어야 비로소 감찰서류나 징계청구의 근거가 된 자료를 볼 수 있는데 아직 징계절차가 시작도 안됐는데요." 장하리는 회의 시작도 안 한 일에 미리 결론을 내고 소문 퍼뜨리는 세력이 있을 거라고는 상상조차 하지 못하고 그다지 신경 쓰지 않았다.

용건석은 대권에 관심이 많았다.

2019년 8월 민정수석을 한 법무부 장관 지명자 명성을 용건석이 마구 별건 수사를 하고 수십 차례 압수수색을 벌이면서 노골적으로 반대했다.

"내가 이렇게까지 했는데 아직도 포기를 안 합니까? 이런 식으로 나오면 내가 사표를 내겠습니다." 명성의 후임인 새 청와대 민정수석에게 건 첫 전화에서 용건석이 흥분해서 뱉은 말이었다. 용건석은 지명을 철회하지 않는다면 자신이 관두겠다고 엄포를 놓았다. 청와대 사람들은 용건석의 무례함을 대통령 인사권에 대한 항명으로만 알았다. 용건석 자신이 전직 대통령과 재벌 총수를 구속시킨 실제 공로자이고, 그 덕분에 대통령이 되었으면서 어떻게 검찰을 무시하고 개혁 대상으로만 여기는 자를 장관을 시켜 조직을 장악하려 하느냐는 조직의 반발심으로만 보았다.

그런데 부산의 유명 역학자 서 씨가 그 무렵 용건석의 아내 김신명과 전화통화를 한 적이 있었다고 한다.

"이런 얘기를 해도 될지 모르겠으나, 명성하고 친하게 지내세요"라고 당부했다. 그런데 수화기 너머로 "그래서 명성이 대통령이 되는지 물어봐!"라고 하는 용건석의 소리가 뚜렷이 들려왔다.

이들 부부에게는 이미 대권욕이 있었다는 것을 느끼는 순간이었다.

그보다 한참 전에 용건석 부부가 나란히 서 씨를 찾아와 운명을 물어보았었다. 아내 김신명이 서울에서 자신의 강의를 들었던 수강생이었는데 그 후 중앙지검장 용건석을 데리고 찾아온 것이 만남의 계기였다.

그때 서 씨는 법률을 다스리는 데서 산과 같이 높게 될 것이라는 의미로 율산(律山)이라는 아호를 지어주었다. 실제로 그 후 용건석은 검찰총장이 되었고 그 부부와 사이가 좋아져서 그런 조언도 할 수 있었던 것이다. 그런데 명성을 몹시 싫어하는 이유가 바로 그의 대권욕 때문이라는 것을 깨닫고 섬뜩했던 것이다.

6

재신임 국민청원

어쨌든 장하리는 대외적으로 대통령이 징계를 재가한 것으로 자신의 소임이 일단락되어 청와대에 스스로 사퇴 의사를 밝힌 것이라고 선의의 거짓말을 해야 했다. 그러자 바로 다음날 장하리 장관에 대한 사퇴 반려와 재신임 국민청원이 청와대 게시판에 올라왔다.

"안녕하세요 대통령님

저는 [검찰개혁과 명성대전]의 작가입니다. 제가 오늘 청원 드리려는 내용은 현 정부의 주요 개혁과제인 검찰개혁의 성공적인 완성을 위해 장하리 현 법무부 장관에 대한 대통령님의 재신임을 요구하는 내용입니다.
검찰개혁은 대통령님의 후보자 시절 공약이고 현 정부에서 추진해온 개혁과제 중 하나입니다. 전 세계 유래가 없는 수사권과 기소권을 독점하는 검찰은 70년 동안 권력을 남용하는 모습을 보였고 그 과정에서 스스로를 법 위에 올려놓고 군림하는 모습을 보이고 있습니다.

"법 앞에 모든 국민은 평등하다"는 헌법을 무시한 대한민국 검찰은 과거 노무현 정부 시절부터 현 정부에 이르기까지 합법적이고 민주적인 통제를 받도록 하기 위해 입법화, 제도개혁, 검찰조직 내부에서의 자발적인 변화를 이끌어 내기 위해 노력하는 모습을 보여왔고 저는 그 노력에 경의를 표합니다.

특히 2020년 12월 15일 제61회 국무회의를 통해 대통령님께서 언급하신 '권력기관 개혁 제도화'의 완성은 그동안 대통령님을 포함한 정부 여당의 노력이 결실을 본 것이라 생각합니다.

바로 〈고위공직자범죄수사처법 개혁안〉〈경찰법〉〈국정원법〉의 입법화를 통해 각각의 권력기관들이 상호 견제와 균형을 통해 민주적 통제에 따를 수 있는 중요한 기틀을 마련한 것이라고 생각합니다.

검찰개혁을 포함한 권력기관 개혁의 제도화에 가장 헌신적인 노력을 아끼지 않은 각료를 군이 꼽자면 장하리 법무부 장관을 언급하지 않을 수 없습니다. 전임자였던 명성 전 법무부 장관이 개혁에 저항하는 검찰조직의 불법적인 검찰권 남용에 의해 본인을 포함한 가족 모두가 인권과 명예가 심각하게 실추된 상황에서 선뜻 그 소임을 이어받아 1년 동안 본인의 정치 생명을 포함한 가족들의 위협을 무릅쓰고 검찰개혁에 앞장섰기 때문에 가능한 결과라고 감히 말씀드리고 싶습니다.

하지만 현재 입법화가 되었다고 제도의 완성이라고 할 수 없습니다. 제도는 결국 사람에 의해서 운용되는 것이고 입법 초기 단계에 취지에 맞게 정착되는지 확인하고 조율하는 것도 역시 조직의 구성원이 해야 하는 일이기 때문입니다.

특히 이미 청와대를 대상으로까지 수사권과 기소권을 남용해서 연성쿠데타를 시도한 용건석 검찰총장 이하 검찰 수뇌부들은 여전히 개혁에 저항하는 모습을 보이고 있습니다.

대통령님과 법무부 장관 그리고 여당에서는 합법적 절차를 통한 개혁을 차근차근 만들어 가고 있지만 정작 검찰권을 여전히 장악하고 있는 검찰 수뇌부는 개혁에 저항하기 위해 법적 절차를 지키지 않는다는 심각한 모순을 보이고 있습니다.

12월 16일 용건석 총장에 대한 검사 징계 위원회의 징계 정직 2개월이라는 처분이 내려졌지만 저들은 여전히 인정하지 않고, 법의 허점을 찾아 자신들의 징계를 무력화시키고 나아가 검찰개혁에 저항하려는 시도를 계속하겠다고 천명하고 있습니다.

이런 상황에서 이론상으로만 존재했던 검찰총장에 대한 감찰과 징계위원회 회부 그리고 '정직 2개월'이라는 중징계의 결과를 대한민국 헌정사 최초로 만들어낸 장하리 법무부 장관이 그 결과에 대한 정무적 책임의 판단을 지겠다는 생각으로 자신의 장관의 직무를 사퇴하는 것은 대단히 위험 천만한 일입니다.

자칫 현재까지 힘들게 쌓아온 검찰개혁의 공든 탑이 무너질 수도 있는 위험한 상황입니다.

때문에 대통령께서 장관의 정무적 판단에 의한 사퇴의사를 만류해 주시고, 반려해 주시고, 나아가 재신임의 모습을 분명하게 해주실 것을 요청드립니다. 검찰개혁 시즌 2에 해당하는 고위공직자범죄 수사처의 확실한 출범과 검찰 쿠데타를 주도한 용건석 검찰총장을 비롯한 검찰 주류세력들이 자신들의 비위나 불법행위에 대한 심판을 받는 과정까지 장하리 장관이 자신의 직무를 충분하게 확실하게 처리할 수 있도록 재신임을 해 주십시오.

대한민국의 권력은 국민에게 있다는 것을 저희 국민들이 확인할 수 있도록 검찰개혁이 완성되기를 기대하고 또 응원합니다. 대통령님의 건강을 특히 기원합니다.

2020년 12월 17일 검찰개혁을 소망하는 지지자 배상"

재신임 청원은 42만여 명이 동의를 했다. 청와대는 12월 30일 후임 장관 지명으로 청원에 대한 대답을 했다.

II

용건석 사단의 탄생

7

가을 전주곡

꼭 두 달 전 10월 중순이었다.

과천의 가을은 청계산에서 시작한다. 청사의 뒷산도 울긋불긋 물들었다. 벚나무, 단풍나무, 은행나무가 많은 가로수길도 한적하고 아름답다. 행정도시로서 잘 정돈된 정갈한 아름다움을 간직한 과천 중심부에 위치한 법무부 청사를 빠져나오면서 장하리는 잊고 있었던 가을을 느꼈다.

장하리가 법무부 간부들과 도심을 벗어나 호숫가의 한 식당에서 점심을 마칠 무렵이다.

"장관님! 속보가 떴습니다."

"무슨 내용인가요?"

"김동현 스타모바일 회장이 자필로 작성한 옥중편지를 언론사에 보내 폭로했는데 아마 현직 검사들에게 접대한 사실도 들어있는 것 같습니다."

"네, 그럼 얼른 들어갑시다. 곧 국감이 열리는데 진상파악을 얼른 해야겠네요."

청사로 돌아온 장하리는 감찰담당관을 불렀다. 잠시 후 일처리가 꼼꼼한 은정희 감찰담당관이 벌써 옥중편지 복사본을 입수하여 들고 들어왔다.

"2019년 6월 경, 라임 이연필 부사장이 A 변호사를 소개해 저는 수표로 그 변호사에게 1억을 지급하고 구두로 선임했습니다. 한 달 후에 A 변호사와 검사 3명에게 1000만 원 상당의 술접대를 했습니다. 그때 그들은 용건석 사단들로서 삼성 특검 수사팀에 함께 근무했다고 했습니다. 나중에 라임 수사팀을 만들 경우 합류할 검사들이라고 했는데 실제 한 명은 수사책임자로 참여했습니다. …

A 변호사는 2017년 문도일 검찰총장 청문회 때 신상팀장으로 참여한 검사였습니다. 그때 그를 단박에 알아본 대통령이 '저 사람 저기 왜 있어요'라고 했습니다. 그는 노무현 대통령을 조사한 주임 검사였었습니다. 그래서 당시 노무현 대통령의 변호사였던 지금의 대통령이 알아보았던 것 같았습니다. 그 일 이후 A 검사가 2018년 변호사 개업을 했습니다. …

2020년 4월 경 제가 수원에서 체포되었을 때 구치소로 찾아와 자신과 술접대 때 만난 검사들에 관한 얘기를 하지 말라고 당부했습니다. 5월 경 A 변호사가 수원지검으로 찾아와 담당 검사와 형님동생하더니 '남부지검에서 수사 중인 라임 사건 책임자와 얘기가 끝났다.

여당 정치인과 청와대 국정기 정무수석을 잡아주면 용건석 총장에게 보고한 후 보석으로 재판받게 해주겠다고 한다'고 했습니다. '만약 협조하지 않으면 공소 금액을 크게 키워서 20년 내지 30년을 구형하겠다고 한다'면서 이미 수사 중인 청와대 근무했던 제 친구의 뇌물 사건도 A 변호사 자신의 노력으로 수사팀에서 축소해주고 있다며 무조건 협조하라고 했습니다. A 변호사가 가고 난 후 주임검사의 태도가 부드러워지더니 정치인 관련 여부만 조사하고 조사 내용을 서울 남부지검과 공유하는 것 같았습니다. …

5월 말 저는 서울 남부지검으로 이송되었는데 술접대 자리에 만났던 검사가 수사책임자여서 깜짝 놀랐습니다. A 변호사가 수원 구치소를 찾아와 서울 남부지검으로 가면 아는 얼굴도 못 본척하라고 일렀던 것이 생각났습니다. …

이송 후 지난 5개월 동안 주 3회 정도 수사를 했는데 그중 저의 혐의 사건 조사는 10회 정도에 불과했습니다. 나머지 대부분 조사는 정치인 관련 여부였습니다. 수사팀은 원하는 답이 나올 때까지 먼저 면담하고 상부에 면담 내용을 보고하고 다시 저의 진술을 유도한 후 마지막에 조서를 작성하는 순서로 진행되었습니다. 매일 수사상황을 제 앞에서 대검에 직보를 하였습니다. …

제가 제 친구인 행정관에게 준 액수보다 더 많은 금액을 전직 수사관 C에게도 줬다고 말해도 그것은 조서에서 제외했습니다. C 수사관에게는 추석 떡값으로 현직 수사관 3명 몫을 포함해 수천만 원이, 지검장에게 로비한다고 해서 또 수천만 원이, 라임 미공개 사건 무마용으로 수억 원이 들어갔습니다. 또 C 수사관은 이연필 라임 부사장에게 수원지검 간부 검사와 막역한 변호사 B를 두 번 알선했는데, 모두 위임계약서를 쓰지 않고 수억 원을 지급하였습니다. 실제 그 변호사가 들어간 후 수사 검사가 강력히 반발하는데도 수사가 더 진행되지 않게 되었고, 두 번째도 B 변호사가 압수수색 하루 전에 정보를 줘서 라임 부사장 이연필이 완벽하게 사전 대비를 할 수 있었습니다. …

또 검사장 출신 야당 정치인 변호사에게 수억 원을 로비 차원에서 지급했다고 해도 수사가 이루어지지 않았습니다. 검사나 수사관, 야당 정치인에게 준 것에 대해 말해도 그냥 넘어가거나 못 들은 척 했습니다. …

당초 두 명의 민주당 의원은 받은 액수가 수백만 원의 소액이라서 수사를 진행하지 않는다고 했습니다. 그런데 검찰총장이 현 정권을 겨냥해 "전체주의"라고 비난한 후[1] 당일부터 수사방향이 급선회해 두 사람에 대해서도 수사를 진행하고 있습니다. …

청와대 정무수석 국정기에게 전달한다고 해서 5천만 원을 지방방송사 사장을 통해 주었습니다. …

A 변호사는 '용건석에게 힘을 실어주려면 청와대 행정관 정도로는 부족하다, 청와대 수석 정도는 잡아야 한다. 현 정부가 남부 지검 증권범죄합동수사단을 해체해서 6부가 그 역할을 하는데 6부의 부장은 용건석 키즈라 하고 이 사건에 용건석의 운명이 걸려 있다. 국정기 정무수석을 잡으면 보석으로 풀어주겠다.'고 했습니다."

1— 용건석은 2020년 8월 초 신임검사 임관식에서 '민주주의 허울 쓴 독재와 전체주의를 배격해야 한다'고 했다. 이를 두고 정부 여당을 비판한 것이라고 해석했다. 나중에 그는 집권 2년째 대통령으로서 "공산전체주의 세력이 반일감정을 선동한다"고 했다. 상대 진영을 저격하는 단어로 '전체주의'를 선호했다.

편지는 대강 그런 내용이었다. 그리고 마지막으로 김동현은 옥중 편지에서 자신도 라임의 환매중단 사태 발생으로 인해 라임으로부터 투자받기로 한 차량 인수대금을 투자받지 못해 피해를 입은 것일 뿐이라며 실제 라임 펀드 부실사태의 원인 제공자들은 국내에서 도주 중이거나 해외 도피 중이라고 주장했다.

옥중편지를 다 읽은 장하리가 은정희 감찰 담당관에게 지시했다

"감찰 조사를 하고 결과를 보고해 주세요"

"네! 지금부터 2박 3일간 철야로 해보겠습니다. 오늘 금요일부터 토, 일까지 조사해서 월요일 아침에 보고드릴 수 있게 하겠습니다."

검찰과 야당은 김동현은 사기꾼이고 사기꾼의 폭로를 어찌 믿느냐고 메시지가 아닌 메신저를 공격했다.

장하리가 장관으로 부임한 후 줄곧 용건석의 대검찰청은 라임사건이나 신라젠 사건 등은 여권과 청와대 고위직이 연루된 정치적 사건인 것처럼 수사 방향을 몰고 갔다. 그러면서 이를 감추고 수사를 방해하기 위해 장하리가 증권범죄합동수사단을 일부러 해체한 것이라는 억지 왜곡을 했다. 언론도 이에 장단을 맞추었다.

언론은 지푸라기라도 발견하면 이를 꼬투리 잡아 의혹을 부풀려 그럴싸한 왜곡기사를 써댔다. 대검이 수사 인력 보강이 필요하다는 식으로 주목도를 높여가려고 호들갑을 떨 때마다 장하리는 법무부가 라임 수사에 미온적이라는 대검의 공격 의도에 말려들지 않으려고 파견을 승인해 주었다. 그런데 지검마다 인력 부족에 시달리고 있어

검사를 빼가는 것을 싫어하므로 잠시 조율 중인 사이에 '법무부가 승인을 하지 않는다, 수사 진전을 막고 있다'는 왜곡 보도가 나갔다. 심지어 '중앙지검장 이윤도가 반대의견을 냈다'는 보도도 있었다. 인력 부족에 시달리는 중앙지검도 대검이 콕 집어 남부로 검사를 빼가면 사건 미제가 더 많아진다는 우려를 하며 다른 검사로 해달라고 해 법무부가 지검들 사이에서 파견 대상 검사를 서로 조율하는 중이었다.

그런데 조직 내부를 아는 사람들은 평소 용건석이 가장 미워하는 검사가 중앙지검장 이윤도라 했다. 이윤도는 용건석과 사법연수원 동기로서 검찰 동기 중 연수원 수료성적이 1위였고 자기관리가 철저하고 과묵하며 시계추같이 정확한 사람이었다. 술자리를 절대 갖지 않고 어쩌다 직원들과 회식을 하더라도 2차·3차 어울리며 배회하지 않고 귀가하고 새벽마다 등산을 하는 독실한 크리스천으로 알려졌다. 반대로 용건석은 말이 많고 걸걸하고 술을 좋아하는 위인으로 알려져 있었다.

헤지펀드 라임자산운용은 높은 수익률을 내세워 수탁고를 늘리며 급성장했다. 그러다가 2019년 10월 손실이 발생하자 돌려 막기로 버티다가 환매 중단을 선언했다. 회수 불가능한 투자금이 1조 6천억 원이나 되자 수많은 피해자들이 2020년 1월 라임을 고소했다. 그러나 라임의 몸통은 도피해버렸고, 석 달 후 잠적했던 부사장 이연필이 체포될 때 김동현도 체포되었다. 그러나 체포될 당시 그의 혐의는 라임 혐의가 아니었고 그가 인수한 여객회사의 돈을 횡령한 다른 혐의로 체포되었던 것이다.

라임은 미국무역금융펀드에 투자했는데 투자 당시 이미 미국무역금융펀드는 부도상태여서 투자 적격이 아니었다. 그런데도 이런 사실을 투자자를 모집할 때 고지하지 않고 속인 잘못이 크다고 할 수 있었다. 그러나 용건석 측은 금융사기 사건을 "정관계 의혹 사건"이라고 비틀어 부풀려 가공의 과녁을 조준하고 법무부가 증권범죄합동수사단을 폐지한 것도 이를 감추기 위해 벌인 것이라는 식으로 연결지었다. 청와대 민정수석 명성을 무너뜨린 데 이어 또 다른 청와대 수석을 엮기 위한 사냥놀이를 준비 중이었다.

그런데 청와대 정무수석 국정기의 대응은 신속하고 공세적이었다. 그는 야당이 주장하는 '김동현의 사기사건'이 아니라 외려 '검찰게이트'라고 치고 나왔다. 그리고 술접대를 받은 A 변호사와 검사를 고소하고, 김동현을 명예훼손으로 고소했다. 국정기 정무무석은 돈을 한 푼도 받은 사실이 없다고 하면서 김동현이 현금 전달 장소가 청와대라고 주장하지만 현금을 들고 청와대 보안검색대를 절대 통과할 수 없다고 역공했다.

남부지검장 송오현은 검찰총장 용건석과 사법연수원 동기생으로 친한 관계였다. 용건석이 송오현에게 다중피해 금융사건인 만큼 정치권의 부패와 관련이 있는지, 또는 정치권의 엄호가 있었는지 엄정 수사하라고 지시했다. 그러나 송오현은 검사까지 파견받아서 수개월 동안 파헤쳤지만 정작 청와대 고위직이나 여권 정치인의 라임 비호 혐의를 발견하지 못했다.

결국 법무부의 수사 방해와 증권범죄합동수사단 폐지로 수사를 못했다는 것은 모두 거짓이었다. 오히려 압수수색 정보를 라임 측에게 흘려 수사 방해를 한 것도 검찰과 연결된 변호사 B였다는 것, 라임의 수사 정보가 일일이 대검에 보고될 정도로 대검 지휘 아래 송오현 남부지검장이 직접 챙긴 수사였다는 것, 그럼에도 청와대 수석을 무리하게 엮으려 했다가 국정기 정무수석의 명쾌한 알리바이 증명으로 한 방에 날아가 버린 것이다. 검찰이 수사는 안 하고 수사공작을 벌였던 것이다. 공작 수사를 하다가 정작 다중피해를 야기한 주범들이 돈을 은닉하고 도피행각을 하도록 방조한 것에 대해 추궁해야 할 판이었다.

꼬박 사흘간 조사를 하고 돌아온 감찰담당관 은정희는 검사들이 피의자로부터 술접대를 받았다는 비리만큼은 즉시 감찰에 착수하겠다고 했다. 장하리는 라임 사건에 대해 용건석 총장의 수사지휘를 배제하는 지휘를 내렸다. 공정하고 독립적인 수사를 보장하기 위해 불가피한 조치라고 판단했다.

10월 26일, 법무부에 대한 국감장에서 김동현의 폭로에 대한 진실 공방이 벌어졌다.

검찰국장 심재환은 법무부로 오기 전에 대검 반부패부장으로 있었다. 그는 의원들의 질의에 명쾌하게 답변했다.

"중요 정치인이 연루된 사건은 수사 초기부터 대검 반부패부에 보고되어야 합니다. 그런데 저는 당시 야권 정치인이 수억 원을 받았다는 것을 보고받지 못했습니다. 당연히 수사팀은 금융계좌추적이나 압수수색 영장을 청구했었어야 하는 데도 그런 조치를 하지 않았고, 저 정도에 이르도록 대검 반부패부가 전혀 몰랐다는 것도 전혀 상식의 밖의 일입니다." 심재환 검찰국장은 대검 반부패 부장이었던 자신에게 전혀 보고가 없었다는 것이었다.

"대검찰청에 다양한 부서를 둔 것도 의사결정이 투명하게 합리적으로 이루어지게 한다는 제도의 취지가 있는데 담당 부서도 패싱한 채 의사결정이 이루어진 것은 정상적인 운영이 아닙니다." 심재환 검찰국장이 답변을 마치자 장하리도 대검 반부패부에 보고조차 하지 않은 사태의 심각성을 간과할 수 없다고 하며 이렇게 말했다.

"남부지검장과 검찰총장이 대면보고만으로 끝냈다면, 이 사건은 경우에 따라 은폐와 매장이 가능합니다. 검찰 업무상 있을 수 없는 일이 발생한 겁니다" 장하리는 당시의 남부지검장 송오현과 검찰총장 용건석의 잘못을 지적했다.

8

충성부대의 상갓집 추태

장하리는 부임한 지 얼마 되지 않았을 때의 심재환에 대한 일화를 기억했다. 유삼수 전 금융위원회 국장이 뇌물을 받았다는 첩보에 따라 청와대 특별감찰반이 감찰한 후 당시 민정수석 명성은 이를 금융위에 통보하게 하고 감찰을 종료했다. 그런데 검찰은 명성 등 민정실이 직권을 남용해 감찰을 무마한 것이라며 기소했다. 검찰은 민정수석 등이 수사의뢰를 하지 않았던 것이 직권남용과 직무유기라는 주장이었고, 반면에 명성 민정수석 등은 소속기관에 신속 통보해서 사표수리로 징계되게 한 것이므로 상당한 조치를 했다고 반박했다. 2020년 1월 16일 용건석이 이 사건에 대한 회의를 주재한 자리에서 반부패부장 심재환은 '민정 수석의 정무적 판단으로 볼 수 있어 직권남용 혐의를 적용하기 어렵다'고 주장했다. 그러나 결국 용건석은 명성 등을 직권남용으로 기소하는 지휘를 했다. 용건석은 이 일로 지난해 12월 초 두 번째 청와대를 압수수색을 감행했다. 청와대는 책임자의 승낙 없이 함부로 압수수색해서는 안되는 안보상 국가중요시설이다. 그리고 바로 며칠 전에도 울산시장 선거 사건을 수사한다며 압수수색영장을 들고 청와대로 쳐들어갔다가 청와대의 문제 제기로 여러 시간을 대치한 적이 있었다. 이렇게 용건석의 힘과 칼은 하늘을 찌를 듯한 기세였으므로 어느 누구도 감히 그에게 싫은 소리나 반대 의견을 말하기 꺼려할 때 심재환은 그렇지가 않았던 것이다.

그리고 며칠 후 작고한 검찰 선배의 상갓집에 조문을 간 심재환이 용건석 사단이라고 알려진 양두구 검사와 마주쳤다. 양두구가 갑자기 심재환을 향해 "당신이 검사냐!"고 큰소리를 지르며 삿대질로 대들었다.

그는 심재환이 검찰총장에게 다른 의견을 제시했다는 이유로 선배 검사인 심재환에게 모욕을 주고 윽박을 질렀던 것이다. 다음 날 아침 뉴스에서 전날 밤의 하극상을 접한 장하리는 "검찰 간부들이 보통 사람들도 하지 않을 부적절한 언행을 하다니, 무슨 상갓집 추태냐!"라고 공개적으로 양두구를 꾸짖었다.

엄숙한 추도의 자리에 가서도 예의는커녕 용건석에 대한 충성심 경쟁만 노골적으로 드러냈다.

그로부터 두 해가 바뀐 후 '다단계 쿠데타'로 정권을 잡은 용건석 정부는 충검 양두구를 심재환이 있었던 남부지검장에 앉혔다. 심재환은 법무연수원 연구위원으로 유배 생활을 하다가 사직했다. 악한 지도자가 들어서면 악인이 출세를 하고 아부꾼이 득세하는 법이다.

9

99만원 불기소 세트

검찰이 흔히 하는 수법이 있다. 증권 같은 특정 분야에 전문지식을 갖춘 죄수의 조력을 받거나 술수에 능한 사기꾼을 끄나풀로 이용해 범죄 제보를 받는 등으로 원하는 성과를 내는 것이다. 그들은 검찰과 한식구처럼 굴며 동료 죄수를 회유하기도 하고 정보를 제공하는 등 수사에 도움도 주고 보조도 하고 그 대가로 수감생활에 편의를 제공받는다. 그런데 김동현처럼 내부 비리를 폭로하는 고발자로 전향하는 경우에는 도움을 받았던 검찰도 돌변하여 '사기꾼', '범죄자'라며 저격한다.

그런데 사기꾼이 거짓말한다고 주장하던 검찰은 시작부터 거짓말을 했다. 검찰은 김동현의 접대 자리에 '검사들은 없었다'고 부인했던 것이다.

그러나 김동현의 술접대 고발은 점차 사실로 드러났다. 국정 감사장에서 용건석에 대해 의원들의 질타가 쏟아졌다.

"국민들에게 사과할 용의가 있습니까?"

"수사 결과를 지켜본 후 입장을 내겠습니다. 수사하라고 했습니다."

"그럼 유감 표명도 안 됩니까?"

"조사해서 사실이 확정되면 그때 하겠습니다." 용건석은 사과를 요구하는 의원들의 끈질긴 추궁에도 조사가 우선이라고 버텼다.

그런데 술접대를 받은 검사들은 수사에 들어가기 전에 휴대전화를 바꾸고 업무용 PC도 교체했다. 40여 일 만에 검찰은 수사 결과를 내 놨다. 그러나 접대 총액을 자르고 참여자 머릿수로 나누는 수법으로 뇌물 액수를 최대한 줄이는 꼼수를 썼다.

천만 원짜리 술상 세트가 검사 3명과 자리를 알선한 변호사에게 제공되었으나 검찰은 실비로 536만 원만 뇌물 액수로 인정했다. 그 총액을 뇌물을 바친 사람을 포함해 그 자리에 있었던 5명으로 나누 면서 먼저 나간 검사 2명에게는 이후 들어간 밴드 비용 55만 원을 빼 고 분담한 결과 96만 원 정도만 실제 접대받은 것이라며 이들을 기 소하지 않았다. 그리고 변호사와 100만 원이 넘는 검사 1명만 기소 했다.

검사가 검사를 수사한 결과는 너무 노골적인 코미디였다.

직무관련성이 없다며 뇌물죄는 적용하지도 않았다. 그리고 김영란 법으로 알려진 청탁금지법의 기소 금액 100만 원을 넘지 않게 억지 짜맞추기로 금액을 줄였다. 시중에는 이런 코미디를 풍자하는 "99만 원 불기소 세트"라는 신조어가 유행어가 됐다.

이들에 대한 징계절차는 그중 검사 한 명에 대한 재판이 끝나지 않았다는 이유로 정지됐다. 그들은 여전히 '정의의 가면'을 쓰고 현직에 있다.

10

총장님한테 힘이 좀 실린 것 같네

김동현을 남부지검으로 이송한 것은 정치적 수사 목적 달성을 위한 미끼로 삼았던 때문으로 보였다. 검찰은 구속 이후 석 날 사이에 무려 66회나 불러 회유하고 협박했다.

김동현이 뇌물 준 자신의 친구의 재판에서 증인으로 나가 국정기 정무수석에게도 돈을 줬다고 돌발 진술을 한 이후 일주일 만에 주임 검사가 검사실로 불렀다.

"지난주 법정에서 완전 난리가 났었는데, 하하!" 김동현이 먼저 자신의 진술을 상기시키며 검사에게 인사를 했다.

"그날 증언 되게 잘 하셨어요! 잘 하셨고,"

그런데 조일보는 "용건석 총장이 '국정기 뇌물 5천만 원' 사건을 그날 법정 증언에 관한 기사를 보고 나서 처음 알았다"고 썼다. 보도대로라면 청와대 고위직 이름이 거론된 중요 수사를 총장이 사전에 보고 받지 않았다는 것을 의미한다.

김동현이 ㅈ일보 기사가 이상했다고 하자

"대검에 보고 안 했으니 했어도 아는 기자들은 다 아는데요, 뭐. 총장님이 너무 막…" 주임 검사는 ㅈ일보의 보도가 사실도 아니고 대수롭지 않다는 듯 말했다.

"검사님이 그걸 다 완전히 보고도 하시고 했잖습니까? 그런데 신문 기사가 검사님을 마치 총장님께는 보고도 안한 무능한 사람처럼 만들었더라고요."

김동현은 속으로 용건석 총장이 '수사에 절대 개입하지 않았고 중립성을 지켰다'고 외부에 보이기 위해 일부러 흘린 것이라고 짐작하면서, 주임검사에게 떠보기를 했던 것이다.

"그러니까요" 주임검사가 김동현의 말에 즉시 맞장구를 쳤다.

"어쨌든 제 법정 증언 때문에 총장님한테는 힘이 좀 실린 것 같네요" 김동현이 다시 한번 자신의 성과를 인정받고자 강조했다.

"응! 응!" 주임검사가 김동현의 말에 그렇다고 끄덕이며 회심의 미소를 머금은 채 김동현에게 귓속말로 속삭이기 시작했다.

"그리고 이건 정말 저하고만 하는 말씀이어야 합니다."

"예예"

돈이 건네진 곳을 파악하고 있던 주임검사는 청와대가 아닌 또 다른 장소가 짐작 가는지를 김동현에게 은밀하게 물었다.

그런데 이같은 내용의 폭로는 11월 말 장하리가 용건석에 대한 징계 청구를 하고 난 10여 일 후에 세상에 알려졌다. 폭로에 이어 김동현의 변호사는 강하게 비판했다.

"서로 유착관계가 아니면 이런 형태의 수사나 이런 형태의 일들이 검사실 내에서 이뤄질 수가 없죠. 한 배를 탔다고 봤기 때문에 이런 일들을 했던 것 같습니다. "

김동현은 이 조사 바로 다음 날 검찰이 집요하게 편파 수사를 해왔다는 사실을 주장하며 검찰에 등을 돌렸다.

용건석은 언론을 이용해 정치적 사안에 무관심한 중립주의자로 철저하게 연극배우처럼 연기까지 하며 위장했던 것이다.

그러나 검찰이 피의자를 회유해서 정치적 사건으로 어떻게 만들어 냈는지, 용건석이 일일이 수사 개입을 하고도 안 그런 척 위장한 술책 등 엄청난 내용임에도 오직 한 공중파 방송에서만 단독으로 다뤄 있을 뿐이었다. 다른 언론은 이에 대한 보도나 추가 취재를 전혀 하지 않았다. 이미 대부분의 언론은 용건석에게 불리한 것은 세상 사람들이 관심을 갖지 못하도록 보도하지 않은 지 오래였다. 언론은 용건석에게 보험을 단단히 든 듯했다.

한편 김동현은 2022년 7월 보석으로 풀려나 불구속으로 재판을 받았다. 그러다가 결심 재판을 앞두고 2022년 11월 전자발찌를 끊고 도주했다가 48일 만에 다시 체포됐다. '만약 협조하지 않으면 공소금액을 크게 키워서 20년 내지 30년을 구형하겠다'고 했던 검찰은 2023년 1월 등을 돌린 김동현에게 그 이상으로 징역 40년을 구형했다. 1심 법원은 라임의 돈이 투자된 4개 회사의 돈을 횡령한 죄를 인정해 징역 30년을 선고했다. 그런데 정작 투자를 설계하고 부도난 미국 펀드를 제대로 고지하지도 않고 투자자를 모집하고 돈을 빼돌린 진짜 주범에 대해서는 수사가 제대로 이루어지지 않은 상태에서 그만 항소심에서도 같은 형이 선고되었다.

11

수사지휘 II

장하리는 배신감을 느꼈다.

'라임 사건을 정치사건으로 만들기 위해 구속 피의자를 66회나 불러 회유하고 협박하다니' 장하리는 화가 났었다. 지난 6월 대통령 앞에서 용건석이 자신과 함께 인권 수사 원년으로 만들겠다고 다짐하고 다음부터는 구속된 피의자나 피고인을 검사실로 불러 회유하거나 협박하는 일을 하지 않도록 하겠다고 약속했던 것이다. 그런데도 말뿐이었고 약속을 지키지 않았음이 드러났기 때문이다.

장하리는 단호했다. 먼저 라임 사건에서 용건석이 수사개입을 하지 못하도록 지휘를 내렸다. 이어서 지검에서 수사 중인 용건석과 관련한 여러 비리 사건에 대해서도 지휘를 내렸다.

이미 고소·고발되어 있었으나 여태까지 제대로 수사가 이루어지지 않고 있었던 용건석의 처 김신명의 주가조작 사건과 용건석이 중앙지검장으로 있을 때 처 김신명이 각종 전시회를 개최하면서 거액의 협찬금을 받은 의혹, 용건석 장모의 요양병원 보조금 부정 편취사건, 용건석의 오른팔로 알려진 부하 검사의 친형의 뇌물 사건에서 여러 번 영장이 기각되고 불기소된 사건들이 있었다. 여태까지 수사가 제대로 이루어지지 않는 것에 대해 공정성을 매우 의심받고 있었다. 때문에 장하리는 라임 사건과 마찬가지로 독립적으로 수사가 이루어져야 한다고 판단해, 용건석이 수사지휘를 하거나 중간보고를 받지 못하도록 수사지휘를 했다. 지난 7월에 첫 번째 수사지휘를 내린 지 3개월 만에 장하리가 내린 두 번째 수사지휘였다.

청와대는 다음 날 '법무부 장관이 라임 사태와 용건석 검찰총장 측근 사건에 장관이 수사지휘권을 행사한 것은 불가피한 것으로 본다'는 입장을 냈다. '용건석 찍어내기'로 일찌감치 방향을 정한 언론은 용건석의 비리에 대해서 당연히 해야 할 질문을 하지 않았다. 용건석의 비리에 대해 아예 관심이 없었다고 해도 지나친 말이 아니었다. 대신 기자들은 청와대가 장관의 수사지휘에 관여했는지를 줄기차게 물었다. 청와대는 대변인을 통해 "장관으로부터 수사지휘권 행사와 관련해 보고 받지 않았고 관여하지 않았다"고 했다. 그러면서 "현 상황을 수사지휘는 불가피한 것으로 보는 것은 신속하고 성역을 가리지 않는 엄중한 수사가 필요하기 때문"이라며 장하리의 입장을 지지했다.

검언유착 의혹 사건에서 손 떼라고 했던 1차 수사지휘 때는 일주일간이나 버티고 불응했던 용건석은 두 번째 수사지휘에 대해서는 수사지휘가 있은 후 30분 만에 '장관의 지휘를 수용하겠다.'는 입장을 내놨다. 그리고 반격을 준비했다. 무대는 국회 국감장에서였다.

12

부하가 아니라고 하니 영웅이 되네

비서실 배경천 비서관이 장하리의 집무실에 들어와 TV 모니터를 켰다. 대검찰청을 상대로 한 국정감사가 메인 뉴스였다.

"법무부 발표는 전혀 사실에 근거하지 않은 것입니다. 한마디로 '중상모략'입니다. '중상모략'은 제가 쓸 수 있는 가장 점잖은 단어입니다. 야당 정치인 관련 부분을 송오현 남부지검장으로부터 직접 보고를 받고 '제 식구 감싸기' 한다고 욕먹지 않도록 철저하게 수사하라고 지시했던 겁니다." 2020년 상반기까지의 남부지검장은 송오현이었고 2020년 하반기에는 박철순이었다. 용건석은 변명을 계속 늘어놓았다.

"술접대 보도를 보자마자 바로 박철순 남부지검장에게 전화해서 접대받은 사람들을 찾아내라고 엄명했는데 도대체 무슨 근거로 검찰총장이 부실수사에 관련됐다고 하는지 이해할 수 없습니다"

용건석의 큰 얼굴이 경직된 채 조명을 받고 있었다.

"법리적으로 검찰총장은 법무부 장관의 부하가 아닙니다. 장관의 부하라면 정치적 중립과 거리가 먼 얘기가 되고 검찰총장이라는 직제를 만들 필요도 없습니다"

용건석이 언성을 높여 답변하고 난 후 질의 차례가 된 김 의원이 이를 캐고 들어갔다.

"그럼 총장이 장관과 친구입니까? 상급자입니까? 대통령과도 친구인가요?"

"그렇게 말씀하시면 안 됩니다!" 용건석이 반발했다.

"총장이 먼저 그렇게 말해서 지적해 드린 겁니다. 한번 살펴보자고요. 검찰사무는 대통령이 법무부 장관에게 위임한 것이지요. 정부조직법상 검찰사무는 법무부 장관이 관장하게 되어있고, 그 아래 외청으로 검찰청을 둔 것이니 법무부 장관은 검찰총장의 명백한 상급자입니다. 검찰청법에도 장관의 업무지시 감독권이 명확하게 규정되어 있지요?"

"..."

"그런데도 '부하가 아니다' 이렇게 말하는 것은 공무원으로서 잘못된 생각 아닌가요?" 김 의원의 논리는 반박의 여지없이 또렷했다.

장하리는 TV 화면을 끄고 페이스북에 짧게 글을 올렸다.

"검찰총장은 법상 법무부 장관의 지휘 감독을 받는 공무원이다"

지휘를 받는 공무원으로서 상식과 법논리를 벗어난 용건석의 궤변을 짧게 쳐냈다.

이날을 기점으로 언론은 용건석의 정치적 몸집을 키우기 위해 대대적으로 나섰다. '부하가 아니다'라는 것처럼 말이 안 되는 것도 띄우고, '살아있는 권력 수사'를 호기롭게 하는 거인으로 대접했다. 용건석은 국정감사장을 정치적으로 첫 데뷔 무대인 것처럼 활용했다.

13

'임기를 지켜라'

야당의 마원제 의원이 목소리를 높였다.

"라임 사태를 가지고 수사지휘권을 뺏고, 검찰총장을 모욕 주고 찍어내리려고 가족 사건을 가지고 치졸한 방식으로 수사지휘권을 박탈하는 게 과연 민주적 통제인가요? 독재인가요? "

"이런 상황에서 총장 거취문제에 말들이 많은데 사퇴 의향이 있는지 말해 주세요!" 마원제 의원이 총장을 엄호하면서 연달아 총장의 거취도 물었다.

"임명권자인 대통령께서 임기 동안 소임을 다하라고 했고, 에 또마, 여러 복잡한 일들이 벌어진 총선 이후 민주당에서 사퇴하라는 이야기가 나왔을 때도 대통령이 적절한 메신저를 통해서 흔들리지 말고 임기를 지키면서 소임을 다하라는 뜻을 전했습니다. 에, 또 저는 뭐, 제가 임기 동안 할 일을 충실히 하는 것이 임명권자뿐 아니라 국민에 대한 책무라고 생각하고, 흔들림 없이 소임을 다하겠습니다."

용건석은 연신 좌우로 고개를 내저으며 대통령을 상대로 한 정치 게임을 태연하게 벌였다. 그는 자신의 힘과 입지를 과시하는데 잘 이용했다.

청와대는 용건석이 괘씸하지만 일절 반응하지 않았다. 메신저가 있었는지 그가 누군지에 대해서도 일절 말하지 않았다. 다만 여권 핵심관계자가 청와대 분위기를 전했다.

"용건석 총장의 국감 발언에 청와대가 상당히 불편해했습니다. 대통령이 전달한 메시지를 국감장에서 일방적으로 공개한 것 자체가 무례하고, 항명으로 볼 수 있는 거죠, 공직자로서는 절대 해서 안될 행위였던 겁니다."

청와대가 몹시 격앙되었음을 짐작하게 했다.

"용 총장이 '자기 정치'를 위해 대통령 메시지도 일부러 끌어다 이용한 거라 봅니다."

여권 핵심은 그날 용건석에게 "정계 진출 의향도 있느냐"고 야당 의원이 물었을 때, 용건석이 부인하지 않았던 것과 연관을 짓기도 했다.

용건석은 권력에 굶주린 하이에나의 야비한 본성을 감추지 않았다. 그러나 언론도 야당도 그의 야비함은 감추어 주고 정권에 맞짱뜨는 거인으로 묘사했다.

그런데 새삼 화제가 된 것은 "누가 대통령의 메신저였냐"는 것이었다. 자연스럽게 대통령의 측근으로 자처하는 양수철이 지목되었다.

양수철은 기자 주정우와 친분이 두터웠다. 주정우 기자가 장하리 장관에게 검언유착 사건을 비호한 적이 있었다. 장하리 장관이 검찰 총장 용건석에게 검언유착 사건지휘에서 손 떼라는 수사지휘를 내린 후였다.

그는 일부러 과천까지 찾아와 "왜 그러세요? 장관님! 그건 겨우 취재윤리 위반한 거예요!"라고 했다. 장하리 장관은 그의 말을 제지하며 참견할 사안이 아닌 거 같다고 했다.

장하리도 그런 일을 상기하면서 용건석이 언급한 메신저가 바로 양수철일 것이라고 생각해 보았다.

14

검왕무치(檢王無恥)

국정감사 기간 동안 용건석이 서울중앙지검장으로 있을 때 불기소 처분했던 금융사기 사건이 불거져 나오기도 했다. 옵티머스 사산운용사가 중앙지검으로부터 무혐의 처분을 받은 이후 오히려 신용을 얻고 1조 원이 넘는 초대형 펀드사기를 쳤던 것이다. 용건석은 정치적 음모로 키울 수 있는 사건은 정치인과 연결 지어 스토리를 만들고 언론에 수사내용을 일부러 흘려 키우고, 그럴 필요가 없는 사건은 덮는 수법을 썼다. 일각에서는 옵티머스 자산운용 사기 사건에 민주당 유연수가 관련되었을 거라는 의심을 한 듯했다. 지난 총선 당시 유연수의 선거 사무실에서 집기를 구입한 돈이 옵티머스와 연관된 돈이라는 꼬리가 수사 선상에 올랐다.

장하리는 옵티머스 배후의 거악은 정치인이 아니라 금융 마피아 안에 있는 보이지 않는 큰 손일 것이라고 생각했다. '금융 마피아와 검찰 마피아, 이른바 금피아와 검피아가 손잡고 덮으려 했던 사건이 아닐까' 하는 의구심을 가졌다.

국정감사장에서 의원들은 용건석의 중앙지검에서 왜 무혐의를 해주었는지에 대해 감찰을 요구했다. 용건석의 아내와 장모의 여러 범죄 의혹에 대해서도 신속하고 엄정한 수사가 이루어져야 한다고 주장했다. 장하리는 의원들의 지적에 따라 장관으로서 필요한 조치를 철저하게 하겠다고 답했다.

다음날 장하리는 은정희 감찰담당관을 불러 옵티머스 펀드 사기사건 이외에도 국정감사에서 지적된 여러 사안들에 대해 감찰을 지시했다.

용건석 쪽은 장하리가 국회에서 감찰을 할 것처럼 답변했으나 으레 해보겠다고 한 것이라 여겼을 뿐 감찰 지시가 현실로 다가올 줄 몰랐을 것이다.

감찰 지시로부터 20여 일이 지나자 장하리의 말은 현실이 되었다. 은정희 팀은 조사를 마친 다음 마지막 단계에서 용건석을 대면 조사하고자 여러 차례 조사 일정을 용건석 측과 사전에 조율하려 애썼다.

총장의 신분을 예우해 감찰팀이 대검에 방문해서 조사하겠다고 했던 것이다. 그러나 용건석 측으로부터 아무런 응답이 없었다.

마침내 감찰팀 검사 2명이 방문조사 일정 통보 서류를 들고 전달하려 했으나 전영군 대검기획조정과장이 접수를 막았다. 하는 수 없이 서류를 놓고 법무부로 돌아왔는데 전영군이 서초동 대검찰청에서 법무부까지 그들을 뒤쫓아 왔다. 그는 "총장 모욕주기이고, 망신주기이다!"라며 울그락불그락한 얼굴로 큰소리로 항의하고 서류를 던지고 갔다. 그 후 검찰연구관들이 잇달아 총장 사수대로 나섰다. 그 맨 앞에 법무부에서 과장으로 일했던 전영군 기획조정과장이 소속 검찰 연구관들 6명의 뜻을 모으는데 앞장섰던 것이다. 그들은 검찰총장에 대한 감찰에 협조할 수 없다는 공문을 법무부로 보냈다. 하극상과 집단 항명을 능사로 여겼다.

애초부터 감찰팀을 꾸리는 것 자체가 은정희에게는 힘겨운 일이었다. 용건석을 상대로 조사한다는 것은 검사동일체 원칙의 정점에 있는 총장을 상대하는 것이었다. 상명하복에 절어 있는 집단에서 개개의 검사가 총장에 감히 맞서기는 어려운 것이었다. 평소에 정의감이 아무리 남다르다고 하더라도 결정적인 순간에 진짜 정의의 편으로 나설 수 있는 것은 아니었다.

인천지검의 어느 부장검사가 감찰팀에 합류하겠다고 했다가 마지막에 돌아섰다. 힘겹게 꾸려진 감찰 팀으로 파견 나온 이후에도 한 여성검사가 느닷없이 은정희를 배신하는 일도 일어났다. 11월 29일 '판사 사찰 문건에 대해 총장은 죄가 안된다는 취지의 보고서를 작성했는데, 은정희가 기록에서 삭제했다'라고 주장하기도 했다.

이런 우여곡절에도 불구하고 은정희 팀이 흔들림 없이 감찰을 진행한 결과는 매우 충격적이었다. 무엇보다 용건석의 대검에서 판사 사찰 문건을 작성했다는 것에 장하리는 크게 분노했다. 장하리는 자신의 젊은 시절 전두환, 노태우 공안정국에서 판사로 있을 때가 오버랩되었다. 당시 사법부가 판사의 성향 분석 정보를 가지고 사건을 배당할 때 이용한다던가, 재판 결과를 가지고 인사에 반영한다던가 했던 일이 있었기 때문이다.

문건 내용에는 인터넷에 떠도는 정보도 있는데 심각하게 볼 일이 아닐 수도 있다고 여길 수도 있을 것이다. 그러나 인터넷에 나오는 정보도 일부러 모아서 별도로 수집하면 문제가 된다고 생각했다.

어떤 판사가 '술 마시고 다음 날 늦게 일어나 영장심사에 불참했다'라는 식의 판사의 약점이 되는 민감 정보나 그로 인해 '물의 야기 법관' 리스트에 올랐다는 정보도 판사의 사생활을 침해할 수 있는 위험한 것이라고 생각했다. 그리고 명성 장관 가족 재판부 재판장인 김 판사가 수원지검 검찰 고위직과 처제와 형부의 관계라는 것도 그 형부 검사를 통해 영향을 미치겠다는 의도가 엿보이고, 김판사가 '우리 법 연구회' 소속이라는 것도 성분 분석 용도로 보였다. 마치 과거 공안정국이 하던 수법과 하나도 다를 게 없어 보였다. 심지어 대통령과 같은 출신 대학교 판사도 따로 분류했는데 만약 재판 진행이나 판결 결과에 불만이 있으면 '어용판사'라는 딱지를 쉽게 붙일 수도 있을 것만 같았다. 대통령은 법조인 배출이 적은 대학교를 나왔다. 현재 같은 대학 출신 판사도 매우 적었다. 장하리는 선이 넘은 행태를 보면서 그전 노무현 대통령이 검사들에게 "이쯤 되면 막 나가자는 겁니까?"라고 질타했던 말이 생각났다.

감찰결과 보고와 검토가 끝난 후 은정희의 표정이 상기되어 있었다.
"총장이 조사 일정 잡는 것도 불응하므로 앞으로도 조사도 응하지 않을 것으로 생각됩니다."
옛날 임금은 허물이 없다며 군왕무치(君王無恥)라고 했는데, 검찰총장은 자신을 검왕무치(檢王無恥)라고 여기는 듯했다. 뭐든 무죄라는 철벽 자세였다.

그렇다면 총장에 대한 대면조사가 불가능한 상태에서 감찰 조사결과에 대한 결론을 내야 했다. 총장에 대한 징계 청구가 불가피하다는 데 의견이 모아졌다.

III

꿈틀거리는 거악(巨惡)

15

코끼리 사냥은 왜 실패할까?

"코끼리 사냥을 한다고 생각해 보자고요. 누군가 먼저 창을 던졌습니다. 코끼리가 엄청 화를 내면서 창 던진 놈에게 달려들겠죠. 그때 옆에서 창을 든 사람들이 구경만 하고 있으면 처음 창을 던진 사람은 밟혀 죽을 겁니다. 하지만 누군가 두 번째 창을 던지고 또 다른 이가 창을 던지면 결국 코끼리는 쓰러집니다. 지금 대한민국 최고권력자가 거짓말한 상황입니다. 많이들 동참했으면 좋겠습니다."

장하리가 비리를 파악하고 징계청구를 했으나 용케도 살아난 용건석이 대통령과 청와대를 속이고 국민을 속이고 대통령이 되어 영국 미국 캐나다로 순방을 나간 2022년 가을에 탐사전문기자 심명보 기자가 한 말이다.

장하리가 징계청구를 하고도 사실상 해임된 것을 눈치챈 사람들이 많지 않았다. 대통령에 대한 논란거리를 만들고 싶지 않았던 장하리가 선의를 가지고 사직한 것처럼 말했기 때문이다. 그리고 당의 동료

들은 입법으로 개혁을 완수하겠다고 약속했던 것이다.

그러나 코끼리가 장하리를 향해 덤빌 때 동료 중 누구도 창 들고 함께 나서주지 않았다. 오히려 정면에서 코끼리를 막고 있던 장하리가 사라져 주기를 바랐다.

'내가 사라져 주면 코끼리가 얌전해질 것이라고 믿었었다'는 변명을 할까? 그런 어리석은 믿음이 돌이킬 수 없는 착각이었고 실패한 것으로 완전히 드러난 지금쯤 그들은 어떤 책임감이라도 느끼고는 있을까? 그때 그들은 왜 역사에 대한 무게감을 회피했을까? 바람이 몹시 부는 가을밤 한강변으로 나간 장하리는 두어 시간을 걸으며 이런 독백을 하고 또 했다.

다음날은 용건석의 욕설 외교가 국내외에 충격을 던졌다.

뉴욕에서 바이든 미국 대통령이 주최한 질병 퇴치를 위한 모금 행사 무대에서 아주 잠깐 바이든을 만나고 난 뒤 나오면서 "국회에서 이 xx들이 승인 안 해주면 바이든은 쪽 팔려서 어떡하나"라고 했다. 서울에서 동행한 공동취재단의 방송 마이크에 그대로 잡혔다.

욕설 사실 자체는 부정할 수 없게 되자 청와대는 일단 보도 통제를 시도했다. 외교 관계에 악영향 끼칠 수 있다면서 기자들에게 보도하지 말아 달라고 요청했다. 그러나 MBC가 그대로 보도하자 다른 방송들도 잇달아 보도했다. 미국이나 해외언론도 이를 대대적으로 보도했다. 다급해진 대통령실 홍보수석은 하루가 지난 다음날에서야 "××는 한국 국회에서 민주당을 말한 것이고, '민주당이 승인 안하면, 날리면'이라고 했다"는 믿기 어려운 해명을 내놨다. '날리면'

이라고 한 것을 '바이든'으로 잘못 들은 것이라고 주장했다.

홍보수석의 눈물겨운 해명 노력에도 불구하고 시중에는 여러 측면의 해석이 나돌았다.

"안에서 새는 바가지가 밖에서도 샌다. 경건함은 눈곱만큼도 찾아볼 수 없는 평소 그의 욕설 버릇이 외교무대에서 참사를 자초한 것이다."

"바이든은 무려 1400억 원이나 되는 기부금을 내기로 한 한국의 대통령의 정상회담 제의에 응하지 않았다. 더구나 용건석이 다른 참석자들과 줄지어 서서 차례로 악수할 때 1분도 못 되는 순간조차 눈길도 제대로 마주치지 않고 건성으로 대했다. 자존심이 상할 대로 상한 용건석이 검사 때 하던 버릇대로 거들먹거리며 의도적으로 바이든을 깎아내리고 자신의 체면을 지키려는 허세를 부린 것이다."라는 색다른 해석도 있었다.

'바이든'을 '날리면'이라고 한 것이라고 뒤늦은 해명에도 불구하고 미국 바이든 대통령에게는 치명타였다. 2022년 11월 중간 선거 결과가 자신이 대통령 재선거에 나설지 말지를 결정하는 변수가 될 것이었다. 때문에 바이든은 중간선거를 앞두고 물가를 잡기 위해 인플레이션 감축법을 통과시켰다. 그리고 질병 퇴치 기금도 모아 글로벌 리더임을 부각하고 지지율을 끌어올리려 노력을 기울이고 있는 중이었다. 바로 그 정점에서 우방 한국의 대통령이 '미국 의회가 승인 안 하면 창피를 어떻게 감당하나'며 직설적인 조롱을 했기 때문이다.

용건석의 청와대는 바이든을 날리면이라고 한 구차한 변명에 이어 날리면을 바이든으로 왜곡한 자를 찾아내겠다고 어름장을 놓았다.

언론을 향한 재갈 물리기였다.

"검찰이 제 식구 감싸기 할 때는 두 눈 뜨고 길하기(전 법무부 차관으로 42편에 나옴)도 몰라보더니, 국가권력을 완전히 장악하고 난 후에는 제대로 들리는 것도 안 들린다고 하는구나! 아, 넉 달 만에 망국의 길로 가고 있다!" 시중에는 이런 탄식이 들렸다.

바이든에게 즉시 막말로 분풀이를 한 용건석의 행동에 대해 장하리 나름대로 아주 낮은 그의 자존감 탓이라고 생각했다.

"사람에 충성하지 않는다. 오직 조직에 충성할 뿐이다." 용건석은 검찰총장 인사청문회에서 이런 말로써 신선한 감동을 준 적이 있었다. 일개 고검검사에서 중앙지검장을 거쳐 검찰총장으로 6계단이나 올려 자신을 발탁해 준 대통령에게 대항할 수 있는 두둑한 배짱을 갖춘 인물이라고 언론이 열렬히 추어주었다. 그리고 1년 후 또다시 그가 "법무부 장관의 부하가 아니다"라고 했을 때도 권력의 억압에 굴하지 않는 거인으로 묘사해 주었다.

장하리도 용건석으로부터 욕설을 들은 적이 있었다. 물론 나중에 전해 들은 것이었다.

2020년 무더운 여름 저녁, 법무부 소속 검사들이 퇴근길에 집 근처인 서초동에서 술자리 모임을 가졌다. 같은 술집에 들어온 용건석과 '대검 사람들'이 먼저 '과천사람들'을 알아보았으나 노골적으로 냉대했다.

그들은 법부부로 간 식구들을 '과천사람들'이라고 불렀다. 때는 장하리가 용건석이 하도훈을 감싸고돌며 수사를 방해하는 것을 막고자 용건석에게 '수사지휘에서 손 떼라'는 지휘권을 발동하고 난 무렵이었다.

법무부를 향한 볼멘소리가 웅성웅성 들리더니 용건석 특유의 높은 목소리가 터져 나왔다.

"야이! 장하리 그 ㅆㅂㄴ이! " 술자리에서 용건석은 몹시 분을 삭이지 못하고 있었다. 다분히 '과천사람들'이 들으라고 한 욕설이었을 것이다.

이를 전해 들은 장하리는 용건석의 모습이 어느 정도 그려졌다. 왜냐하면 그와 친분이 있는 법무부 조남북 국장이 용건석의 전화를 받자마자 하도 심한 욕설을 퍼붓는 바람에 같이 있던 사람들이 그가 절절매는 광경을 보았기 때문이다. 전화기 너머로 욕설 소리가 나 들릴 정도로 목소리도 컸다. 그는 아랫사람을 대할 때 거의 쥐잡듯한 기세로 나무라고 다혈질이어서 한번 흥분하면 거친 말을 폭포수처럼 쏟아낸다고 했다.

청와대가 그를 발탁하기 전에 그런 평판을 왜 심각하게 여기지 않았었는지 장하리는 몹시 의아했다. 모르고 키운 인물이 아니었다. 알면서도 키우고 뽑은 인물이었다.

지금은 사람들이 그저 코미디보다 더 웃기는 정치 수준이라고 여기며 정치 전체를 도매금으로 낮추어 보는 것에 그칠 것이다. 대통령까지 된 그가 벼랑 끝에 서 있는 이 나라의 운명에 얼마나 돌이킬 수 없는 해악을 끼치고 있는지는 시간이 좀 더 지나야 실감할 것 같았다.

어쨌든 미국 국회와 바이든에 대한 흥건한 욕설은 장차 용건석의 가장 유명한 어록으로 남게 될 것이라고 장하리는 생각했다.

16

백척간두에서의 큰 결심

2020년 11월 늦가을 강원도 속초에 현대식 교정시설이 새로 지어졌다.

교도소는 교정시설correctional facility이라고 부른다. 언젠가 사회 복귀를 정상적으로 하도록 지원한다는 의미다. 그러나 아직 사람들이 가지고 있는 인식은 수감으로 자유를 박탈하고 고통을 주는 것을 당연하다고 여기고 있다. 대부분의 교도소가 지은 지 오래돼 낡은 데다가 과밀수용을 하고 있었다. 극심한 추위도 그렇치만 찜통더위를 식힐 아무런 수단도 없다. 냉방시설은 엄두도 못 내고 있다. '죄지은 사람들에게까지 혈세로 피서시키냐' 하는 반발여론에 부딪히기 때문이었다. 교도관들도 같이 고통을 겪고 있었다. 그래서 장하리는 복도에라도 냉방장치를 해서 감방 안으로 식힌 공기가 들어가도록 해보자는 궁리도 해보았다. 새로 옮겨 지으려고 하면 혐오시설이라고 주민들이 반대 민원을 제기했다.

대한민국 헌정사 여성 최초로 교정직에서 올라와 교정본부장이 된 이영옥과 법무부 장관 장하리가 서로 마주 보며 뿌듯한 표정을 지으며 미소 짓고 있었다.

이곳은 체육관 테니스장도 만들어 시설 유치를 받아준 주민들도 이용할 수 있게 해 주민들에게 감사를 표했다.

시설도 깨끗하지만 멀리 설악산 울산바위가 바라다보이는 멋진 위치다. 두 여성은 현판식을 마치고 양손을 마주 잡고 이곳을 다녀간 모든 분들이 업장을 소멸하고 제대로 사회에 복귀할 수 있기를 마음속으로 빌었다.

개청식을 마치고 장하리는 일행들과 헤어져 조용히 낙산사로 향했다. 낙산사로 가는 길 내내 장하리는 손에 땀을 쥐었다.

'백척간두에 살 떨리는 무서움과 공포를 이겨내고 혁파해 내지 못하면 검찰개혁은 공염불이 되고 말 것이다.'

결행의 시간이 다가올수록 장하리는 자신이 감당해 내야 하는 무게와 이에 비례한 엄청난 공포로 전율했다.

낙산사는 15년 전 큰 화재로 다 타버리고 2년 뒤 복원됐다.

낙산사 보타전에는 노무현 대통령의 영정이 모셔져 있었다. 개혁에 대한 열망을 안고 출발한 정치의 길에 숱한 저항에 마주치고 깨지고 다시 일어나 넘어서며, 결단이 필요할 때 주저하지 않았던 분, 그러나 퇴임 후 다음 정권의 정치검사들로부터 실오라기 하나 남김없이 낱낱이 발가벗기듯 털리고 아내의 인격도 자신의 인격도 다 짓밟히자 '삶과 죽음 모두 자연의 한 조각'이라며 몸을 던져, 때 묻고 탁한 이 세상을 버리고 홀연히 가신 그분 앞에 섰다.

'제가 이 짐을 짊어지고 저 건너 강가로 져다 나르기로 결심했습니다. 끝까지 이겨낼 수 있도록 제게 용기를 주십시오'

삼배를 올리고 일어선 장하리의 표정이 편안하게 바뀌어 있었다.

대통령의 편한 미소가 장하리에게 무한한 위안을 주었던 것 같았다.

마침내 장하리는 활시위를 팽팽하게 당겼다.

11월 23일 월요일에 장하리는 대통령 관저로 갔다. 대통령은 주말 이른 새벽녘에 APEC 아시아태평양 경제협력회의에 화상으로 참석하고 월요일 하루를 휴가내서 오랜만에 휴식을 취하던 중이었다.

장하리는 삼찰 결과 징계가 불가피함을 자세히 말씀드렸다. 관저를 나온 장하리는 곧바로 회의를 소집했다. 장하리는 징계청구를 전격적으로 하는 것이 바람직하다는 간부들의 의견을 받아들였다. 징계 청구 발표는 바로 다음 날로 정했다. 장하리가 전격적으로 징계청구를 이튿날 하기로 한 것은 용건석의 로비가 우려되었고 바깥으로 정보가 샐 틈을 주지 않아야 한다고 생각했기 때문이다.

나중에 김종성 민정수석의 말을 통해 실제 짐작대로 용건석이 당시 집요하게 전화를 했던 것을 알았다. 김 수석은 '나민영 비서실장에게 용건석이 전화를 몇 차례 걸어 대화도 나눈 줄로 아는데 나중에는 나 실장이 전화를 안 받았다'고 했다. 나 실장이 용건석 자신은 대통령을 잘 모시고 싶은 생각은 추호도 변함이 없다는 말도 들었다고 했다. 조남북 대검차장도 김종성 수석에게 자신이 '중간에서 잘 중재를 해보겠다'는 전화를 했다고 한다.

용건석은 자신에 대한 감찰이 장하리의 독단인지 아니면 청와대도 같은 판단을 하고 있는지를 비서실장을 통해 전화로 확인하려 했을 것이다. 그리고 조남북에게도 전화를 지시했을 것이다. 조남북은 용건석의 불법과 비리의 문제를 법무부 장관과 용건석 사이의 갈등의 문제로 초점을 돌리면서 무마해 보려고 시도했던 것이다. 그는 법무부 검찰국장에서 대검차장으로 영전해간 이후 장하리의 신임을 저버리는 일을 계속했다.

시간을 끌수록 용건석은 수사권력을 이용한 채찍과 당근의 술책으로 청와대의 판단을 흐리게 할 것이 예상되었다. 대통령 대면보고 자리에 나 실장이 배석하지 않았던 것이 그나마 다행한 일이었다. 김종성 민정수석은 지난번 검찰 인사 때에는 비서실장에게 휘둘린 적이 있었다. 그러나 그 후로는 자신의 실수를 사과하고 제대로 자기중심을 잡고 정실에 휘둘리지 않고 합리적 판단을 하고자 노력했다.

징계청구 직후에 대통령이 수석보좌관 회의에서 총장의 행태는 차마 눈 뜨고 볼 수 없는 지경이라는 의미로 '목불인견(目不忍見)이다!'라고 언급했다고 한다.

17

크고 밝고 충만한 주문

장하리가 퇴임한 후 한참 시간이 지났을 때 보장스님이 장하리를 불렀다. 힘들어할 때마다 미움의 여유를 주신 스님이었다.

위로의 곡차를 건넸다.

"화는 좀 가라앉았나요?"

장하리는 대답 대신 엷게 웃었다. 외롭고 쓸쓸해 보였다.

"스님! 그때가 생각납니다."

장하리는 징계를 결행하기 전 낙산사에 다녀갔을 때를 떠올렸다. 벌써 3년이 흘렀다.

2005년 낙산사가 불타고 있을 때 불씨가 천지사방으로 도깨비처럼 날아다녔다. 천년의 역사를 간직한 보물들을 화마가 마구 집어삼키고 있었다. 낙산사 옆 바닷길을 따라가면 조그마한 암자가 벼랑에 걸터앉혀 있다. 그 옛날 의상대사가 일곱 날을 밤낮으로 정좌 기도를 하고 소원을 빌었는데 붉은 연꽃이 바닷속에서 솟아오르고 그 속에서 관음보살이 나타났다. 그때 무상대도를 얻은 대사가 이곳에 암자를 짓고 홍련암이라 했다. 바닷가 절벽에 지은 그 암자를 화재로부터 지키기 위해 스님은 밤낮없이 쉬지 않고 가파른 절벽을 오르내리며 물동이를 져 날랐고 그 덕분에 무사히 지켜냈다.

스님이 3년 전 홍련암으로 자신을 안내한 것도 '무도한 세력이 겁박하고 화마처럼 미친 듯 정의를 짓밟으려 해도 누군가 이를 진화하려고 용기를 내고 젖 먹던 힘을 다해 돌파하면 밝은 세상이 그만큼 이뤄지는 것'이라는 암시를 담은 것이라고 장하리는 생각했었다.

"보살님 혼자가 아니고 든든한 분이 뒤에 계시다고 소승은 안심을 했지요. 대통령이 누굽니까? 모셨던 분이 검찰의 손에 의해 난자를 당하시고 세상을 하직하신 분 아닙니까? 그래서 언제나 보살님을 누구보다 응원하실 거라고 소승도 믿었지요!"

"그래서 괴롭습니다." 스님은 위로가 되라고 되짚어보는 말을 했지만 장하리는 괴롭기만 했다.

측근들은 징계 추진이 대통령 보고도 없이 이루어진 장하리의 독단이라고 여기게 만들었기 때문이다. 그러나 장하리는 처음부터 자칫 여론이 흔들릴 경우 국정 운영에 큰 부담이 될 수도 있다고 보고 직접 대면보고를 하는 것이 당연한 도리라 여겼다. 보수화된 언론이 워낙 현 정부에 대해 반감을 가지고 있고 '명성 사태'를 기점으로 검찰 관련 보도에 있어서 특히 편향적이었기 때문에 그런 우려는 어쩔 수 없는 것이기도 했다. 또한 법적으로도 장관은 절차상 징계청구권자에 불과하고 인사권자인 대통령이 징계를 집행하는 최종책임자로 결재를 하는 것이므로 절차상 보고할 의무가 있는 것으로 생각했다.

"마하 반야 바라밀!"

스님은 젖 먹던 힘을 다해 바쳤으나 이루지 못하고 맥이 빠진 장하리의 공허한 마음을 헤아리고 있다는 듯 '크고 밝고 충만해지라'는 주문을 내렸다.

18

콘트롤에 대한 헛된 자신감

용건석을 키운 보수 언론은 용건석의 교활함을 과소평가했다. 그를 도구삼아 정권을 가져오면 얼마든지 그들의 입맛대로 통제할 수 있다고 계산했다. 반면 보수 지지자들은 그를 과대평가했다. 극렬지 지자들은 특검 수사로 유신공주마마 박근혜의 탄핵근거를 마련한 용건석임에도 그가 대통령에게 맞짱 뜨는 모습에서 열렬히 환호했다. 자신들의 불만이 모두 지금의 좌파 정권이 불러온 것인 양 굳게 믿으면서 좌파 정권 응징에 가장 유능한 인물이라고 보고 큰 기대감을 가졌던 것이다.

'용건석 대통령 만들기'에 나선 사람들 중 유일하게 그의 처 김신명만은 그의 진짜 실력을 알고 있었다.

용건석이 미국 의회와 대통령을 향해 싸잡아 욕설을 날리고 돌아온 날, 그를 거인으로 만들기에 일조했던 D일보의 한 논설위원이 대선 전에 김신명이 적나라하게 남편 흉을 본 것을 인용해서 비판 논설을 실었다.

"(남편이) 멍청해도 말을 잘 들으니까 내가 데리고 살지 , 저런 걸 누가 같이 살아주겠어요? 인물이 좋나, 힘이 세나, 배 튀어나오고 코 골고 많이 처먹고 방귀 달고 다니고⋯ 당신 같으면 같이 살겠어요? "

이것은 어느 기자가 김신명과 대화 중에 녹음한 것이었다. 지금까지는 덜 자극적인 일부 내용만 알려졌었다. 그것도 김신명 측에서 녹음내용을 보도하지 못하도록 방송금지가처분을 신청하는 바람에 방송이 아니라 판결문으로 알려졌던 것이다.

"우리 남편은 바보다. 내가 다 챙겨줘야 뭐라도 할 수 있는 사람이지, 저 사람 완전 바보다"

김신명의 녹취록을 옮긴 그 논설위원은 "그때 우리가 놓쳤던 것을 생각하면 섬뜩하다⋯ '용신의 리스크'는 사실이었다는 얘기다."라고 겁 없이 도발적인 글을 썼다.

대통령이 해외 순방 후 지지율이 올라가는 것이 당연함에도 거꾸로 폭락한 지지율로 인해 '자존심 상해 못 살겠다'며 작심하고 쓴 것일까? 그런데 그녀는 불과 석 달 전만 하더라도 용건석을 처칠에 비유한 '용비어천가'를 진하게 불렀었다. '최고의 리더는 대부분 검증과정 없이 나온다'고 하며 검사 경력뿐인 그의 형편없는 리더십을 화장발로 감추어 주었다. '용건석은 12살 차이, 처칠은 11살 차이로 나이 차이가 많은 미모의 아내를 둔 애처가이고, 술을 엄청 좋아하는 것도 똑같다', '여러 번 떨어져도 사법시험에 합격할 때까지 도전하는 불굴의 의지, 사람에 충성하지 않는다는 불충의 아이콘도 처칠과 닮았다'는 등 낯 뜨거운 극찬을 아끼지 않았었다.

'용건석 대통령 만들기'에 앞장섰던 언론들은 그의 결점이 도드라질 때마다 애프터서비스에도 열심이었다. 용건석은 자주 정해진 스케줄보다 늦게 나타났다. 그러자 경쟁 매체인 ㅈ일보도 그의 지각 버릇을 처칠에 비유해가며 미화했다. 회의에 지각한 처칠이 '예쁜 아내와 살고 있으면 절대 일찍 못 일어날 것이다'라는 유머로 비판을 넘겼다고 하며 적극 엄호해 주었다.

언론은 경쟁적으로 용건석을 키워 대통령으로 당선시켰고 얼마 전까지 너나없이 뒤질세라 아부경쟁을 했다. 그런데 너무 빨리 애정이 식어버렸다. 겨우 취임 넉 달 만에 "'우리 남편 바보'라는 녹취록은 결국 용건석 리스크였나"라는 탄식이 터져 나왔던 것이다. 애잔한 애프터서비스에도 불구하고 용건석이 그들 뜻대로 콘트롤 되지 않는 데 따른 피로감을 여과 없이 드러냈다.

용건석의 교활함을 과소 평가한 것은 장하리가 고군분투할 당시의 청와대도 마찬가지였다.

'검찰총장은 내가 잘 콘트롤 하는데, 오히려 법무부 장관이 콘트롤이 안 된단 말이야!' 나민영 비서실장이 집권당 관계자들을 만나면 골치 아프다는 시늉을 하며 말했다고 한다. 장하리의 귀에도 이런 나 실장의 말이 들어갔다.

"나 실장이 그런 인식을 갖고 대통령을 보좌하고 있다니 큰 일 낼 사람이군요! 용건석은 검찰권력을 쥔 사람이고 대한민국 검찰이 그의 한마디에 따라 움직이는 시스템 아래에 있는데, 무슨 콘트롤을 할

수 있다고 그럽니까? 아니 그의 말 대로라면 개혁도 콘트롤되는 총
장을 시키면 되지 왜 나더러 하라고 맡겼습니까? 이미 하극상을 다
드러낸 인물을 콘트롤할 수 있다고요? 도대체 뭘 믿고 그런답니까?"
장하리는 너무나 어이없고 황당하다는 반응을 보였다.

'이 사람들은 정권이 넘어가도 좋다는 것이라면 무슨 보험이라도
들었나?'라고 장하리는 혼자 속으로 그런 의심을 하기도 했다.

나 실장은 용건석에 의해 자신이 이용당하는 것임을 구분하지 못
했다. 나민영 실장은 끝까지 용건석이 정치에 뛰어들지는 않을 것이
라고 확신했다. 장하리를 그만두게 한 후 한 달 지난 인터뷰에서였다.
"총장직을 그만두고도 정치를 안 할 거라고 예상하십니까?"
"네 저는 그렇게 보고 있습니다."
"안 할 거라고 확신하는 이유는 뭘까요?"
"글쎄, 뭐… 말씀드리기는 좀 그렇습니다."
"가까이서 보셨으니까 평소 성향, 성격 그런 거 볼 때 안 하실 것
같아요?"
"저는 그렇게 봤습니다."

나 실장의 이 인터뷰가 있기 바로 전날 대통령도 신년 기자 회견에
서 용건석에 대한 전폭적인 신임을 보였다. 자신의 정부가 임명한 검
찰총장이라고 단호하게 지지하는 말을 했다.
"그리고 용건석 총장이 정치를 염두에 두고 정치할 생각을 하면서
지금 검찰총장 역할을 하고 있다고 생각하지 않습니다."

더 나아가 용건석을 두둔했다.

'대통령은 악함을 인식하고도 어디까지나 선의로 대하면 용건석을 콘트롤할 수 있다고 정말 믿고 있는 것일까?'

장하리는 TV 화면에서 흘러나오는 대통령의 육성을 듣고 혼잣말을 하면서 명치 아래 가슴이 에이는 통증을 느꼈다. 언론과 야당이 '장하리가 용건석을 키운다'고 조롱하고 여당도 덩달아 '장하리 리스크'라고 할 때마다 가슴 한편이 에이는 듯했다. 그럴 때마다 '참 의리 없네', '시기나 질투인가 보다'라고 여기며 애써 덤덤하려고 했었다. 그런데 대통령이 국민 앞에서 정식으로 공인하는 말이었기 때문에 크게 실망했다. 장하리로서는 상처가 컸다.

그로부터 1년 후 나민영 실장은 용건석이 야권의 대선 후보로 확정되고 지지율 1위를 달릴 때 다시 인터뷰를 했다. "용건석이 처음부터 '배신의 칼'을 품었을 것입니다"고 했다. 자신의 예상이 엇나가자 뒤늦게 그는 용건석이 대통령과 자신들을 속였다고 분개했다. 그러면서 과거 2019년 6월 검찰총장 후보 면접 때 자신이 들은 말을 꺼냈다. 당시 4명의 후보 가운데 용건석이 대통령의 검찰개혁 방향에 찬성은 물론, 오히려 정부보다 더 높은 수준의 의견을 보이며 필요성을 가장 강력하게 주장했던 후보라고 했다.

"면접 때 검찰의 신뢰 회복을 위해서라도 고위공직자 범죄수사처는 반드시 필요하고, 검찰의 수사지휘 조항이 없더라도 검찰과 경찰 사이에 협력이 가능하기 때문에 검찰의 수사권 조정에 대해서도 자신은 찬성한다고 분명하게 밝혔습니다. 그건 문서로도 남아 있어요"

'용건석을 콘트롤되는 사람이라며 해임되지 않도록 하는데 일정한 막후 역할을 한 사람이 일을 다 그르쳐 놓고 이제 와서 '우리는 처음부터 속고 속인 관계였다'는 식의 신파조를 듣자니 도무지 앞뒤가 맞지 않는 사람이구나!' 라고 장하리는 생각했다.

'국정을 책임진 사람을 보좌하는 가장 높은 자리에 있는 사람은 속아서는 안 되는 사람이고 속았다는 것으로 면책될 수도 없다. 속인 것도 나쁜 것이지만 속아서 안 될 지위에 있는 사람이 속는 것도 나쁜 것이다. 속지 않도록 감찰도 해서 자료도 제시하고 징계절차도 밟았는데 그런 피눈물 나는 노력은 제대로 보지도 않고 갈등을 일으킨다고 엉뚱한 질타를 하고 애먼 사람을 쫓아내고 나서 속았다고 분개하는 것이 창피하지도 않나?' 장하리는 다시 꾹꾹 눌렀던 마음속의 화가 솟구쳐 얼굴이 붉어졌다.

'국민 여러분! 우리가 속았습니다.'라고 나 실장이 사람을 잘 못 봤음을 시인하는 인터뷰는 바로 직전에 용건석이 다음과 같이 한 말이 뒤늦게 알려졌기 때문이었다.

"과거의 어떤 정권도 이런 짓을 못했습니다. 겁이 나서, 근데 여기는 겁이 없어요. 보통은 겁나서 못합니다. 안 그렇습니까? 대통령 임기 5년이 뭐 대단하다고 . 너무 겁이… 없어요, 하는 거 보면"

용건석은 거들먹거리는 말투와 고개를 좌우로 흔드는 특유의 몸짓을 해가며 여과 없이 뱉어냈다. 자신을 발탁한 대통령을 향해 '감히 겁 없이 검찰을 손보려 했다'는 것이다. 이 같은 과격한 발언을 한 시점은 2021년 12월 말경이었는데 한참 후에 세상에 알려졌다. 대통령이 임명한 검찰총장이라고 지지하는 말을 해 주었음에도 그는 대통령을 능멸하는 불충한 말을 뱉는 모습을 카메라 앞에서 찍었던 것이다. 검찰은 국민이 선출한 최고권력인 대통령도 건드리면 안 되는 실질적인 최고권력기관이라는 식이었다. 한마디로 반헌법적 사고였다. 또한 인간적으로도 참 나쁜 사람이었다. 선의를 가지고 자신을 끝까지 신임해준 대통령에 대한 악행이고 도리를 저버린 패륜적 태도였다.

속은 것으로 끝나지 않을 것이다. 악행을 얼마든지 막을 수 있는 기회가 여러 번 있었는데도 그때마다 타이밍을 놓친 것이다. 악행 제지할 권한을 가지고도 묵인하고 엄호한 데 따른 후과를 누가 감당해야 하는 것인가?

19

왜 하필 이 시각이냐

은정희 팀은 2020년 11월 24일 늦은 오후에 징계 청구서를 장하리에게 올렸다.

첫째, 언론사 사주와의 부적절한 접촉, 둘째, 명성 전 장관 등 주요 사건 재판부에 대한 불법사찰, 셋째, 채널A 사건 및 한명숙 전 총리 사건 관련 측근을 비호하기 위한 감찰 방해와 수사방해, 언론과의 감찰 관련 정보 거래 사실, 넷째, 총장 대면조사과정에서 협조 의무 위반 및 감찰 방해 사실, 다섯째, 정치적 중립에 관한 검찰총장으로서 위엄과 신망이 손상된 사실 등이었다.

브리핑 시각 오후 6시에 맞추어 브리핑 장소인 서초동 서울고검 청사내 기자실로 향했다. 가는 길은 정체가 심했다. 도착 직전에 배경천 비서관이 조수석에 앉아 있는 이규관 보좌관에게 다급한 목소리로 전화를 했다.

"강북 정무 쪽에서 전화가 왔는데요, '징계 청구 사유 중에서 정치 중립훼손은 빼라'고 하는데요"

"장관님이 전화를 안 받는다고 하세요"

"그런데 자기들에게 미리 안 알렸다고 막 짜증 냈어요"

"이 일이 어디다 함부로 미리 알리고 말고 할 일이 아닌 줄 그들도 이해해야죠. 그냥 참아요!" 그들은 청와대를 강북이라고 했다. 청와대 정무수석이 미리 안 알렸다고 야단한 모양이었다.

장하리는 이동 중에 유연수 당 대표에게는 징계청구를 발표한다고 직접 전화를 했다. 유연수는 지난여름에 국무총리를 그만두고 당대표가 되었다.

오후 5시 20분경 법무부가 브리핑을 예고하자 용건석 검찰총장 측과 한배를 탄 검찰 출입기자단의 일부 기자들은 기자회견 내용을 알고 장하리의 기자회견 취재를 보이콧하자고 기자단 분위기를 조성했다. 이런 분위기를 모르는 장하리가 고검 기자실 단상에 등장하자 한 기자는 'ㅆㅂㅆㅂ' 욕을 했다. 웅성거리는 기자들 가운데 한 기자가 나섰다.

"퇴근 시간에 일방적으로 이러시면 됩니까?"

장하리는 긴급히 보고할 수밖에 없는 사정에 대한 양해를 구하고 준비한 입장문을 찬찬히 읽어 나갔다. 헌정사상 초유의 긴박한 사태 앞에 곧 조용해졌다.

이틀 후 한 인터넷 언론인이 검찰 출입기자단을 찾아가 보이콧 소동에 대해 항의했다.

"사건이 기자를 좇아가느냐? 사건이 생기면 좇아가 취재하는 게 기자다. 퇴근 시간 되니까 그 핑계로 보이콧한다고? 기자가 기자다워 야지!"

선배 기자의 찌렁찌렁한 항의 목소리에 노트북만 내려다보며 아무도 쳐다보지 않았다. 어쨌든 언론의 관심은 징계청구 사유에 있지 않았다. 그들의 취재 보이콧은 조직적 저항이었고 크게 잘못된 검언유착이었다. 만약 언론이 그때라도 용건석사단이 검찰권을 사유화해서 엄청난 불법을 저지르고 있는 것에 조금만 관심을 기울였더라도 2년 후 용건석사단이 나라를 거덜 내는 일은 예방할 수 있었을 것이다. 그러나 언론은 장하리의 지휘권 행사를 정치적이고 불순한 의도로만 몰아부쳤다. 언론의 비뚤어진 시선은 불법을 저지르고도 오히려 뭉개기하는 용건석 쪽에 유리하도록 여론을 조성해 주었고 점차 힘을 얻어 갔다. 사법부도 여론의 기세를 등에 업은 권력 앞에 아쉽게도 판단력이 흐려지고 말았다.

무소불위의 검찰 뒤에는 특권을 함께 누리며 공생하는 검찰 출입 기자단이 있다. 검찰이 출입기자단에게 피의사실을 슬쩍 흘리고 기자들은 그것을 단독이라며 보도한다. 나머지 언론들은 그것을 베껴 쓰기 바쁘다. 검찰이 흘려준 말 한마디면 온 신문과 뉴스에 도배되어 순식간에 거짓도 사실이 되어버린다. 정보를 흘려준 검찰 관계자를 기자들 사이에서는 '편집국장'이라고 부르고 있다 하니 기가 막혔다.

20

쇼하지마!

고작 징계 2개월에 그쳤던 '채널A 검언 유착 사건'은 시작부터 끝까지가 검언공작이었다. 사건 발생 시작부터 사건이 세상에 알려지자 덮어버리는 과정까지 검찰의 공작과 언론의 여론몰이가 승세를 잡았다. 그들의 의도대로 본질이 잡아먹힌 합작품이었다.

그런데 사실 용건석의 여러 비위 중 그 하나만 하더라도 인사권자가 즉각 그를 해임했어야 마땅한 중대 사안이었다. 그러나 인사권자는 불가근 불가원의 태세로 방치함으로써 사태를 키웠다. 그러는 동안 검찰과 언론은 자신들이 힘을 합치면 국민이 선택한 권력도 엎어버릴 수 있다는 자신감을 가지게 되었다. 결국 검언이 주도하는 정국 아래에서 언론과 검찰의 먹잇감이 되어 되치기를 당하게 된 것이다.

검찰과 언론의 위력은 '명성 죽이기 사건'부터 힘을 발휘했다. 대통령이 유난히 강조한 공정과 정의를 실추시킨 위선의 이미지를 씌워 명성을 죽이는데 성공하자 다음 타깃은 노무현 대통령을 기념하는 재단의 이사장 유민주였다. 마침 그는 자신의 의사와 무관하게 여권의 가장 유력한 대선후보로 인식되던 때였다.

채널A 이덕조 기자가 총선 전인 2020년 2월 초부터 3월 22일 사이에 이욱 VK 대표 측에게 '유민주 이사장의 비위를 털어놓지 않으면 추가로 처벌받을 수 있다. 검찰 내부에서 조력해 주는 검사장도 있다'며 여러 차례 협박을 했다. 위협을 느낀 이욱의 대리인 지현하가 MBC에 제보하면서 알려지게 되었다. MBC는 이를 검찰과 언론이 유착해서 벌인 사건이라는 의미에서 "검언유착 의혹"이라고 했다.

지현하의 폭로 인터뷰는 밤 메인 뉴스에서 나왔고 파장이 컸다. 그런데 마침 바로 다음 날은 이른 아침 출근 전 장하리의 라디오 방송 인터뷰가 잡힌 날이었다. 방송진행자가 때를 놓치지 않고 장하리에게 질문했다. 장하리도 아직 보고를 받지 못한 일이었다.

"저도 보도 내용을 매우 심각하게 보고 있습니다. 사실 여부에 대한 보고부터 받아보고 합리적 의심을 배제할 수 없는 단계라면 감찰 등 여러 방식으로 조사할 필요가 있어 보입니다."

그런데 제보자 지현하는 다음 날 아침 KBS방송에서 인터뷰를 할 때는 '용건석의 최측근' '하모 검사장'이라고 해 누구나 하도훈을 지목 하는 것임을 알 수 있었다.

그러나 지현하로부터 지목된 하도훈이 즉각 보인 반응은 이랬다.

"그 사건 수사를 담당하지도 않았고, 관여할 수 없는 위치에 있다"
"채널A 기자와 그런 대화 자체를 나눈 적이 없고 따라서 녹취가 존재할 수도 없다."

다음 날 장하리는 검찰총장을 수신자로 하여 수사권이 있는 대검 감찰부로 하여금 진상을 속히 확인하도록 지시했다.

그날 대검 감찰부장 박동수는 하도훈에 대한 장관 지시 보고서를 가지고 감찰과장과 함께 8층 총장실로 올라갔다.

넓은 총장실에서 용건석은 책상 위에 다리를 얹어 놓고 스마트폰을 하고 있었다.

"좌측 구석에 놓고 가! 저리 놓고 가!"라고 고성을 내질렀다. 그의 목소리에 벌써 화를 조절하지 못하는 것이 역력했다.

박동수 감찰부장이 미리 총장 부속실을 통해 부장인 자신이 이례적으로 직접 올라가 보고하겠다고 알렸으므로 총장은 감을 잡은 듯했다. 사람을 보고도 여전히 다리를 올린 채 놓고 가라고 하는 것을 보니 보고를 받지 않겠다는 취지였다. 그러나 박동수 감찰부장은 처음 보는 총장의 모습에 놀라면서도 이내 중심을 잡고 보고서를 내려놓으면서 차분하게 말했다.

"하도훈의 휴대폰을 임의제출받고 안 되면 압수수색을 하도록 하겠습니다."

"언론에 보도된 녹음 파일 음성이 하도훈이 아니야! 쇼하지 마!" 그가 격분했다.

"총장님! 쇼라면 제가 시작을 하겠습니까? 저는 객관적으로 조사에 임할 생각입니다."

"내가 이미 대검 인권부에 조사하라고 지시했으니까 감찰부는 나서지 마."

"총장님! 녹음파일 음성이 하도훈이 맞는지를 확인해야 하므로 녹음파일이 확보되지 않으면 압수수색영장이라도 청구하겠다는 취지입니다. 우선 제보자도 조사하고 녹음파일 확보를 위한 조사를 진행한 다음 그 결과에 따라 추후 조치할 예정입니다. 그리고 이 업무는 감찰부 소관이니까 그러시다면 인권부와 조사를 병행하겠습니다."

박동수 감찰부장은 밀리지 않았고 의지를 굽히지 않았다.

"뭐, 병행?"

용건석이 벌떡 일어나 큰 몸집으로 박동수에게 다가가는 순간 박동수 감찰부장은 위협을 느꼈다.

"조사할 테면 해! 근데 일일보고를 해!"

용건석이 격앙되어 큰소리쳤다. 그는 시종일관 고성과 반말투였다.

총장이라 하더라도 감찰 사안의 경우에는 감찰 개시와 결과만 보고 받을 수 있을 뿐이었다. 그런데 매일 조사 상황을 보고하라고 한 지시는 법 위반이었다.

그날 부산에서 근무하고 있는 검사장 하도훈도 몹시 바빴다.

하루 전에는 신라젠 사건과 관련해서 수사하고 있는 것도 아니고 언론사와 기자와 보도된 것과 같은 그런 대화를 한 적이 없다고 입장문을 발표해 자신과의 관련성을 급하게 막았다.

용건석이 박동수 감찰부장의 보고를 받고 몹시 화가 난 그날, 하도훈은 용건석과 무려 17차례나 전화 통화를 했다.

용건석은 박동수 감찰부장이 나가고 난 후 바로 대검차장 구무손과 감찰과장을 불러 장하리의 지시에 대해 법리를 검토하라고 지시했다. 그런데 이것은 용건석 자신이 과거 당한 안 좋은 수법이었다. 2013년 자신이 국정원이 댓글 공작으로 정치개입 한 사건의 수사를 맡았을 때였다. 그 당시의 법무부 장관이 국정원장에 대해 공직선거법 위반 혐의를 적용하려는 수사팀에게 법리검토를 하라고 지휘했다. 그런데 장관은 검토보고서가 올라와도 추가보고서를 내라고 지시하며 시간 끌기를 했다. 그 바람에 수사팀이 아주 골탕 먹었었다. 그러니까 용건석은 자신이 부당하게 당했던 과거 경험을 재활용하는 수법도 썼다. 못된 시집살이를 당한 며느리가 시어머니가 되더니 새 며느리에게 자신이 당한 것을 써먹는 것과 같았다.

4월 6일 박동수 감찰부장은 용건석에게 제보자를 조사하겠다는 문자메시지를 보냈더니 용건석이 바로 전화를 했다.

"감찰부에서는 진상확인 조사를 하지 마."

총장의 닦달하는 전화가 끝나자마자 구무손 대검차장이 총장지시라며 전달한 것은 이런 것이었다.

'인권부가 하는 것인지 또는 감찰부가 하는 게 맞는지 조사 주체나 진상을 파악하는 방법과 절차뿐만 아니라 과거 그런 전례가 있는지에 대해 법리 검토부터 하라는 총장 지시가 있었다. 그런데도 감찰부는 아직 검토보고가 없었다. 따라서 먼저 심층 검토를 한 이후에 감찰조사가 이루어져야 한다.'

이에 따라 4월 7일 박동수 감찰부장은 2개의 보고서를 작성했다. 하나는 법리 검토보고서인데, '법무부 장관이 대검 감찰부장에게 진상 확인을 지시한 것이 법적 근거가 있는지는 연구가 필요하지만,

MBC보도와 관련한 진상 확인 주체는 감찰부가 되어야 한다.'고 썼다.

또 하나는 진상확인을 착수한다는 감찰 개시 보고서였다.

그런데 구무손 대검차장이 '용건석이 휴가를 떠났다.'고 하면서 법리검토보고서만 대신 받아가고 '감찰 개시보고는 총장에게 직접하라.'고 했다.

박동수 감찰부장은 용건석에게 두 번째로 감찰 개시 문자를 보내면서 아까 작성한 감찰 개시 보고서를 첨부했다. 보고서에는 감찰 조사 대상을 '성명불상의 검찰 고위 관계자'로 적었다. 그러자 즉각 구무손이 다시 총장이 감찰을 중단하라고 했다며 다음과 같이 구체적으로 전달했다.

'보도에 지목된 해당 검사장은 본인이 아니라고 하고 제보자 주장이 신빙성이 의심된다고 하는 보도가 있다. 진위 공방이 있는 상황에서 감찰 개시는 부당하다고 할 수 있으니 감찰을 중단하라.'

그러나 박동수 감찰부장은 개의치 않고 사건 번호를 부여해 뒀다. 사람이 출생신고로 주민등록이 되고 공적 보호를 받는 것처럼 사건도 번호가 붙여지면 사건의 존재를 덮을 수 없는 것이다.

4월 8일 용건석 검찰총장은 자신의 말대로 인권부에 채널A 사건에 대한 진상 확인을 지시했다. 그러나 사실 인권부는 수사 중에 발생한 수사기관에 의한 인권침해를 조사하는 일을 할 뿐 아무런 수사 권한이 없었다. 총장의 고집에 따라 감찰부장 박동수도 감찰을 일단 중단하고 인권부의 조사결과를 기다리기로 했으나 안타깝게도 황금 같은 시간을 흘려보낼 수밖에 없었다. 수사권이 있는 감찰부가 나서서 빨

111

리 감찰을 해야 증거 확보도 하고 수사도 할 수 있는 것인데 감찰을 방해하고 나서는 총장으로 인해 답답했다. 이 주일 후 결국 인권부는 빈손인 채로 '수사를 해봐야 감찰이 필요한지 알 수 있다.'는 거꾸로 된 답을 내놨다. 시간을 보내고 난 후 수사권이 없는 인권부로서는 아무것도 할 수 없다는 하나 마나 한 결론이었다.

그제야 용건석은 중앙지검이 수사하도록 하라고 지시했다. 그는 그만하면 시간을 충분히 벌었다고 생각하면서 '어디 수사할 테면 한 번 해봐!'라는 식이었을 것이다.

그 사이 중앙지검 수사팀도 초조했다. 수사 지체는 곧 범인들에게 증거를 인멸할 시간을 자꾸 주는 것이었다. 고발장이 4월 7일 접수되었는데도 지휘부서인 대검에서 우왕좌왕하기 때문에 일선 수사청으로서 진도를 나갈 수가 없었다.

범죄에 연루된 자들은 범죄를 감추는데 한발 빠르고 범죄자를 뒤쫓는 자들의 대응은 늦기 마련인 데다 이 경우는 막강한 힘을 가진 검찰총장이 나서서 범죄를 감추는 플레이어가 되었다.

21

목소리 대역이 필요하다

한편 채널 A기자 이덕조는 지현하가 3월 말에 폭로 인터뷰 방송을 하기 열흘 전 쯤 MBC기 자신들을 개고 있다는 징보를 입수했었다. 그는 곧바로 만일의 사태를 대비한 대응조치에 들어갔다. 우선 대역을 구해 제보자 지현하가 주장한 그 검사장의 목소리가 아니라고 할 계획이었다. 이덕조 기자는 자신이 제보자 지현하에게 들려준 녹음 파일의 목소리와 비슷한 동료 기자를 대역할 사람으로 떠올렸다. 그리고 급히 "반박 아이디어"라는 제목으로 재녹음할 대사를 문건으로 만들고 나서 이를 자정 넘어서 팀장 조혜련에게 보고했다. 그러나 그녀는 '너무 위험하다'며 대역 녹음을 반대했다. 그리고 그녀는 오전 검사장 하도훈에게 '녹음 파일은 없다'고 보이스톡으로 통화해 하도훈을 안심시켰다.

그날 점심 무렵 이덕조 기자는 지현하에게 먼저 역공을 하기로 하고 다음과 같은 문자를 발신해 놓았다.

"저는 신원도 밝히지 않은 사람에게서 검찰 관계자를 연결해달라는 요구를 받았고 그 과정에서 법조관계자를 언급한 사실 등 취재 내용을 데스크에 종합적으로 보고했습니다. 데스크는 실체가 불분명한 취재원에게 검찰을 언급하는 취재방식은 부적절하고 온당치 않으니 취재를 중단하라고 지시했습니다. 더 이상 의논은 어렵겠습니다."

일단 이덕조 기자와 그의 주변에서는 그렇게 만약을 위한 대비를 했던 것이다.

우려한 대로 3월 31일 MBC에 첫 보도가 나갔을 때 이덕조 기자는 늦은 밤에 자신의 휴대전화를 초기화했다. 다음날 4월 1일 MBC가 두 번째 보도를 하자 또 다른 휴대전화도 초기화해 흔적을 말끔히 지웠다. 4월 3일 MBC는 이덕조 기자가 이욱 대표에게 보낸 협박 편지 전문을 공개했다. 그리고 그다음 날도 추가 보도를 이어갔다. 내리 4일간 연속보도를 했다. 보도 후 민주언론시민연합이 기자와 검사장을 협박죄로 고발하기에 이르렀다.

22

꽁꽁 숨긴 악의 씨앗

그런데 2020년 3월 말과 4월 초 검언유착 의혹 보도로 세상이 떠들썩하던 바로 그 무렵 음습한 김실인색의 구데타 보니가 한정 신행되고 있었음에도 이를 안 것은 1년이 더 지난 2021년 여름이 되어서였다. 아무도 눈치채지 못하고 하마터면 영원히 묻힐 뻔한 검찰 수뇌부의 공작이 한 여성이 가지고 있던 스마트폰 텔레그램에서 나온 세 글자로 인해 수면 위로 올라오게 되었다. 그것은 소성준이라는 드문 이름 때문이었다.

소성준이라는 인물이 장하리에게도 문제가 됐던 적이 있었다. 그것은 그녀가 2020년 여름 검찰 인사이동을 준비하기 직전 무렵이었다. 대검의 중수부가 폐지되어 수사 기능이 없어졌음에도 수사 정보를 수집하는 수사정보 정책관실은 그대로 유지되고 있었다. 장하리가 인사를 앞두고 이를 완전히 폐지하는 조직개편을 하려고 하자 대검이 반발했다. 대검은 청와대에 반대 로비를 했던 것이다. 결국 과도적으로 완전 폐지 대신 축소를 하기로 절충했다. 수사정보 정책관 1명과 그 아래 2명의 담당관 등 총 3명이 있는 것을 1명의 담당관만 남겨두는 것으로 축소했다. 수사정보정책관은 차장검사급의 자리이고 담당관은 부장검사급의 자리인 만큼 정책관 소성준을 일선 차장검사로 보내기로 했다. 그런데 검찰총장이 직급이 강등되도 괜찮으니 소성준을 수사정보정책관실 담당관으로 남겨달라고 졸랐다. 검찰총장의 기이한 인사 의견을 법무부가 거절하자 청와대 민정수석실을 통해 우회한 부탁이 들어왔다. 민정수석은 야심한 밤중에 장관 집을 방문해 직접 설명하겠다는 식으로 나왔다. 장하리가 경우 없는 민정수석의 처사에 어이없어하며 물리치자 이번에는 비서실장이 장하리에게 제청이 임박한 아침 시각에 직접 전화를 했다.

"소성준을 수정관실에 두시지요"

"그럴 수는 없습니다. 대검 수사정보정책관실을 완전 폐지하지도 못한 마당에 인사조치만은 꼭 필요합니다."

"다른 건 장관이 다 뜻대로 하시면서, 아 그래 이거 한 명도 못 들어준단 말입니까? "

"실장님은 그가 누군지 아시죠? 그는 야당 3선 중진의원의 사위랍니다."

"예, 잘 알아요…" 장하리는 그가 사적인 인정이나 인간관계에 엮어서 공정함이나 마땅히 해야 할 일을 놓쳐버린 것은 아닌지 찔러보았다. '채널A 검언공작 사건'에서 하도훈이 수사정보정책관실을 '범정(범죄정보정책관의 줄임말)'이라고 하면서 제보를 하면 '범정'에 연결해 주겠다라며 회유한 듯한 말을 했으므로 소성준을 그대로 두는 것은 곧

란하다고 설명했다. 그리고 '이번 인사의 알맹이나 마찬가지니 건드리지 마시라'고 했다.

그러자 나 실장은 아예 본심을 드러냈다.

"장관은 검찰인사의 제청권자에 불과하고 인사권자는 대통령 아닌가요? 대통령 뜻입니다."라고 했다. 대통령 뜻이라면 장하리도 어쩔 수가 없는 것이다. 그렇다고 정말로 대통령에게 확인할 수는 없는 노릇이었다. 그래서 장하리는 검찰총장이 유임을 요구한 두 명 중 대검 대변인에 대해서만 인사조치를 하고 소성준 수사정보 정책관은 인사권자의 요구대로 대검에 남도록 하는 제청안을 올렸다.

장하리는 이때까지만 하더라도 수사정보정책관실이 채널A 사건 검언유착 의혹 사건과 관련한 정보 공유로 문제가 상당하다는 것만 알았을 뿐 수사정보정책관실에서 어떤 엄청난 일들이 있었는지 알 수가 없었다. 그런데 이로부터 몇 달 후 감찰로 드러났지만 판사사찰 문건이 여기서 나왔다. 판사사찰문건이 수사정보정책관실에서 나왔다는 감찰 결과를 들었을 때 그게 드러날까 봐 소성준을 수사정보정책관실에 남겨달라고 졸랐던 것으로만 알았다. 그러나 그 정도가 아니라 고발공작과도 연관이 있었다. 장관 퇴임 후 한참 지나고서야 소성준을 기어코 붙잡은 이유를 제대로 짐작하게 되었다. 그것은 검찰총장이 휘하의 수사정보정책관실을 개인 법률회사처럼 사적으로 운용하고 소성준이 그런 일을 총괄하는 역할을 했음을 의미했다.

그리고 검찰총장의 입인 대변인은 이른 아침부터 늦은 밤까지 주요 언론 상황을 실시간 공유하며 메시지나 지침을 수시로 주고받았다. 대검 간부들은 종일 연합뉴스, YTN을 틀어놓고 업무의 절반 이상을 언론보도에 대한 브리핑과 대응 논의로 보냈다. 검찰이 해야 할 인권보호나 법집행의 소임에는 그만큼 소홀했던 것이다.

나중에 정치인이 된 용건석은 정치를 처음 하는 것처럼 했지만 정치의 기술이 홍보술이라는 걸 잘 알고 어느 정당, 어느 정치인 이상으로 언론을 다루는 방법을 터득하고 활용했던 것이다.

그러니까 검찰총장이 있는 대검찰청은 돈과 정보, 홍보, 공보 기능을 다 갖추어 여느 정당보다 막강한 힘을 가진 권력의 산실이 된 셈이었다. 기업, 금융 관련 정보는 물론 정치 정보, 판사사찰문건에서 보듯이 판사를 통제할 수 있는 정보까지 수집해왔다. 출입기자단을 통해 검찰의 수사정보를 흘려주면서 언론플레이를 하고, 게다가 영수증도 없이 수백억 원의 특활비 등을 은밀하게 집행하는 등 민주주의를 위협할 수 있는 수준이었다. 그럼에도 불구하고 다른 나라에는 볼 수 없는 이와 같은 비민주적 검찰조직의 위험성에 매우 둔감했다.

결국 집중된 권한을 분산하고 민주적으로 통제하지 못한 결과 그들이 법치의 가면을 쓰고 권력을 찬탈할 수 있었던 것이다.

용건석은 검찰총장시절부터 달을 태양으로 바꿀 수 있고 달을 가리키며 태양이라고 얼마든지 우길 수 있는 사람이었다.

뻔한 하도훈의 목소리도 '그건 하도훈이 아니야!' 라고 하면 된다고 생각하는 사람이었다. 그는 자신이 아니라고 하면 남들도 그렇게 따라와야 한다고 믿는 사람이었다. 그때 사람들은 용건석의 이상한 사고방식을 미처 제대로 알아보지 못했다. 거짓은 수사 방식이었고 오랜 삶의 습관으로 보였다. 2022년 외교무대에서도 거짓말로 얼버무리는 '바이든 날리면 사태'가 터졌을 때 비로소 사람들은 조금 알아채기 시작했다.

23

수면 위로 올라온 진실

장하리가 진상조사를 공개적으로 지시하고 그에 따라 박동수 감찰
부장이 총장에게 감찰 개시를 보고하자 하도훈 등은 '공격이 최선의
방어'라는 오랜 전법을 구사하기로 마음먹었던 것으로 보였다.

MBC보도가 있던 날 하도훈은 수사정보정책관 소성준과 1대 1로
카톡을 주고받고 또 대검 대변인 곽주성과 셋이 함께 들어있는 단체
카톡방에서도 수시로 대화를 했는데 무려 93회나 주고받았다. 그만
큼 상황을 심각하게 보고 긴박하게 움직인 것이다. 장하리 장관이 진
상조사를 공개적으로 언급했던 다음날은 66회, 그리고 박동수 감찰
부장이 하도훈을 감찰 개시하겠다고 용건석에게 보고를 한 날은 무
려 138회를 통신했다. 아마도 이때 하도훈 등은 자신들에게 닥친 위
기를 필사적으로 돌파하기 위한 모종의 준비를 했을 것이다. 왜냐하
면 평소보다 통신량이 급증했다가 4월 3일 이후에는 대화가 사라진
것이다. 대신 공격에 들어갔다.

소성준이 지휘하는 수사정보정책관실 검사들이 바삐 움직였다. 도대체 그들은 무얼 하느라고 바삐 움직였을까? 있을 수 없는, 있어서는 안 되는 공격의 실체는 1년 5개월 후 한 여성의 입에서 나왔다.

긴 머리를 하고 나이에 비해 성숙해 보이는 외모에 논리적이고 또렷한 음성을 한 여성이 텔레비전 카메라 앞에서 인터뷰를 하고 있다. 조은서 양이었다. 얼마 전 뉴스버스라는 한 인터넷 언론이 '총선 직전 용건석 검찰의 고발사주가 있었다'는 폭로를 했다. 바로 그 제보자였다.

조은서는 뉴스버스의 기자 전수혁과 가끔 만나는 사이였다. 하루는 둘이 밥을 먹다가 조은서가 "전에 사용하던 스마트 폰 텔레그램에 저장된 고발장이 있는데 애초에 보낸 사람 이름이 '소성준'이다"라고 얘기를 먼저 꺼냈다.

검사 김묵이 사표를 내고 정치 신인으로 막 주목을 받으며 선거 준비를 한창 하고 있을 때 당 선대위 부위원장인 조은서에게 텔레그램으로 보내준 것이었다. 조은서가 "소성준 보냄"이라는 고발장의 발신자가 김묵과 통화할 때의 뉘앙스로 봐서 혹시 검사일지도 모르겠다고 했다.

전수혁은 "그렇다고 이름만 가지고 누군지도 모르는데 고발장을 검찰이 넘겼다고 볼 수 있을까?"라며 웃어넘겼다. 그런데 얼마 후 그들이 또 만났을 때 혹시나 하는 마음으로 법조인 인명사전을 가지고 찾아보았다. 그런데 3만 명의 법조인 가운데 소성준은 검사 딱 한 명

뿐이었다. 두 사람은 깜짝 놀랐다. 보통 일이 아니라고 직감한 조은서는 막상 어떻게 하는 것이 좋을지 얼른 분간이 가지 않아 고민에 빠져들었다.

전수혁 기자는 검사가 문서를 보낼 때는 사진 파일로 보내서 변조를 못하도록 한다는 것을 알고 있었다. 또 파일 자체로 보내면 생성 일자와 작성자가 나오기 때문에 숨기고 싶을 때 사진을 찍어 보내면 사진으로 받은 사람이 다시 문서를 입력하는 방식을 쓴다. 그리고 스마트폰의 기종이나 개인 정보를 알 수 없도록 사진파일의 상하단을 자르고 보내는 철두철미한 습관이 검사들에게 있다는 것도 알고 있었다. 조은서가 보여준 고발장도 그러했다. 때문에 발신자로 표시된 '소성준'이 검사인 것을 확인한 순간 검찰이 고발을 사주한 것이라고 의심하지 않을 수가 없었다. 촉이 빠른 기자 전수혁은 곧바로 확인 취재에 들어갔다.

2021년 9월 1일 밤, 전수혁이 검사에서 초선 국회의원이 된 김묵에게 전화를 했다. 전수혁 기자가 지난해의 고발장 얘기를 꺼내자 그는 갑자기 당황해했다.

"의원님이 썼습니까?"

"성준이 하고 얘기한 거는 맞는데, 내가 썼어. 4월 8일 고발장은 확실히 내가 썼어." 자신이 쓴 다른 고발장을 근거로 말을 돌리려 시도하는 김묵을 전수혁은 놓치지 않았다.

"소검사가 쓴 건데 이걸 어떻게 의원님이 쓴 겁니까?"

"아, 기억이 안 나, 그럼 다시 통화해요." 김묵은 난감한 듯 서둘러 전화를 끊었다.

그런데 김묵과 달리 소성준은 여러 차례 전화를 해도 받지 않았다. 일부러 피하는 것으로 짐작되었다.

다음날 9월 2일, 뉴스버스는 '용건석 검찰이 21대 총선을 코 앞에 두고 유민주, 최선욱, 황한석 등에 대해 야당에 고발사주를 했다'는 단독 보도를 했다. 이에 대해 야당은 제보자가 여당 후보의 캠프 사람이라고 하면서 정치 음모인 것처럼 얼버무렸다.

야당의 '여당이 꾸민 음모론'이라는 주장 때문에 조은서는 직접 9월 10일 방송에 나와 자신의 정확한 신원과 얼굴을 밝혔다. 여당과는 무관하게 되었다. 야당의 선대위부위원장인 자신에게 김묵이 고발장을 보내면서 '반드시 대검민원실에 접수하라'고 당부했다고도 했다.

그동안 조은서는 대검찰청 박동수 감찰부장을 찾아갔다고 했다. 핀잔없이 받아들일 수 있다고 생각하고 그때 사용하던 휴대전화를 제출하고 공익제보자로서 보호받게 되었다고 했다.

용건석은 뉴스버스의 보도가 나온 지 6일 만에 입을 열었다.

"제가 그렇게 무섭습니까? 이런 정치공작으로 저 하나 제거하면 정권 창출이 됩니까? 당당하게 하십시오! 출처나 작성자가 먼저 확인돼야 그거 가지고 의문도 제기하는 것이지 괴문서 가지고 국민을 혼동에 빠뜨립니까?" 여권의 정치공작으로 규정하면서 잡아떼는 것이 전부였다.

그러나 한 달 후 조은서의 주장은 사실로 드러났다.

중앙지검과 고위공직자범죄수사처가 조은서가 제출한 스마트 폰의 통화녹음파일을 복구했기 때문이다. 사라진 줄 알았던 녹음파일이 전 국민이 들을 수 있도록 살아났다. 김묵이 조은서와 대화를 나눈 텔레그램 방을 폭파하면서 대화 상대방의 문자를 지우지 않은 실수를 한 때문이었다. 17분 30초간 2차례의 긴 통화는 너무도 생생했다.

첫 통화는 4월 3일 오전 10시에 이루어졌다. 김묵은 극도로 조심했다.

"이욱이 협박했다 주장하는 것 있잖아요?" "네, 네!" "이게 이것들이 공작인 거 같고, 그 목소리는 이덕조하고 하도훈하고 통화한 게 아니고 이덕조가 하도훈인 것처럼 하고 다른 사람을 가장을 해서 녹음을 한 거예요." "아! 그럼 대역! 시나리오를 써서 대역을 했다는 거죠?" "그렇죠! 그래서 오늘 그걸 이덕조가 밝힐 거 같고." "네" "고발장 초안을 저희가 만들어서 보내드릴게요. 이거 이덕조가 (대역한 것이라고) 양심선언을 하면, 바로 이걸 키워서 (고발)하면 좋을 것 같아요."

"애들이 '제2의 울산 사건'[2]이다. 선거판에 이번에는 경찰 아니고 MBC 이용해서 제대로 확인도 안 해보고 일단 프레임 만들어 놓고 이걸 그냥 '용건석 죽이기' 쪽으로 이렇게 갔다. 그리고 애들이 조직적으로 움직였다는 자료들이랑, 이런 것들 모아서 일단 드릴 테니까 그거 하고 같이 고발장을 남부지검에 내랍니다. 남부 아니면 조금 위험하대요." "네, 네" "그거와 관련된 것 누가 좀 쭈욱 페이스북이나 이런 거 올라간 것들을 쭉 애들이 움직였던 걸 쭉 해놓은 게 있거

---

2 — 2018년 지방선거에서 청와대가 경찰수사를 통해 울산시장 선거에 개입했다는 혐의로 검찰이 수사, 기소한 사건

든요. 페이스 북에 ○○○이라고 그 글 잘 올리는 친구가 있거든요."
"네! ○○기잔가?" "그 친구 글도 좀 있는데 그 친구 글 잘 보시면 될 것 같아요." "네."

또 4시경 다시 김묵의 전화가 왔다. 오전과는 달리 그는 스토리텔링 하듯 하나하나 자세하게 그림을 그렸다.

"N번방 사건[3]하고, 라임 사건하고, 그 다음에 이번 MBC보도 이게 3대 권력형 비리 사건이기 때문에 우리는 엄정 대응하겠다, 사회적 흉기라는 단어가 정말 좋잖아요. 공정 선거 저해하고 있는 사회적 흉기에 대해서 일단 고발한다는 식으로 가는 게 좋을 거 같습니다."

"네 네, 지금 네 시부터 사실은 전략본부 회의이긴 하거든요."

"예를 들면, '우리가 어느 성도 조안을 잡아 봤다' 이렇게 하시면서 이 정도 내고 나면 검찰에서 알아서 수사해 준다 이러면 돼요."

"네, 네." "아무튼 좀 빨리 하는 게 좋을 것 같아요" "네, 저도 하려고 하면 사실 다음 주 월요일? 바로 하는 게 맞는 거 같고 일요일 날은 안 하시니까."

그런데 김묵은 오전에는 남부지검에 접수해야 한다고 하더니 대검찰청에 접수하라고 접수처를 변경했다.

"그런데 대검 대변인 보고 나오라고 해야 되나요? 왜 이런 언론이

---

3 — 아동 청소년 등을 상대로 성착취를 하고 불법 촬영 영상물을 SNS 대화방의 다수 회원에게 판매해 막대한 수익을 취득한 디지털 성범죄다. 텔레그램을 이용해 추적이 어렵게 되자 20년 3월 법무부 장관은 TF를 구성하고 범죄단체 조직죄 적용을 적극 검토하라고 지시하고 가장 늦게 잡히면 가장 가혹하게 처벌하겠다며 강력 대응을 촉구했다.

나 이런 걸 엄정하게 수사를 해야 되고 막 이런 가타부타(할 것 없이) 공적인 거잖아요. 우리가 그냥 무슨 접수하듯이가 아니라…"

단순하게 접수만 하고 올 것이 아니라 무슨 주목하게 할 만한 그림이 필요한 것이 아닌지 조은서가 되물은 것이다. 김묵은 세세하게 지도하듯이 설명해 나갔다.

"방문할 거면 공공범죄수사부장, 옛날 공안부장이죠, 그 사람 방문을 하는 거로 하면 될 거 같아요. 고발장은 만약 가신다 그러면 그쪽에다 이야기해 놓을게요. 그래서 적당한 수준이 나가게, 너무 막 표나게 하면 안 되니까"

"그렇죠, 그래서"

"약간은 뭐랄까"

"억지로?"

"네! 이게 받기 싫은데 어쩔 수 없이 받는 것처럼 하고, 이쪽에서 항의도 좀 하시고, 뭐 이거 왜 이런 거 있으면 검찰이 먼저 인지 수사 안 하고 왜 이러느냐 막 이런 식으로 항의하고 그러면 좋죠."

"그리고 요 고발장, 요 건 관련해 가지고 저는 쏙 빠져야 돼"

"네, 네."

"제가 가면 '용건석이 시켜서 고발한 것이다.'가 나오게 되는 거예요!"

"아! 그건 또 그렇게 되는 거예요?"

"저는 그렇게 되는 것이고 차라리 그거 하고 전혀 다른 이미지로 가야죠. 예를 들면 언론 피해자라고 지금 언론장악의 피해자라고 할 수 있는 그런 사람들을 동원해서 가는 게 더 낫겠죠."

"아!"

"검찰색을 안 띠고!" 김묵은 검찰이라는 티가 안 나야 함을 특히 강조했다.

"그러니까 그러면 뭐 박형식 위원장님, 김종하 위원장님은 안 가실 거고."

"김종하 위원장님은 가시는 게 안 좋을 거 같아요."

"그러니까 뭔가 퓨어pure한 느낌이 좋다시는 거잖아요."

"네, 그거보다 저기, 예를 들면 심재용 의원님 같으신 분은 좋죠. 왜 냐하면 이렇게 지팡이 짚고 가서 이렇게 하시면 그거는 모양새가 좋 은거 같아요. 그분은 뭔가 투사 이미지도 있고"

"그럴까요?"

"뭔가 공권력 피해자라는 느낌도 좀 오고 지팡이 짚고 가고 이러 니까."

그리고 김묵은 20여 장의 고발장을 전달했다. 고발인 난에 이름 만 채우면 바로 접수가 가능한 형태였다. 또 160여 장의 사진 파일도 증 거자료로 함께 보내왔다.

MBC에 제보한 제보자가 들은 것은 대역 음성이라고 김묵이 말했 는데 실제 사주한 고발장에도 "유민주 이사장의 비리를 진술하라고 설득한 사실이 없었고, 지현하는 검사장의 음성녹음을 청취한 사실 도 없었다."로 되어 있었다.

고발장에는 김묵이 선거 공작이라고 주장한 것처럼 되어 있었는데 여권 인사들과 기자들이 함께 공모한 공범으로 고발하는 내용이었다. "…이로써 피고발인 지현하, 피고발인 심명보, 피고발인 장명수, 피고발인 황한석, 최선욱, 유민주 등은 공모하여 사람을 비방할 목적으로 정보통신망을 이용하여 공공연하게 거짓의 사실을 드러내어 피해자 용건석, 김신명, 하도훈 등의 명예를 훼손하였다."

또 김묵은 조은서에게 문자메시지도 남겼다. "방을 폭파하라." 흔적을 남기지 말라는 뜻이었다.

24

나는 빠져야 돼!

2021년 9월 영원히 사라질 뻔했던 음모가 조은서의 스마트폰 복구로 세상에 알려졌을 때 국회에서 주목이 있었다.

민주당의 박주도 의원이 나섰다.

"고발장에 (하도훈의 목소리가 담긴) 육성 파일이 없다고 두 번이나 언급되어 있던데 지난해 4월 3일 고발장을 조은서에게 보낸 그 시점에서 그런 정보를 알 수 있는 사람이 누구일까요?"

당시 하도훈과 카톡방에서 대화를 수십 회 주고받았던 대검 대변인 곽주성이 답했다. "저도 모르겠습니다."

"하도훈은 알았죠?" 박주도 의원은 당연히 하도훈을 의심하고 물어본 것이었다. 사실은 목소리가 있기 때문에 대역으로 위장하려고 모의한 것을 그들끼리는 알고 있었던 것이다.

2020년 초에 용건석 장모의 잔고증명서 위조 사건을 열심히 보도

했던 심명보 기자도 고발대상에 포함돼 있었다. "제가 특수부 수사 관행을 엄청나게 비판했는데 조직으로서의 검찰을 비판했을 때는 그들은 해명자료나 내고 말았습니다. 그런데 총장, 가족, 측근을 비판 보도한 이번에는 이렇게 적극적으로 움직이려 했습니다. 그만큼 용건석 검찰은 사유화됐다는 방증이 아닐까요?"

최선욱은 이렇게 말했다. "고발을 위해 이득을 보는 사람이 누군가요? 그들이 그런 고발장을 음모하지 않았을까요? 그들은 저를 고발해서 아예 정치생명을 끊어 놓겠다고 작정한 것으로 보입니다."

장명수 기자는 이렇게 말했다. "2020년 4월 2일부터 MBC와 여권이 유착됐다는 식의 보도가 쏟아져 나왔는데 '이게 고발장과 별개로 있을 수 있나?'하는 의심이 들었습니다. 왜냐하면 검언유착을 공격하는 언론 보도 내용이 고발장과 같은 논리였기 때문입니다. 그리고 하도훈은 지방고검 차장, 소성준은 수사정보정책관, 곽주성은 대검 대변인으로 서로 다른 부서에서 서로 다른 업무를 한 이들이 왜 고발장을 접수하라고 외부에 의뢰하는 이 시기 직전에 집중적으로 통신 접속을 했을까요?"

장 기자는 2020년 4월 총선을 앞두고 여권과 검언유착을 보도한 언론을 엮어서 자신들의 비리도 여권이 선거 분위기를 유리하게 만들기 위해 언론과 벌인 공작이라는 식으로 되치기를 하려고 꾸민 것이 고발장이라고 봐야 한다는 취지였다.

이 음모적 사건을 "고발사주"라고 불렀다. 그런데 검찰이 고발을 공작한 것이라고 하는 것이 본질에 보다 가까울 것이다.

그리고 단순히 개인의 일탈이 아니라 검찰조직이 선거를 앞두고 정치인과 언론인을 겨냥한 정치개입 미수 사건이라고 하는 사람들도 있었다. 또한 언론의 자유를 침해한 것이라는 측면에서 국정원 정치개입보다 더 심각한 사안이라고 보는 사람들도 있었다.

2022년 5월 초 고위공직자범죄수사처는 소성준을 기소하고, 이미 정치인이 된 김묵을 검찰에 이첩했다.

그런데 소성준의 단독 범행이라는 것은 누가 보더라도 해괴한 결론이었다. 검찰총장의 눈과 귀의 역할을 하는 소성준이 사법연수원 동기였던 김묵에게 고발장을 전달하고 김묵은 다시 조은서에게 전달했다.

수사정보정책관실의 검찰총장의 가족 관련 문건에는 검찰총장 아내의 도이지모터스 주가조작 의혹 사건도, 장모의 은행잔고증명서 위조 사건도 전부 잘못이 없고 죄가 될 사실이 아니라고 했다.

김묵이 조은서에게 '용건석, 김신명, 하도훈은 피해자들이니 대신 고발해 주면 검찰이 그다음부터 알아서 한다'는 취지로 말했는데, 그런 사적인 일을 공무원인 소성준이 독자적으로 판단해 피해자들을 위한 고발장 문건을 임의로 작성하고 고발의뢰를 감행할 이유가 없다고 보는 것이 상식이었다.

고위공직자범죄수사처로부터 김묵의 사건을 넘겨받은 용건석의 검찰은 용건석 집권 넉 달이 지난 2022년 9월 하순, 결국 김묵을 무혐의로 불기소처분했다.

첫째, 검찰은 소성준이 최초 작성 또는 전달한 것이 아니라 최초 작성과 전달과정에 제3자가 있었을 가능성이 있어 바로 김묵과의 공모관계가 성립할 수 없다는 것이었다. 둘째로는 당원인 김묵이 같은 당원인 조은서에게 전달한 것을 사주했다고 볼 수 없다는 것이 주된 이유였다.

그러나 당무와 무관한 현직 검사의 일탈과 불법에 연관된 것을 그 사정을 모르는 다른 당원에게 시킨 것은 불법의 사주라고 보아야 할 것이다. 더구나 김묵은 4월 5일 미래통한당 디지털 성범죄 사건 'N번방' 기자회견장에서 조은서에게 '내가 준 고발장이 대박 사건이 될 것'이라고 했다고 한다. 조은서는 이를 고발을 재촉하는 의미로 받아들였다.

그럼에도 검찰의 억지 논리는 소성준의 재판 과정에서 뒤집어졌다. '고발장 작성이나 전달 과정에 제3자가 개입했을 가능성이 있다'는 검찰 측 주장은 검찰의 거짓말일 가능성이 제기된 것이다. 수사관 면담보고서가 검찰의 근거였는데 면담자인 수사관이 법정에서 검찰 주장을 부인했기 때문이다. 김묵 사건을 고위공직자범죄수사처로부터 이첩받은 중앙지검의 수사관이 대검 정보통신과를 압수수색해 확보한 자료를 포렌식을 했었다. 그 수사관에 대한 면담보고서에는 '소성준이 최초 전달자가 아닐 수도 있고 최초 전달자라도 최초 작성자가 아닐 수도 있다. 실체적 진실을 확인할 필요가 있다.' 는 취지로 기재되어 있었다. 그러나 면담자인 수사관은 법정에 나와 '그런 말을 한 적이 없다'고 했다. 이는 곧 수사보고서가 허위로 작성했다는 의혹을 불러일으켰다. 용건석의 검찰이 이같이 들통날 일도 무리해서 김묵을 무혐의 처분한 것은 그가 예뻐서가 아니라, '내가 나오면 용건석이 나온다' '나는 빠져 있어야 돼'라고 김묵이 미리 조은서에게 말한 대로 그가 처벌되면 용건석과의 연결을 피할 수 없게 되기 때문일 것이다.

한편 조은서는 2020년 3월 20일 미래통한당의 선대위 출범을 앞두고 중앙일보사 사장, 논설위원들과 총선 후보자 김묵이 같이 만나 회식을 하는 자리에서 들었던 일을 2023년 6월 소성준 재판 법정에 나와 증언했다. 그때 중앙일보 사장은 김묵에게 '도와줄 테니 잘해보라'라고 했고, 김묵은 검찰총장 용건석과의 친분을 과시했다고 증언했다. 공공연한 중앙일보의 검언유착 행태는 채널A 검언유착에 관한 왜곡 편파보도를 할 때 드러났다.

중앙일보는 김묵과의 각별한 만남 이후 2020년 4월 14일, 때는 심연유적 의혹이 막 날아오르고 박동수 감찰부장의 감찰을 회피하기 위해 용건석이 인권부로 보내라고 부당한 요구를 해 감찰과 수사가 지체되고 있던 무렵이었다. 김묵이 조은서에게 말한 것과 같이 목소리가 하도훈 목소리가 아니라 다른 사람의 목소리라는 보도를 내보냈다. 그것은 또한 고발장 내용과 같은 맥락이기도 했다.

'MBC검언 유착 의혹 보도가 정언 유착으로 비화될 조짐이며, 채널A 기자 녹취록 속 음성은 검사장 아닌 기자 지인의 목소리'라는 식으로 보도했다. 그렇게 언론이 한 통속이었던 것이다.

그런데 고위공직자범죄수사처도 김묵에게 고발장을 전달한 소성준만 기소했을뿐 그의 윗선을 수사하지는 못했다. 2023년 4월 10일 소성준의 재판과정에서 소성준, 하도훈과 대검 대변인 곽주성이 함께 있던 카카오톡 단체대화방에 고발장이 전달되기 하루 전날 무려 60여 장의 사진이 올려졌던 사실도 드러났다. 그런데 고위공직자범죄수사처는 이들 사이에 저녁 7시 무렵 대량의 사진이 공유된 것은 고발장 문서와 관련이 있고 사진 전송자가 하도훈일 것으로 보고 그에 대한 수사를 하려 했었다. 그러나 대선 국면과 '통신사찰' 시비가 벌어져 수사 동력을 잃고 무혐의 처분을 하고 말았던 것이다.

고위공직자범죄수사처의 기소 후 소성준의 재판 중에는 그가 용총장 가족 관련 사건 대응을 총괄한 것으로 보이는 정황도 드러났다.

2022년 12월 중순 소성준의 공판에서 대검 감찰부의 수사관이 증인으로 나왔다. 그에 대한 증인신문 과정에서 용건석의 장모 사건 관련자들의 이름이 들어간 수사정보정책관실 작성의 여러 대응 파일들이 있었음이 외부에서도 엿볼 수 있게 된 것이다.

2021년 9월 조은서의 공익제보 진술 직후 대검 감찰부는 수사정보정책관실을 압수수색했다. 장모 관련 사건의 피해자로 20년째 다투고 있는 정 모 씨를 지칭하는 '정대택 파일' '가족 수정파일', 장모 사건 관련자들인 '안모, 백모 파일', '가족 관련 스탠스(입장) 파일' 등 번호가 매겨진 여러 건의 문건이 나왔다. 문건 작성 시기가 2020년 3월 12일에서 3월 17일로 이때는 언론에서 장모의 비리와 도이치모터스 주가조작 혐의에 대해 보도가 있었던 직후였다. 소성준은 이들 문건을 대검 대변인 곽주성 또는 수사정보정책관실 직속 검사에게 보냈다.

당연히 이런 행위는 수사정보를 수집하는 수사정보정책관실의 업무가 아닌 것으로 대검 조직을 총장 장모와 가족의 사설 법무법인처럼 움직였던 것이다. 이는 검찰 권력을 사유화한 것이다. 사실은 2021년 9월에 세계일보가 장모 사건 대응에 관한 문건의 전문을 공개했는데 그 당시에는 검찰은 이를 극구 부인했었다. 그런데 소성준의 재판에서 국가 조직인 검찰 기구를 용건석의 사적 이익 수호를 위해 남용한 것이 드러났다. 대검 대변인에게는 대응 논리를 제공하도록 했고 정보수집업무를 하는 직속 검사인 수사정보담당관에게 거꾸로 문건을 내려보낸 것은 가족이 관련된 사적인 것을 수집하도록 하는 취지였을 것이다.

용건석이 집권하고 7개월이 지난 시점에 소성준의 재판을 지켜본 장하리는 짚히는 게 있었다.

'그때 집요하게 감찰과 수사를 방해한 것이 하도훈 한 사람 때문이 아니라 바로 용건석 자신의 보호 본능 때문이었구나! 그러니까 그때 만일 유민주 이사장과 관련한 협박을 조사하려고 수사정보정책관실 컴퓨터를 조사하게 될 경우 고구마 줄기처럼 나오는 총장 가족 관련 문건들 때문에 철저히 수사를 못하게 차단해야 하는 긴박한 상황이었겠구나!'

장하리는 현기증이 났다.

25

검찰과 한 배를 타는 것

한편 검사장 하도훈과 기자 이덕조가 벌인 일은 '채널A 진상조사 보고서'를 통해 어느 정도 공개가 되었다.

3월 31일 채널A는 자사 기자의 검언 유착 의혹이 불거지자 4월 1일 진상조사위원회를 꾸렸고 56일 만에 결과를 내놨다. '채널A 협박 취재와 검언유착 의혹'에서 가장 중요한 대목은 윗선 개입이 있었는 지, 녹취록에 등장하는 검사장이 누구이며 어떤 발언을 했는지를 확인하는 것이었음에도 조사는 부실했다. 윗선 보고가 대부분 전화나 카톡으로 이루어졌다. 4월 1일 팀장 조혜련과 맹선규 부장은 대화 내용을 삭제했고, 이덕조 기자는 휴대폰 2대는 초기화하고 노트북은 포맷을 했다. 채널A 진상조사위원회는 데이터 복구에 실패했다고 했다. 그러나 후배 기자 백우승의 폰이 복구되어 이 기자와의 통화 내용 중 녹취록에 관련한 설명이 드러났다.

또 백 기자는 "이 기자가 검사장을 "□□□"라고 부른다. 법조팀원 모두가 "□□□"라고 하면 그 검사장으로 알고 있다."고 위원회에서 진술했다.

그런데 이덕조 기자는 한번 출석한 이후로는 위원회에 출석요구에 응하지 않은 채로 조사가 마무리되었다. 결국 진상을 파악하는 것이 목적이 아닌 책임 면피를 위한 형식적 조사였다.

서울 중앙지검이 4월 28일 압수수색을 집행하자 강력하게 반발했다. 언론 자유의 침해이고 언론탄압이라고 주장했다. 그러나 증거가 인멸된 이후였기에 진짜 막겠다는 거센 저항이라기보다 저항 소동이었다.

두 달에 걸친 숨 가빴던 협박이 과정은 이랬다.

이덕조 기자가 2020년 2월 6일 채널A 법조팀 카톡방에 "목표는 일가족 설득해 유민주 등 정치인에게 뿌리는 돈과 장부를 받는 것"이라고 썼다. 그로부터 일주일 후 2월 13일 용건석 검찰총장이 부산고·지검 방문했을 때 검사장 하도훈과 기자 이덕조·백우승 등 세 사람이 25분간 만났다. 이덕조 기자가 "이욱 대표 와이프 찾아다니고 막 이러는데"라고 하자 검사장 하도훈이 "그건 해볼 만하지"라고 하고, 백우승 기자가 "(유)민주 수사를 위하여" "와이프만 걸려도 될 텐데"라고 했다.

다음날 이덕조 기자가 이욱 VK대표에게 첫 번째 편지를 발송했다. '강연 대가로 유민주에게 얼마를 건넸는지 궁금하며, 이욱 대표에 대한 수사는 과도하게 이루어질 것'이라고 겁을 주었다. 닷새 후 두 번째 편지를 발송했다. '검찰이 재산 추적에 착수했고, 이욱 대표 가족의 재산을 먼지 하나까지 탈탈 털 것'이라고 더 압박했다. 다시 사흘 후 세 번째 편지를 발송했다. '취재와 보도로 도와드리겠다.'는 회유를 했다. 그러자 바로 다다음날 반응이 왔다. 제보자 X가 이욱 대표의 대리인이라며 이덕조 기자에게 전화를 걸어왔고 둘은 그다음 날 처음 만났다. 이때 이덕조 기자는 '현직 기자 중 검찰과 제일 신뢰관계가 있다.'고 자신을 소개하며, '안 하면 죽는 거고 20년, 30년 살 수도 있다.'라고 제보를 요구하며 압박했다. 그 말에 제보자 X는 이덕조가 진짜 기자인지, 전문사기꾼인지, 브로커인지 의심이 들었다고 했다.

제보자 X를 만나고 난 다음날 이덕조 기자가 이욱 대표에게 네 번째 편지를 발송했다. '유민주 등에게 강연료 등 명목으로 돈 건넨 내역과 장부는 가족 등의 실형 선고를 막는 적절한 카드가 될 것이다. 검찰고위층에 설명할 수 있다. 책임 혼자 떠안지 마라. 야권이 이번 총선에서 과반을 얻을 가능성이 매우 높은 상황이다.'고 했다. 2월의 마지막 날, 이덕조 기자가 제보자 X에게 문자를 보냈는데 '코로나로 수사 늦어지고 있으니 마음의 결정 하라'는 내용이었다. 그리고 닷새 후 이덕조 기자가 제보자 X에게 '회사 간부와 만나자, 회사에 보고했다.'라는 내용의 문자를 보냈다. 자꾸 재촉을 받은 제보자 X는 다음날 이덕조에게 '더 이상 진행 힘들 것 같다.'고 거절 문자를 보냈다. 그 이유는 이덕조가 이욱 대표를 더 이상 협박하지 않는다면 멈추고 싶은 심정이었기 때문이라고 했다.

그 무렵 이욱 대표는 그동안 일어난 일에 대해 자신의 아내에게 편지를 썼다. 모두 4번이나 어떤 기자의 등기 편지를 받았는데 무척 기분이 나쁘다고 털어놓았다. 또 딸에게도 편지를 썼다. '총선에 이용하려고 흔들어 의혹이라고 수사하고 괴롭혀서 넘어가면 없는 사실도 만들 수 있는 게 걱정된다.'고 우려를 전했다.

한편 이덕조 기자는 4번의 편지에도 이욱 대표 측으로부터 별다른 반응을 얻지 못하자 검사장 하도훈과 통화를 했다. 그리고 나서 그 내용을 후배 기자 백우승에게 다음과 같이 자세히 말해줬다.

이덕조가 "기사 안 쓰면 그만인데 위험하게는 못하겠어요."라고 하도훈에게 말했더니 하도훈은 "아 만나봐, 그래도 하는 거야"라고 계속해 보라고 했다.

"왜요?"

"내가 수사팀에 말해 줄 수도 있고 어디까지 나왔어?

"아무것도 못 받았어요."

"일단 그래도 만나보고 나를 막 팔아, 이 XX야!"

"기사는 안 써도 그만이거든요."

"아냐, 이건 테블릿 PC 같은 거야. 다시 연락을 해봐." 하도훈은 박근혜 전 대통령의 탄핵 트리거가 되었던 태블릿 PC를 언급하며 결정적 증거가 될 수 있다고 재촉했다.

검사장 하도훈과 나눈 대화를 후배 백우승에게 알려 준 후 이덕조 기자는, "'용의 최측근이 했다.' 뭐 이 정도는 내가 팔아도 되지, □□□

가 그렇게 얘기했으니깐"라고 하면서 하도훈과 정보를 공유하고 있다는 것도 말했다.

"내가 카카오로 해가지고 녹음이 안됐거든!" 이덕조가 하도훈과 나눈 통화가 카카오톡이라는 것까지 언급했던 것이다.

그날 이덕조 기자는 오후에 이욱 대표에게 다섯 번째의 편지를 발송했다. '대표님 지인분과 나눈 대화의 상당 부분은 해결했다, 언론을 통해 공론화시키고 수사에 협조하면 된다.'는 내용이었다.

그리고 그는 제보자 X에게도 문자를 보냈다. '회사에서도 극소수가 안다, 만나보고 이야기하자'는 내용이었다.

그리고 이틀 후 이욱 대표는 남부지검에서 조사를 받았다. 원래 신라젠 사건 담당이 아닌 금융조사 2부의 박모 검사가 정작 VK투자사기 고소 건은 제쳐두고, 2013년 현금 출금된 2천여만 원이 유민주에게 간 것인지를 추궁하는 질문만 집요하게 했다고 한다. 이욱 대표가 유민주 관련 조사를 받은 다음날 이덕조 기자는 제보자 X를 2차로 만났다. 그는 "아침에 검사장과 통화했고 녹취록 보여줄게요."라고 했다.

처음으로 보여준 녹취록을 이덕조가 하도훈이 말했다며 읽어 주었다. '언론사 기자가 제보내용을 수사팀에 말해주는 형식은 전혀 문제될 게 없다. 수사를 막는 게 아니라 오히려 양쪽에 도움이 되는 거니까.' 라고 했다. 제보자 X는 '이욱 대표의 변호사를 통해 유민주에게 지급한 '강연료 내역'을 찾을 수 있을 것이라고 들었다고 확인했고, 박근혜 정부의 경제부총리나 뇌물을 뿌린 용산 세무서장 등도 포함해 '여야 다섯 명'으로 보면 될 것 같다.'는 정도로 이덕조 기자에게 말했다. 그러나 이덕조 기자는 다른 사람들에 관한 것은 관심을 보이지 않고 오로지 유민주에 대해서만 캐물었다. 이날 이후로 제보자 X는 노골적인 검언공작 의도를 확인하고 어떻게 해야 할지 고민이 깊어졌다.

3월 중순 경 남부지검 금융조사 1부에서 강 모 VK 투자담당자를 조사했다. 신라젠의 내부정보를 받고 주가가 떨어질 줄 알고 팔았는지, 강연 온 정치인이 있는지 물었다. 이와 관련해 이욱 대표는 나중에 당시의 심경을 인터뷰를 통해 밝혔는데 '언론을 보고 편지 내용대로 내 측근에 대한 수사가 이루어져 무서웠다.'고 말했다. VK 직원 강 모가 조사를 받은 날, 실제로 이욱 대표는 '기자가 보낸 편지내용처럼 수사가 신행되고 있나.'고 아내에게 민시를 했나.

그런데 이틀 후 이덕조 기자가 제보자 X에게 전화를 해 남부지검이 참고인을 불러 조사한 것이나 수사상황을 잘 알고 있으면서 "저는 ㈜민주를 쳤으면 좋겠고 1번으로, 사실 ㈜민주를 치나 안치나 대표님한테 나쁠 건 없잖아요."라고 하면서 유민주에 대한 혐의를 불라고 회유를 계속했다. 그러나 다음날 제보자 X는 협조를 거부하겠다고 명시적으로 표시하는 문자를 이덕조에게 보냈다.

"이욱 대표는 당당히 검찰조사에 응하겠다고 합니다. 진실은 어떻게든 밝혀질 것이라고 말하네요. 14년 6개월이 감당하기 힘든 세월이긴 하지만, 그래도 견뎌보겠다고 합니다."

그러자 그다음 날 오후 이덕조 기자는 검사장 하도훈과 통화를 했다.

"이욱이 범죄정보형식으로 대검에 제보를 해라. 그렇게 되면 이욱은 내부제보자가 된다. 그게 기본적으로 검찰과 한 배를 타는 건데 좋은 방향으로 간다. 내가 범정[4]에 연결시켜 주겠다. 그걸 가지고 우리하고 대화하고 싶다면 확실하게 믿을 만한 대화의 통로를 핵심적으로 연결시켜 줄 수 있다."

그리고 곧바로 제보자 X에게 문자를 보냈다.

'선생님 전화 부탁드립니다. 저도 다 말씀드릴 테니 그래도 아니다 싶으면 안 하시는 거고요' 그 후 몇 차례 전화도 했으나 제보자 X는 산행을 하며 어떻게 해야 할지 계속 고민 중에 전화를 받지 않았다. 마침내 결심이 선 제보자 X가 이덕조에게 전화를 해서 채널A 본사에서 만나자고 하고 다음날 찾아가기로 했다. 그때 이덕조 기자는 의미 심장한 말을 했다.

"대표님 결정을 존중한다. 이왕 이렇게 된 거 더 숨기는 거 없이, 그동안 녹음해놓은 거나 아니면 검찰이 구체적으로 어떻게 이야기했는지. 그리고 사실 그저께 문자 주신 날에 좀 자세하게 이야기가 오간 게 있다. 검찰에서 누구한테 이걸 줘라 뭐 이런 이야기까지 나왔는데 뵐 수 있을까 싶어서 전화도 드렸다."고 했다. 제보자 X가 거절 의사표시를 한 이후에 '검찰이 구체적인 이야기를 전하라'라고 하는 등 적극적 회유책이 있었음을 자백하는 내용이었다.

이윽고 약속된 날인 3월 22일 이덕조는 제보자 X를 채널A 본사 대회의실로 안내했다. 이때 만남에서 7초간 녹음을 들려주고, 녹취록

---

4 ─ 수사정보정책관의 전신이 범죄정보기획관인데 이를 줄여서 범정이라고 한다.

으로 보여주었다.

'이욱이 제보를 하면 검찰과 한 배를 타는 것이 되고 법정을 연결시켜 주겠다.'는 내용이었다. 그런 다음 이덕조 기자는 그가 누군지 말했다.

"저가 통화한 사람이 검사장이고 용건석하고 되게 가까운 검사장이고, '용건석' 하고 한 칸 띄고 '최측근' 이렇게 치면 딱 나오는 사람입니다." "검찰의 최고 눈엣가시가 유민주 같은 사람 아니겠어요? 그러니 이욱 대표가 범죄정보로 제공하면 이욱 대표는 내부 제보자가 되고 사회통념상 당연히 배려가 있을 거라고… 보도 시점은 총선하고 아무 상관없는데 본인한테 제일 좋은 시점은 3월 말 4월 초 그때까지는… 왜냐면, 이제 압수수색이 본격적으로 시작하게 되면"

제보자 X는 귀를 넘어준 채 손가락으로 네이비 검색창에 '용건석 최측근'을 입력했다. 순간 검색창에 나오는 이름 두 개 중 '하도훈'이라고 말했다. 그러자 이덕조는 "긍정도 부정도 하지 않을게요." "제가 이름은 말씀 못 드리지만 생각하시는 그분입니다." 라고 했다.

채널A 본사에서 헤어진 이후 다시 그날 12시경 이덕조가 제보자 X에게 전화를 했다.

'내일 물어볼 것과 관련해 이욱 대표가 주식 상장부터 신라젠에 350억 원을 투자하게 된 이유와 그 결정에 정치인이 관여했는지, 신라젠이 임상 실패할 것을 알고도 했다는 것을 검찰이 의심하고 있고 그런 수사를 피할 수 없을 것이다. 따라서 미공개 정보를 이용했느냐는 부분에 대해 당연히 검찰이 수사할 것이다.'

'임상이 잘 안됐는데도 (상장된 것은) 유삼수가 금감원 정책국장이었던 것과의 관련성 등을 짚을 것이다.' 등을 세세히 언급했다.

그때 제보자 X는 의심을 했다. 검찰이 '민정수석 명성이 유삼수의 비위를 적발하고도 감찰을 무마했다.'는 혐의를 씌워 명성을 억지 기소했는데 또 신라젠과도 연결시켜 다시 수사의 칼날을 청와대로 돌리려 한다고 눈치를 챘다. 이런 일을 일개 기자 혼자서 기획할 리가 없는 것일 테고 그렇다면 하도훈이나 아니면 다른 검찰 내부의 누군가와 긴밀하게 소통하고 있을 것으로 의심하지 않을 수가 없었다.

그런데 백우승도 제보자 X에게 전화를 했다. '이 사안을 사장님(채널A)도 알고 있다.'고 했다.

그날은 결국 쌍방이 크로스 로드에 서 있었던 순간이었다.

왜냐하면 그날 저녁에 채널A 백우승기자가 MBC 측이 검언유착 의혹을 취재하고 있다는 정보를 입수했기 때문이다. MBC가 알아챔으로써 불안해진 백우승 기자는 법조팀장인 조 팀장에게 23일 카톡으로 그대로 보고했다.

3월 23일 자정이 지난 무렵, 빨리 수습할 필요성을 느낀 이덕조 기자는 하나의 꾀를 냈다. 즉 하도훈과 목소리가 비슷한 다른 기자를 찾아서 녹취된 그대로 녹음을 하게 한 다음 이를 가지고 제보자가 잘못 들은 것이라고 반박하면 된다고 생각했다. '반박아이디어'로 파일 이름을 붙여 기획한 문건을 조 팀장에게 보고했으나 이를 아침에 본 그녀는 이것이야말로 죽을 꾀인 것을 알아보고 화를 내며 덮어버렸다.

오전 10시, 아침 일찍 이덕조 기자의 '반박아이디어'를 실행하지 못하게 막은 조 팀장은 대신 하도훈 검사장에게 '녹음 파일 없다.'고 보이스톡으로 알려줬다. 증거가 이미 인멸됐으니 안심하라는 취지였을 것이다.

오후 12경, 이덕조 기자는 제보자 X에게 문자를 보냈다. "저는 신원도 밝히지 않은 사람에게서 검찰 관계자를 연결해달라는 요구를 받았고 그 과정에서 법조관계자를 언급한 사실 등 취재내용을 데스크에 종합적으로 보고했습니다. 데스크는 실체가 불분명한 취재원에게 검찰을 언급하는 취재방식은 부적절하고 온당치 않으니 취재를 중단하라고 지시했습니다. 더 이상 의논은 어렵겠습니다." 화급해진 이덕조는 일단 태세전환부터 했다.

제보자 X는 이욱의 변호인 문병노로부터 황한석을 소개받고 만났다. 황한석은 새로운 정당을 만드는 데 참여했던 인물인데 그 당에 가서 가지고 있던 유에스비를 전달했다. 그리고 3월 31일 검언유착에 관한 MBC 첫 보도가 나갔다.

그날 늦은 밤 하도훈의 휴대전화가 초기화됐다.

4월 1일 MBC에서 검언유착의 두 번째 보도가 나갔다.

그러자 이덕조 기자는 다른 휴대전화도 초기화했다.[5]

---

5 — 《채널A 진상조사위원회 조사보고서》, 제보자 X의 《죄수와 검사》를 대조해 이욱에 대한 협박 사건이 어떻게 진행되었는지 어느 정도는 짐작할 수 있다.

26

든든한 보험

이런 엄청난 사건에도 불구하고 채널A 법조팀장 조혜련과 맹선규 부장은 끝까지 기소도 되지 않았고 채널A 회사로부터 각각 정직 6개 월, 정직 3개월 처분을 받았을 뿐이었다. 조혜련이 기소될 경우 채널 A는 종편 방송 승인 자체가 날아가게 될 것이기 때문이었다. 그저 이 덕조 기자 개인의 일탈로 꼬리를 잘라야 하는 것이었다.

나중에 조 팀장은 이덕조 기자의 재판이 열려 증인이 되었다. 그때 검사의 증인신문과정에서 조 팀장은 3월 23일 5분간 검사장 하도훈 과 보이스톡 전화를 했고, MBC 첫 보도가 있던 3월 31일에는 무려 11번이나 하도훈과 통화했던 사실이 뒤늦게 밝혀졌다.

3월 31일 조 팀장은 오후 4시 30분경 강 기자 (그는 나중에 채널A 진상 조사보고서를 작성한다)로부터 몇 시간 후 MBC가 보도할 예정인 MBC '검언 유착' 리포트를 미리 입수해 온 것을 보고받았다. 강 기자는 '이 것을 검사장 하도훈에게 전송해 주라'고 했다. 조 팀장은 "난 하도훈의 늪에 빠져 있어. (보도) 본부장 뵙고 왔는데 하도훈한테 잘 얘기하라고 ㅠㅠ"라며 "하도훈에게 달달 볶이는 것은 내가 죗값을 치르는 거"라고 말했다. 그래서 강 기자는 "하도훈한테 제가 보내드린 거 카톡으로 걍(그냥) 보내드리세요"라며 "기사 보면 좀 덜 나리 치겠죠"라고 말했다.

조 팀장과 강 기자는 제보자 X를 만나 들려줬다는 녹음 파일이나 MBC가 입수한 녹음파일 목소리가 '하도훈'이라고 특정했다. 조 팀장은 "이게 보여줬다는 녹취록"이라고 보여주고, "누가 봐도 하도훈 음성지원"이라고 말했다. 강 기자는 "하도훈의 취약한 워딩도 있긴 하다."며 "'검찰과 한 배를 타는' 이런 워딩"이라고 했다.

또 조 팀장이 "이 기자가 하도훈과 대화한 것이 아니라는 점을 얘기해주면 좋겠다고 한다."고 강 기자에게 말했다. 그러나 강 기자는 "그렇게 하면 회사가 거짓말쟁이가 된다."고 했다. 이렇게 주고받은 대화내용을 볼 때 그들은 목소리의 주인공이 하도훈 검사장이라고 특정했던 것이다.

4월 2일 조 팀장과 보도본부 부본부장 강여진이 카톡 대화를 했는데, "하도훈이 채널A에 전화를 해 녹음파일과 녹취록이 없다고 MBC에 확인해 주어야 한다고 이야기"했다는 내용도 있었다.

결국 채널A 간부들은 녹음파일의 목소리 주인인 취재원 검사장에게 긴밀히 수십 회의 통화를 주고받았다. 그리고 '증거가 없다.'고 암호를 알려주듯 회사 입장을 즉시 정리해서 알려줬다. 그러니까 기자들도 검사와 한 배를 탄 것이었다. '검찰과 한 배를 탄다.'는 말은 검사장 하도훈이 기자 이덕조에게 제보자 지현하를 잘 설득해서 회유해 보라는 취지로 했던 말이다. 그런데 그와 마찬가지로 검찰과 한배를 탄 간부 기자들도 또한 검찰과의 유착이 기소도 면제받을 정도로 든든한 보험인 것이 입증되었다.

IV

검찰 쿠데타

27

누구든 맞서면 처참히 짓밟는다

검찰권력을 쥔 자들이 선거에 개입하기 위해 고발 공작을 꾸미고 실행하려 했나는 것을 2020년 4월 3일 무렵에는 아무도 짐작조차 할 수 없었다. 그러니까 21대 총선을 좌초시키기 위해 용건석 검찰세력은 여러 단계에서 일을 벌이고 있었으나 누구도 정확하게 그 전모를 파악하고 있지는 못했다.

4월 7일 민주언론시민연합은 제보자 X의 녹취록에 등장하는 기자와 검사장을 협박죄로 고발했다. 열린민의당의 비례대표 후보가 된 최선욱과 황한석은 용건석의 부인, 장모를 주가조작 의혹으로 고발했다. 용건석의 장모는 성남시 땅을 매입하는 과정에서 통장잔고 증명서를 위조한 의혹과 무자격자로 영리의료법인을 운영하며 국가로부터 보조금을 횡령한 혐의도 함께 고발됐다.

이때부터 최선욱의 시련이 시작됐다.

미래통한당이 4월 8일 최선욱을 공직선거법위반으로 고발했다. 팟 캐스트에 출연해 명성의 아들이 자신의 법무법인에서 인턴으로 일하지 않았는데도 "실제 인턴활동을 했다."고 말해 허위사실을 유포했다는 게 고발 내용이었다.

순서상으로는 이것이 최선욱이 겪게 되는 두 번째의 사법테러였다. 1월 중순경 용건석의 지시로 기소된 것이 첫 번째였다. 대검 부하 한 명이 상갓집에서 대검 반부패부장에게 반말과 고성으로 추태를 부린 일이 있은 며칠 후 인사발표가 있던 날 용건석의 지휘로 기소되었다. 신임 장관이 단행한 검찰 인사에 대한 보복을 입은 것이라 여겨졌다.

2020년 1월 2일에 부임한 장하리에게 가장 신경 쓰인 것은 인사였다.

대통령 주변과 여권을 겨냥한 정치 수사로 용건석의 검찰은 총선을 목표로 한 "검찰의 정치"를 구사했다. 대통령의 신임을 받던 민정수석 명성을 옭아매어 '살아있는 권력을 수사한다.'는 명분을 얻어냈다. 장관으로 취임할 당시에는 장하리도 알 수 없었지만 용건석은 라임과 신라젠 사건도 총선을 앞두고 정치 사건으로 바꿔치기를 준비하던 중이었다.

'명성사태'로 검찰은 공정의 가면을 쓰고 합법을 가장한 '초법 조직'으로 변했다.

1월 8일 대검 검사급에 대한 첫인사를 앞두고 용건석이 장하리에게 전화를 했다. 그는 '조직 내부를 다 파악하고 인사하라. 차라리 여름에 하라'고 말했다. 장하리가 '지금 인사에 대해서 말하고 싶으면 인사에 대한 의견을 내시라'고 응수했다. 그러고 나서 법무부 장관이 대통령에게 인사를 제청하기 전에 검찰총장의 의견을 듣도록 한 인사 제청 절차에 따라 정식으로 의견을 달라고 했다. 그러나 그는 먼저 인사안을 보자고 했다. 장하리는 '인사안은 대통령에게 올라가기 전까지는 보안사안이니 인사안을 보여줄 수가 없다. 그러니 인사 원칙도 좋고 구체적으로 어떤 사람이 어디로 갔으면 좋겠다는 이야기를 하면 좋겠다.'고 다시 말했다. 그러나 그는 구체적으로 말하는 것은 '내 식구를 다 까라는 게 되는데' 라며 거절했다. 거의 1시간 가까이 통화가 이어지자 장하리의 인내심도 바닥이 됐다.

"그럼 알겠습니다. 의견 안 내는 게 의견이라고 적어 놓겠습니다."라고 했다. 그러자 상대방이 잠시 머뭇거렸다. 그때 장하리는 '더 이상 할 말이 없으면 전화를 끊겠다.'며 긴 통화를 끝냈다.

다음 날 장하리는 출근하자마자 총장에게 다시 인사 문제를 의논하기 위한 기회를 줄 필요가 있다고 판단하고 장관실에서 오전에 만나자고 연락을 했다.

그런데 용건석이 장관실이 아닌 '제3의 장소'에서 보자고 했다. 그리고 바로 대검 대변인을 통해 문자로 공개요청을 했다. 제3의 장소에서 만나는 것이 관행이라는 것이고 미리 인사안을 총장에게 인편으로 보내달라는 요구도 했다. 노골적으로 인사안을 미리 보자는 것은 총장이 인사의 결재권자가 되는 것이므로 있을 수가 없는 일이었다.

장하리가 첫 인사를 하기 5개월 전인 2019년 7월 용건석은 검찰총장에 취임을 한 바로 다음날 인사를 했다. 그는 당시 교수 출신인 박기상 법무부 장관을 패싱하고 자신의 심복인 청와대 민정수석실 반부패비서관 박연철과 자신의 오른팔 격인 법무부 검찰국장 윤덕진을 통해 멋대로 인사전횡을 했다. 적폐수사와 공소유지를 제대로 하는 팀을 짜야한다는 명분으로 청와대를 이해시켜 놓아 인사를 자신의 뜻대로 할 수 있었던 것이다.

이렇게 5개월 전 자신이 마음대로 했던 직전 인사와 달리 장하리라는 장벽을 만나 그는 불쾌감을 있는 대로 드러냈다.

그 화살이 최선욱을 향했다. 그는 청와대 공직기강비서관이었다. 다음 검찰총장 후보로 용건석이 거론될 때 명성과 함께 반대했었다. 그때 이미 용건석이 세무서장 뇌물 사건에 연루됐었다는 것과 부인의 공연기획전시회사에서 거액의 협찬을 받은 혐의나 주가조작 혐의에 대해 심각하다고 대통령에게 장문의 보고서를 올렸다. 명성이 법무부장관에 지명되자마자 용건석이 명성을 치고 그 부인을 구속하겠다고 벼를 때도 대통령에게 용건석의 지휘를 받는 중앙지검 차장검사인 하도훈을 인사조치 해야 한다고 강하게 건의했다. 그러나 나민영 비서실장이 반대해서 인사조치는 좌초되었다. 나민영은 '결코 법무부 장관 부인을 용건석이 구속하지는 않을 것이다. 자신이 용건석을 잘 아는데 설령 영장 신청했다가 법원에서 발부되지 않고 기각당하는 경우에는 둘 다 불행해진다'며 자신이 용건석을 설득해 보겠다고 했다는 것이다. 그러나 그의 장담과는 달리 결국 명성의 부인은 구속되었다.

얼마 후 나민영 비서실장은 국회에 출석해 이같이 말했다.

"검찰총장이 살아있는 권력에 대해 수사하는 것에 대해 의심하지 않는다. 법과 원칙대로 했다고 생각한다."

그랬던 만큼 장하리가 인사를 한 배후에는 최선욱의 입김이 작용했다고 짐작한 듯했다. 용건석이 대검 간부 6명을 콕 집어 유임해달라고 했으나 다 안 받아들여졌다. 그에 대한 불만도 작용한 것으로 보였다.

고검 검사급인 중간간부에 대한 인사가 발표된 23일, 최선욱을 전격 기소했다. 과거 명성의 아들이 최선욱의 변호사 사무실에서 인턴으로 일했다고 확인서를 발급해 줬는데 그것이 대학의 입시업무를 방해했다는 혐의였다.

인사발표 바로 전날 최선욱을 업무방해로 기소하겠다는 결재안을 내부망을 통해 올렸다. 그러나 이윤도 검사장이 고위공직자인 만큼 절차를 밟아 피의자신문을 해보고 결성해도 늦지 않다고 지휘했다. 그러자 총장 용건석이 중앙지검장 이윤도를 패싱하고 직접 이날 인사발령된 3차장에게 전격 불구속 기소하도록 지시한 것이다.

최선욱은 참고인 출석 통보를 받고 바쁜 업무로 연기 요청을 했는데 피의자로 전환되었다는 통보도 없이 부르지도 않고 갑자기 기소할 수 있느냐고 반박했다. 이것이 최선욱에 대한 첫 번째 기소였다. 그런데 이것은 최선욱에 대한 탄압의 시작에 불과한 것이었다. 최선욱이 검찰의 기소로 느닷없이 피고인 신분이 되자 청와대에 사표를 낼 수밖에 없었다. 그리고 열린민의당에 합류했다.

얼마 후 팟캐스트 방송에서 '명성 아들이 인턴한 게 맞다'라고 발언했다. 이를 가지고 미래통한당이 공직선거법위반으로 고발을 했고 그 사건은 2020년 8월 중앙지검 공공수사부가 두 차례나 무혐의 불기소 처분 의견을 보고했다. 그러나 용건석 검찰총장은 '기소하라'고 집요하게 지시를 해서 선거법 위반 공소시효 만료일 날인 10월 전격적으로 기소하게 되었던 것이다. 이것이 두 번째 기소였다.

그런데 미래통합당의 고발장은 소성준이 김묵에게 텔레그램으로 보낸 고발장과 흡사했다. 김묵은 최선욱에 대한 고발장을 자신이 작성했다고 시인했다. 그러나 조은서의 텔레그램에서 나온 '소성준 보냄'이 적힌 고발장은 모른다고 잡아뗐다. 그런데 두 고발장을 대조해 보면, 텔레그램에서 나온 고발장에 인용 또는 참고용으로 몇 개의 판결문이 첨부되어 있었는데 그것은 수사정보정책관실이 검색한 것으로 판결문들의 사건 번호와 판시내용이 최선욱에 대한 고발장에도 고발 근거로 똑같이 인용되어 있었다.

이러한 사실들은 고위공직자범죄수사처의 수사로 드러난 것이고 용건석이 대통령 취임하기 며칠 전에 고위공직자범죄수사처가 고발 사주 의혹에 대해 용건석을 불기소 처분하면서 불기소장 이유서를 통해서 드러난 것이다.

4월 15일 21대 총선거를 앞두고 이런 일련의 사태가 진행되는 가운데 검찰과 언론은 합세해서 지속적으로 프레임 전환을 시도했다. 4월 3일 조선일보는 친여 브로커가 "용건석 부숴봅시다"라고 한 후 9일 뒤 MBC '검언유착' 보도가 있었는데 '여권과 연결된 지 씨가 용건석 관련 의혹을 불 붙이기 위해 이욱 전 대표에게 의도적으로 접근해 그 대리인 행세를 했을 수도 있다.'는 소설을 기사화했다.

4월 11자 조선일보는 "선처 약속한 게 B 검사장 아니냐"했을 때 기자가 "나는 B 검사장이라고 한 적 없다."는 기사를 내보냈다. 그러나 이것은 이덕조 기자가 3월 23일 꼬리 자르기를 위해 태세전환한 이후의 통화를 근거로 삼았을 뿐이다. 그리고 '전과범인 지 씨가 이욱 전 대표의 대리인으로 변신해 먼저 의도를 가지고 접근했다는 것을 알 수 있다.'는 식으로 다시 한번 더 추리 소설을 썼다.

4월 14일 자 중앙일보는 'MBC의 검언유착의혹보도가 정언유착[6]으로 비화할 조짐'이라고 희망사항을 기사로 썼다. 그러면서 채널A 기자 '녹취록 속 음성은 검사장 아닌 내 지인의 목소리'라고 이미 채널A 자체적으로 위험해서 실행하지 못한 대역임에도 실행된 것으로 믿었는지 의도적인 오보를 냈다.

'제보자 지 씨, 친여 인사들과 친분' 있고, '검찰 내에서 "선거를 앞두고 친분 제보자와 결탁한 것"으로 본다'는 식으로 제보자인 메신저를 저격하면서 역시 그들의 희망사항을 썼다.

장하리는 21대 총선을 앞두고 여권을 겨냥해 밀어닥쳤던 검난, 검풍의 내막과 진실은 검찰 쿠데타의 서막이었다고 생각했다. 그리고 아직 다 드러나지 않은 빙산의 일각일 뿐이라 여겼다. 언론의 결탁은 용건석 측이 감춘 진실이 드러나지 못하게 하는 데 무엇보다 큰 방패 역할을 했던 것이다.

---

6 — 여당 정치인과 친여 언론의 유착을 줄인 말

28

네가 눈에 뵈는 게 없냐

채널A 사건 수사팀을 이끌어 가는 이종헌 중앙지검 차장검사는 용건석의 최측근이 관련되었다는 국민적 의혹을 받고 있어 공정성과 수사 보안을 유지할 필요가 있다고 판단했다. 그래서 용건석이 있는 대검에 상세하게 보고하는 것이 적절하지 않다고 판단했다. 대검이 수사서류 사본을 달라고 했으나 거절하기도 했다. 거듭된 요구에 대검 형사부장에게 건네주면서 형사과장이나 연구관은 보지 못하게 하고 필요하면 대검 차장만 경유하고 유출시켜서는 안된다는 다짐을 받았다.

4월 26일에 가서야 겨우 이종헌 팀은 채널A 본사와 이덕조의 휴대폰 등에 대한 압수수색영장을 청구했다. 압수수색 영장을 법원에 접수하기 직전에 대검 형사부장에게 전화로 보고했다. 검언유착이 아니라 권언유착이라는 프레임을 갖고 있는 용건석이 수사의 균형을 강조했기 때문에 수사팀은 채널A 사와 MBC에 대해 영장을 함께 청구했다. 그러나 법원은 MBC에 대한 영장을 기각하고 채널A 사에 대해서만 발부했다. 중앙지검은 4월 28일 채널A 사에 대한 압수수색을 착수했으나 대검에는 미리 보고하지 않았다. 그런데 영장 집행을 하려 했으나 기자들의 반발로 대치하다가 4월 30일 일부 자료만 임의제출 형식으로 받고 철수했다. 그 사이인 29일 서울중앙지검장 이윤도는 용건석의 전화를 받았다.

"네가 눈에 뵈는 게 없냐!"라고 반말로 폭언을 퍼부었다. 이윤도는 용건석과 사법연수원 동기이고 검찰총장 후보 물망에도 올랐었다. 그는 독실한 크리스천으로 용건석처럼 질펀한 회식 자리와는 거리가 먼 처신이 깔끔하고 단정하며 조용조용한 성품이었다. 그런 막말을 듣고 얼마나 화가 났으면 간부들에게 들은 그대로 전하며 어쩔 줄 몰라했다고 한다.

5월 2일 용건석은 중앙지검에 채널A 사건수사 진행사항을 매일 보고하라고 지시했다. 이런 식으로 채널A 사건 최초 보도 이후 장하리의 감찰 지시가 있고 나서도 중앙지검 수사팀은 수사 진척을 내지 못하고 두 달을 흘려보내게 되었다.

중앙지검은 6월 1일 이덕조외 2명에 대해 압수수색 영장을 발부받아 다음날 이를 집행하면서 영장청구는 보고하지 않고 압수수색을 착수할 때 보고했다. 그리고 6월 2일 중앙지검은 '성명불상자'로 표시한 피의자를 하도훈으로 특정하고 대검에 보고했다. 6월 3일 용건석은 '채널A 사건 관련 일체의 보고를 받지 않을 것이니 대검차장에게 부장들을 중심으로 지휘감독하라'고 지시하고 수사지휘권을 대검 부장회의에 위임했다. 반부패강력부장, 형사부장, 공공수사부장, 인권 부장을 겸직한 공판송무부장, 기조부장 등 총 5명으로 구성된 대검 부장회의는 6월 12일 1차 회의를 열어 강요미수죄가 되는지 수사 보완을 요구하고 하도훈에 대한 압수수색영장 청구를 승인했다. 곧바로 대검 형사부장 이정국은 하도훈의 휴대전화가 압수됐다고 용건석에게 보고했고 그때 용건석이 큰 충격을 받는 모습을 보고, 대검차장과 함께 총장실을 나왔다. 이정국 형사부장이 "총장님이 너무 충격을 받은 것 같다."고 대검차장 구무손에게 말했다.

대검 부장회의의 지휘에 따라 중앙지검은 6월 17일 법리 검토보고서를 대검에 보내고 이덕조 기자에 대한 사전구속영장 청구예정보고서도 보냈다. 6월 18일 부장회의는 2차로 다시 미진한 부분을 보완하라고 요구했고 6월 19일 중앙지검도 2차 검토보고서를 보냈다. 이렇게 대검부장회의와 중앙지검사이에는 수사지휘와 지휘수용이 원활하게 이루어지고 있었다.

그런데 이덕조 기자의 변호인 주정우는 전문수사자문단 소집을 요청하는 진정서를 제출했다. 기다렸다는 듯 용건석은 대검형사부장 이정국에게 전문수사자문단을 소집하라고 즉각 지시했다. 그러고 나서 용건석은 6월 18일 박영식 형사과장에게 다음날 열리는 대검부장회의에서 채널A 사건에 대한 의견을 제시하라고 지시했다. 지시를 받은 박영식 형사 과장은 '이덕조 기자의 강요미수는 혐의를 인정하기 어렵고 검사장 하도훈의 공모도 인정되지 않는다'는 보고서를 작성했다. 이때부터 지휘에서 손떼겠다고 공언했던 용건석의 수사개입이 이뤄졌던 것이다.

2차 대검부장회의가 6월 19일 열렸다. 이날 원래는 중앙지검이 오후 2시에 보완내용을 발표하기로 되어있었다. 그런데 박영식 대검형사과장이 오전에 미리 자신의 보고서를 먼저 발표를 해버렸다. 이에 중앙지검은 박 과장의 보고 내용을 전달받고 보고서 내용에 대해 문제를 제기하며 회의 참석을 거부했다. 대검부장회의에 일임하고 지휘에서 손 떼겠다고 스스로 약속했던 용건석의 약속 위반에 대한 수사팀의 항의였다.

대검차장 구무손과 대검 형사부장 이정국은 용건석에게 상황을 보고했더니 용건석은 그 자리에서 전문수사자문단을 소집하라고 다시 지시했다. 그러자 이정국 대검 형사부장은 대검부장회의에서 소집여부를 결정하겠다고 했다. 이에 따라 대검부장회의가 열렸으나 아무런 결론도 내리지 않았다.

답답해진 용건석은 다시 이정국 대검 형사부장에게 전문수사자문단 소집을 지시하고 중앙지검에도 통보하라고 지시했다. 이정국 형사 부장이 이를 이행하지 않자 용건석은 박영식 형사과장에게 다시 같은 지시를 했다.

박영식 형사과장이 중앙지검에 전문수사자문단 소집 통보를 하기 전에 6월 20일 중앙일보가 '대검찰청이 이덕조 기자 측의 전문수사자문단 소집요구를 받아들여 채널A 사건을 전문수사자문단에 회부하기로 했다.'는 보도를 냈다. 중앙지검이 오보라고 판단하고 오보대응에 나서자 용건석이 직접 중앙지검 공보관에 전화를 걸어 오보대응을 하지 말라고 지시했다. 그것은 의도된 언론플레이였던 것이다. 그러니까 용건석이 대검부장회의를 따돌리고 전문수사자문단에 사건지휘를 하도록 하려고 언론을 동원한 압박전을 꾸민 것이었다. 이틀 후 중앙지검은 전문수사자문단 소집 재고를 요청했으나 대검은 이를 묵살하고 전문수사자문단 소집 결정을 통보하고 자문단 후보자를 추천하라고 공문을 보냈다. 전문수사자문단 안건은 하도훈을 포함한 채널A 사건 피의자들에 대한 공소 제기 여부였다.

중앙지검은 대검의 수사지휘 팀을 대검부장회의에서 전문수사자문단으로 변경하고 수사가 끝나지 않은 상황에서 기소를 할 건지 말 건지 결론부터 낸다는 데 대해서 일단 어이가 없었다. 그래서 '제대로 된 심의가 불가능하고 섣불리 수사를 종결할 경우 부실수사의 비판을 받을 우려가 있다.'며 대검에 이의를 제기했다. 그러나 대검은 이를 받아들이지 않고 다만 이 기자에 대한 공소 제기 여부 및 필요한 경우 구속영장 청구 여부를 안건으로 하겠다고 했다.

중앙지검은 다시 이의제기를 했다. 그러나 용건석의 대검은 7월 3일에 기어코 전문수사자문단을 열겠다고 통보했다.

한편 대검부장회의에 속한 대검 부장들도 전문수사자문단으로 갈지는 부장회의에서 결정하여야 한다며 용건석에게 여러 차례 재고를 요청했으나 용건석은 묵살했다. 대검 부장들은 '총장이 수사지휘권을 부장회의에 위임하고도 전문수사자문단 소집 권한을 행사하는 것은 공정성을 오해받을 수 있다. 설령 대검부장회의가 지휘권을 전문수사자문단에 위임하기로 논의해 결정하더라도 반발하는 중앙지검 수사팀을 설득해서 진행해야 한다.'는 의견들이었다. 그리고 대검 부장들은 전문수사자문단 구성에는 관여하지 않기로 했다.

사실 전문수사자문단이라는 것은 수사팀과 지휘부의 의견이 다를 때 검찰총장이 소집하는 자문기구이다. 겉으로 보기에는 검찰 수사권을 남용을 통제하는 장치로 보이지만 총장이 민주적 절차를 가장해 수사에 관여할 수 있는 제도이기도 하다. 위원 구성 권한이 총장에게 있어 수사팀과 대검 소관 부서가 추천한 인사들 중 총장이 골라서 위촉한다. 그러니 대검 부장들이 위원을 추천해도 총장이 위촉하지 않을 수 있고 중앙지검이 추천해도 위촉 안 하면 그만이었다. 그래서 대검 부장들은 중앙지검 수사팀과 신뢰가 어긋난 상황에서 자문 위원 추천에 관여하지 않기로 결정했다. 그러자 대검 부장보다 직급이 낮은 대검 과장들이 위원 추천에 관여했다.

그런데 이 같은 잔꾀는 전임 총장 문도일이 자신의 측근 비리를 감싸기 위해 써먹었던 수법인데 용건석이 따라 배운 것이라는 것을 장하리노 눈치챘다. 수사사문난은 원래 과학 소세 금융 관련 범죄 같은 전문 영역의 수사자문을 외부인사로부터 받기 위해 마련한 제도였다. 그런데 문 총장 시절 발생한 '강원랜드 채용비리 사건'이나 지금의 '채널A 검언유착 사건'은 그런 전문 영역도 아니었다.

10여년 전 강원랜드에 채용비리가 있었음을 그 회사 감사팀이 검찰에 수사 의뢰를 했다. 강원랜드 사장과 인사팀장을 불구속 기소하는 것으로 그침으로써 1차 수사가 부실수사라는 의혹이 제기됐다. 그런데 권석동 의원의 비서관 채용과 관련한 재수사가 시작됐다. 재수사 역시 수사외압 논란이 제기됐다. 당시 안지현 검사가 '최조원 춘천지검장이 갑자기 사건종결 지시를 했다. 김오남 검찰총장을 만나고 온 다음날 바로 불구속 지시했다.'고 폭로했다. 안지현 검사는 '당시 국회법사위원장이던 권석동 의원과 모 고검장, 강원랜드 최 사장 측근 사이에 많은 연락이 오간 정황이 확인됐다며 정치권과 검찰 수뇌부 개입이 의심된다.'고 했다. 그러자 2018년 검찰총장 문도일은 별도 수사단을 꾸려 재재수사를 지시했다. 수사 전권을 수사단장에 위임하고 수사상황도 보고 받지 않겠다고 약속했다. 수사단장은 검찰 내부에 적이 많을 정도로 강직하다고 평판이 있는 양부식 검사에게 맡겼다. 수사단은 부실수사 과정을 수사하던 중 김달현 당시 대검 반부패부장과 최조원 검사장이 부당한 압력을 행사한 것을 알아내 기소하려 했다. 김달현 대검반부패부장은 국감일정 뒤로 압수수색 시기를 늦추도록 한 것이, 최조원 검사장은 수사 조기 종결을 지시한 것이 각각 직권남용 혐의를 받았다. 수사단은 수사심의위원회 소집을 요청했으나 문 총장은 이를 거부했다. 수사단이 권 의원에 대한 구속영장을 청구할 예정이라고 하자 문도일 총장은 도리어 전문수사자문단을 구성해 영장청구 여부를 결정하라고 지시했다. 이는 수사지휘에서 손 떼겠다고 한 약속을 어긴 것이었다. 수사단의 반대에도 문도일 총장은 전문수사자문단을 강행했고 끝내 총장 마음대로 위원도 구성했다. 총장은 자신의 보좌역인 대검 반부패부장이 기소될 경우 자신에게 날아올 책임을 우려해 필사적이었던 것이다.

총장이 위촉한 전문수사자문위원들은 예상대로 두 검사장에 대해 불기소 의견을 냈다. 결국 수사단은 두 검사장을 수사외압 혐의로 기소하지 못했고, 권석동 의원에 대해서도 수사외압 관련한 혐의를 빼고 채용비리만 기소했다. 그 결과 나중에 권석동 의원도 무죄판결을 받았다. 이렇게 전문수사자문단은 수사지휘권을 가진 검찰총장이 진

실을 향한 수사를 못 하게 방해하고 묻어버리는 수단으로 악용되었
었다.

29

그냥 술이 아니라 정의인 겁니다

한편 법무부의 장하리는 이런 사태에 대해 날카롭게 지적하지 않을 수가 없었다. 6월 24일 법의 날 기념식에서 "권한을 위임받은 자가 각종 예규 또는 규칙을 통해 위임 취지에 반하도록 하고 있다. 자기 편의적으로 조직을 이끌어 가기 위해 '법기술'을 벌이고 있어 대단히 유감"이라고 다분히 용건석을 시사하는 비판을 했다. '법기술'은 이날 장하리가 처음 말한 창작 용어다. 용건석 검찰조직 문화에서 자행하고 있는 수사 기소권 사유화를 드러내기 위해 고심했던 표현이었다.

다음 날 장하리는 용건석의 도 넘은 측근 감싸기에 제동을 걸지 않을 수 없다고 판단했다. 하도훈을 고검 차장 검사의 직무에서 배제하고 법무연수원 연구위원으로 발령 냈다. 그리고 하도훈의 비위에 대해 법무부가 직접 감찰에 착수한다고 밝혔다.

검사에 대한 감찰은 대검에 우선 권한이 있다. 그러나 검찰의 자체

감찰로는 공정성을 인정받기 어렵다고 보이고 법무부 장관이 감찰을 명한 사회적 이목이 집중된 사건은 직접 감찰할 수 있도록 한 법무부 감찰규정을 적용한 조치였다.

　이런 일이 진행되는 사이에 법무부의 조남북 국장은 여러 가지 이유를 대며 장하리를 수시로 설득하려 했다. '수사팀과 검찰총장이 갈등이 있으니 이걸 해결하는 방법은 수사팀을 지휘하는 중앙지검장을 교체하는 방법 밖에 없다. 중앙지검장 이윤도를 문○성이나 김○곤으로 바꾸자.' '이윤도는 용건석이 조직 내에서 가장 미워하는 두 명 중 한 명이다.' 조남북이 틈틈이 말했다.

　그러나 장하리는 꿈쩍도 하지 않았다. 지휘관을 바꾸면 그다음 용건석이 수사팀 자체를 와해시키고 친(親)용건석 검사로 팀을 새로 짜려고 할 것이라 생각했기 때문이다. 그러자 조남북 국장은 다른 꾀를 냈다. 그는 이윤도에게 '장관 뜻이다. 중앙지검장 이윤도 당신이 스스로 물러나겠다고 하는 것이 모두를 위해 좋은 것이다.'라고 했다. 그러나 중앙지검장 이윤도는 조남북 국장의 농간이라는 것을 눈치채고 오직 수사에 집중하겠다고 했다.

　7월 2일 장하리는 "수사자문단 설치를 중단하고 중앙지검 수사팀이 독립적으로 수사하도록 한 후 결과만 보고 받으라"고 검찰총장 용건석에게 지휘를 내렸다. 수사가 계속 진행 중인 상황에서 수사자문단이 성급하게 결론을 내리는 것은 진상규명에 지장을 초래할 수 있다. 사회적 이목이 집중된 현직 검사장의 범죄 혐의와 관련된 수사인 만큼 공정하고 엄정한 수사를 보장하기 위해 중앙지검 수사팀이 대검의 지휘를 받지 않고 독립적으로 수사할 필요가 있다고 했다. 검찰총장 최측근으로 알려진 현직 검사장이 수사 대상이므로 검찰총장이 수사지휘를 함으로써 공정성에 의문이 생기지 않도록 합리적이고 투명한 절차에 따라 의사결정이 이루어져야 한다고 강조했다.

　야권과 일부 언론은 "용건석 몰아내기"라고 야단했다.

　"용건석 몰아내기"는 이후로 장하리를 공격하는 패턴의 시그널이 되었다.

　수사지휘권을 발동한 이후 문한석 광주지검장은 검언유착 의혹 사건에 대한 수사지휘권 발동을 '사법참사'라고 맹비난했다. 검언유착에 대해서 용건석 측의 입장에서 편파 보도를 해온 한 언론과의 인터뷰를 통해서였다. 그는 장하리를 '옹졸하고 무능'한 군주에 비유하며 인신공격도 했다. 또 그는 자신이 총장에게 전문수사자문단을 제안했다고 했다. 용건석 총장이 전문수사단장으로 문한석 검사장을 염두에 두었다고 떠돌던 소문도 결코 허튼소리가 아니었던 것이다. 형식은 이덕조 기자의 변호인 주정우가 진정하는 것으로 하고 그들끼리 제 식구를 감싸기 위한 편대를 짜려고 했던 것이다. 검찰 식구들의 동지애는 참으로 눈물겨웠다. 문한석 검사장은 8월 7일 검사장급 인사에서 법무연수원 기획부장으로 인사발령이 난 후 사표를 냈다. 그러면서 장관의 사표 수리를 재촉했다.

　'도대체가 어떤 조직에 몸을 담더라도 최소한의 인간적 예의는 있어야 하지 않나? 더군다나 고위 공직자가 아닌가?'

그는 장관을 안면몰수할 수 있는 처지도 아니었다. 몇 달 전 장하리가 격려차 광주고검과 지검을 차례로 방문했을 때 문한석 검사장은 조용한 한정식집에서 자신이 손수 마련한 지역 토산 막걸리도 나누며 장관과 화기애애한 자리를 함께 가지기도 했었다.

화가 치민 장하리는 장관을 향해 공개적 모욕과 악담을 퍼붓고도 사과 한마디 없이 떠나게 할 수는 없다고 생각했다. 그녀는 문한석 검사장에게 '장관실로 와서 장관에게 예의를 갖춘 후 사표 결재를 받아가라'고 지시했다.

이규관 정책보좌관이 장관실에 들어와 문한석 검사장이 방금 도착했다고 알렸다.

"장관님! 지난번에 장관님이 수사지휘권을 발동했을 때 전국 검사장들이 서초동에 다 집결해서 검찰총장의 호위무사가 돼 성명을 내고 난리를 칠 때 있었잖습니까?"

"네, 그런데요?"

"그때 제 지인이 전화를 해서 문 검사장이 장관님 편 사람이니까 잘 부탁한다 뭐 그런 취지로 말을 하길래 제가 '그럼 검사장 회의에서 바른말이라도 한다면 장관님께 보고드리겠다.'고 그랬죠. 그러고 검사장 회의가 하도 험악하고 해서 다 그런 사람들인가 보다 하고 그냥 시간이 지났는데 그분이 언론 인터뷰에서 장관님을 맹비난하는 거 보고 좀 어이가 없었습니다."

이규관 보좌관이 나가고 난 후 바로 문한석 검사장이 들어왔다. 목마른 자가 스스로 우물가로 갈 수밖에 없듯이 내키지 않은 발걸음을 한 그의 표정이 매우 어색했다. 장하리는 자리에 앉도록 한 다음 그가 한 인터뷰 기사를 내보였다.

"문 검사장님이 주신 막걸리 그때 참 좋았습니다. 그게 그냥 술이 었습니까?"

"?…""함께 건배를 외쳤으면 그건 그냥 술이 아니라, 정의인 겁니다!"

그는 장관과 친교를 쌓고 출세를 위해 건배를 했을지 모르나 장하리는 정의를 지켜달라는 당부의 건배였던 것이다. 장하리는 그가 스스로 뉘우치기를 바랐다.

그리고 잠시 후 장하리는 영문 모르고 장관실 문밖에서 대기하고 있는 법무부 소속 후배 검사들에게 그를 안내했다.

"여러분! 떠나는 선배에게 이별의 박수라도 쳐드리는 게 어때요?" 장하리 장관의 제안에 웅성거리던 검사들이 두 사람을 가운데 두고 빙 둘러섰다. 문한석 검사장은 장하리 장관과 후배 검사들의 요란한 박수 소리를 들으며 상기된 표정을 풀지 못하고 서둘러 법무부를 떠났다.

'사회 정의를 외치는 조직이라면서 적어도 조폭 집단과는 달라야 하는 것 아닌가?' 장하리는 '작별 이벤트'를 통해 그녀의 마음이 잘 전달되기를 진심으로 바랐다.

30

나를 찾지 마라

장하리가 채널A 사건에서 손 떼라고 지휘한 다음 날 용건석은 전국 검사장 회의를 소집했다. 하루 종일 고검장 회의, 수도권과 지방의 지검장회의를 연달아 열어 반격을 했다. 있을 수 없는 집단 항명이었다. 검사장 회의는 '장관이 총장에게 전문수사자문단 심의절차를 중단하라고 한 것은 적절하나, 총장의 지휘권을 제한하는 것은 위법하다.'고 정리한 것으로 알려졌다. 그러나 결국 그들의 주장대로 라면 최측근 수사까지 검찰총장이 지휘해야 한다는 것인데 국민들이 납득할 수가 없을 것이다. 적어도 법률가들이 모였으면 공정한 수사를 담보할 방안이나 대안을 내놓았어야 한다. 법적 양심과 염치를 조금도 보이지 않은 집단 시위였다.

일각에서 특임검사로 하여금 수사해야 한다는 종전의 주장을 되풀이하기도 했다. 이에 장하리는 '이미 수사팀 교체나 제3의 인물로 특임검사 지정하는 것은 명분도 없고, 그럴 필요도 없다고 밝힌 바 있다. 장관의 지시에 반하는 것이다'라고 즉각 문자를 내보내도록 했다. 총장은 집단 항명으로 장하리 포위 작전을 전개한 셈이었다. 그러나 전혀 효과가 없자 이미 외부에 알려진 검사장 회의 결과를 3일 후 언론에 공개했다. '검찰총장의 지휘권을 배제하는 것은 위법 또는 부당하다.'를 반복했다. 그런데 특이하게도 "본건은 검찰총장의 거취와 연계될 사안이 아니다."라고 강조하는 문장이 눈에 띄었다.

당시 청와대 기류는 총장이 사표를 내면 받으라는 것이었다. 아마도 그런 분위기를 눈치챈 용건석이 사표를 내지 않겠다는 의지를 검사장들의 단체행동을 통해서 드러낸 것이라고 장하리는 짐작했다.

검찰청법 제8조에 따라 장관의 지휘를 총장이 수용하지 않으면 법 위반이 되는 것이고 따라서 견해가 다르면 수용 후 사임하면 되는 것이었다. 과거 김종빈 검찰총장이 장관의 지휘내용에 동의할 수 없다고 하면서 거취를 스스로 정리한 전례가 있었다. 검찰총장은 강정구 교수를 피의자를 구속 기소하겠다고 했는데, 장관은 불구속 기소를 지휘했다. 이에 반발한 그는 "장관의 지휘권 자체가 타당하지 않다고 따르지 않는다면 총장 스스로 법을 어기게 된다. 검찰은 통제받지 않는 권력기관이라는 비판을 받을 수 있어 법무부 장관의 수사지휘권에 대한 정당성 평가는 국민의 몫으로 남긴다."라고 말하고 스스로 물러났다.

총장이 계속 지휘를 따르지 않고 묵살하는 상태가 지속되었다. 장하리는 월요일 오전 "검찰총장은 좌고우면하지 말고 장관의 지휘사항을 문언대로 신속하게 이행하라"고 한 번 더 촉구했다.

장하리는 용건석 쪽에서 정치권 등을 통한 로비에 법무부 간부들이 시달릴 것이 염려가 됐다. 점심시간에 간부들에게 미리 언질을 주었다.

"총장이 지휘를 수용할 때까지 여러분들께서 중간에서 괴롭힘을 당하지 않도록 저는 연락이 닿지 않는 조용한 산사로 가 있겠습니다. 아무리 장관에게 전달해달라거나 연결해달라고 부탁해도 저와 연락이 닿지 않는다고 말하면 별일이 없을 것입니다."라고 당부하고 오후에 소재지를 가르쳐주지 않고 산사로 떠났다.

장하리가 탄 차는 늦은 오후에 경기도 용주사에 도착했다. 용주사는 조선의 개혁 군주 정조대왕이 아버지 사도세자를 기리기 위해 지은 절이었다. 할아버지 영조가 임금 자리를 아버지인 사도세자에게 물려주겠다고 자주 변덕을 부리며 효성을 의심하던 차에 정치 세력들의 이간질과 영조의 괴팍함 탓에 왕세자를 뒤주에 가두고 굶어 죽게 했다. 정조대왕은 절의 낙성식을 앞두고 용이 여의주를 물고 승천을 하는 꿈을 꾸고 나서 '용주사'라고 손수 작명했다. 장하리는 대웅전에 이르기 전에 두개의 현판 글씨를 보았다. '안으로는 널리 백성을 구하고, 밖으로는 하늘이 보호해달라'는 뜻을 담은 정조대왕의 글씨였다. 정조는 부정부패한 수령들이 백성을 수탈하고 괴롭히지 못하도록 감찰하는 암행어사를 수시로 내려보내고 암행어사들을 직접 지휘감독하기도 한 왕이었다. 장하리는 서쪽 하늘을 붉게 물들인 저녁노을을 바라보며 당파싸움의 한복판에서 개혁의 큰 대업을 서원했던 정조대왕이 외롭게 감당해야 했던 개혁의 저항과 고통을 상상해 보았다.

장하리가 절 방에서 짐을 풀자 예측한 대로 정치권을 통해 소재를 알려고 하면서 지휘내용을 바꾸어 보려는 시도가 여기저기서 감지되었다. 용주사에서 첫 밤을 보내고 이른 아침 장하리는 흔들림 없이 확고함을 암시하는 메시지를 SNS로 내보냈다.

"산사의 고요한 아침입니다. 스님께서 주신 자작나무 염주로 번뇌를 끊고 아침 기운을 담아봅니다. 무수한 고민을 거듭해도 바른 길을 두고 돌아가지 않는 것에 생각이 미칠 뿐입니다."

산사의 고요하고 맑은 아침 내음을 겉으로는 담담하게 맡고 있었지만 마음 속에서 끓어오르는 격랑을 진정시키고 있었다. 지휘를 내린 지 일주일이 지났는데도 지휘를 무시하는 불법상태였기 때문이다.

오전에 장하리는 '다음날 오전 10시까지 지휘 내용대로 이행하라'고 최후통첩을 보냈다. 장하리는 소재를 파악하는 즉시 로비 공세를 펼칠 수 있다고 판단되어 하루 더 연가를 내고 서둘러 산사를 떠났다. 이후로 기자들은 온종일 산사의 위치를 찾아내느라 바빴고 장하리는 기자들의 추적을 피해 경기도 일대를 전전하며 이동했다.

산사의 위치를 추적했던 이유가 단지 어디 있는지 소재가 궁금했던 것이 아니었다. 용건석 측이 공개 압박 작전에 돌입했기 때문이라는 것을 나중에야 알았다. 어떻게 하든 검찰총장 측이 수사팀을 와해시키기 위해 연락도 닿지 않는 장관에게 "독립수사본부를 건의했다."라고 일방적으로 언론에 알렸던 것이니 거짓말부터 한 것이었다. 그러니까 언론은 장관의 소재를 파악하는 검찰총장 측의 전위대가 된 셈이었다. 기자들이 용주사를 알아내고 찾아갔으나 이미 장하리 일행이 떠난 후였기 때문에 허탕을 쳤다. 이런 사정을 모르는 장하리 일행은 기자들을 따돌리느라 퇴근 시간 무렵까지 경기도 일대를 정처 없이 돌아다녔다. 퇴근 시간에 맞추어 장하리의 서울 집 근처에 이르렀을 때 아파트 경비원이 '아파트 앞에 수십 명의 기자들이 진을 치고 기다리고 있다.'고 전화로 알려주었다. 장하리는 기자들을 피해 차를 돌려 나오면서, 그때 용건석 측이 '독립수사본부를 건의했다.'는 속보를 보았다. 그제서야 기자들이 온종일 소재 파악에 열심이었던 까닭을 알게 되었다. 용건석 측이 독립수사본부 제안을 미리 언론에 흘려서 장관을 여론으로 압박하려 했던 것이다. 기자들은 이에 대한 장관의 반응을 확인하려 진을 치고 대기했던 것인데, 만약 장하리가 검찰총장 측의 제안을 확인하고 거절한다든가 하는 경우에는 '불통 장관'이라는 딱지를 붙이고 여론몰이를 했을 것이다.

장하리는 즉시 차두헌 정책보좌관에게 문자를 내보내라고 전화 지시를 했다.

"수명자는 명을 따를 의무가 있을 뿐 수사팀 불신임은 안 됨"

장관실 비서관은 즉시 문자를 SNS에 올렸다. 그런데 조남북 검찰국장은 주저하더니 한참 지나서 '수명자'라는 표현을 빼고 수정해서 문자를 공지했다.

조남북 국장은 총장을 명을 받는 "수명자"라고 하기가 꺼렸던 듯했다. 나중에 안 사실이지만 그는 장하리가 신신 당부한 것도 어기고

177

총장 측과 수시로 접촉하면서 중재에 나섰다가 검찰 후배들에게 핀잔도 많이 들었다고 했다.

장하리는 그날 과천 청사에서 가까운 의왕의 둘째 자녀의 집에서 뜬 눈으로 밤을 새우고 아침 일찍 기자들이 몰려들기 전에 청사로 출근했다.

그런데 최후통첩의 마감 시간이 임박할 무렵 대검 용건석 측이 장관의 지휘를 수용한다는 문자를 공지했다.

요지는 '장관의 수사지휘권은 발동 즉시 효력이 발생한다. 따라서 총장의 지휘권이 배제되고 중앙지검이 독립적으로 수사하게 되었음을 알린다.'라는 것이었다. 그러면서 "총장은 2013년 국정원 사건 수사팀장의 직무배제를 당하고 수사지휘에서 손을 뗄 수밖에 없었다."라며 현재의 상황과 전혀 무관한 자신의 과거 개인 경험을 거기에 덧붙였다.

장하리는 "만시지탄(晚時之歎, 시기에 늦어 기회를 놓쳤음을 안타깝게 여김)이나, 2013년 국정원 사건 수사팀장 당시에 총장이 느꼈던 심정이 현재 이 사건 수사팀이 느끼는 심정과 다르지 않을 것인데 그것을 깨달았다면 수사의 독립성과 공정성을 훼손하지 않도록 함이 마땅하다."라고 역지사지 해보라 취지에서 따끔한 말을 덧붙여 문자를 공지했다. 조남북 국장은 '장관님이 뒤끝을 보이신다.'며 능청스럽게 찡그렸다.

애초 용건석에 반한 것은 대통령이었다. 대통령이 과거 용건석이 국정원 댓글 공작 사건을 수사했다는 이유로 박근혜 정권의 미움을

사 좌천당한 것을 높이 평가했던 것으로 알려졌다.

장하리가 채널A 사건 수사에서 손 떼라고 한 지휘를 마지못해 수용하겠다고 하면서도 국정원 댓글 수사팀장일 때 직무배제 당했다는 것을 일부러 언급한 것도 자신을 향한 호감을 가졌던 대통령에게 '나는 이런 사람이다.'를 상기시키고자 함이었을 것이다. 대통령이 집권 초반 검찰 인사를 할 때 그를 바로 검찰총장으로 중용하고자 했다고 한다. 그것은 기존의 인사관행과 달리 기수나 서열을 파괴하는 파격적 발탁이었다. 그리고 원칙주의자로서 강골 검사로 알려진 양부식을 중앙지검장에, 온건한 합리주의자로 알려진 박근택을 차관에 기용하려고 했다. 그런데 용건석 자신이 양부식을 반대했다고 한다. 양부식 검사같이 자신과 학연과 지연이 다른 강자가 들어오면 조직 내의 독점적 지위가 위협받기 때문이었다. 또한 검찰조직의 반발을 사고 안정성을 해친다는 반대도 심했다고 한다. 결국 대통령은 용건석을 중앙지검장에 앉히는 것으로 물러섰다고 한다.

마침내 장하리 장관의 "민주적 통제"로 상황이 종료되었다. 본래적 의미의 수사지휘가 이루어진 검찰사상 최초의 사례인 것이다. 이전의 강정구 교수 불구속 기소 지휘는 구속하더라도 어차피 법원에 가서 법원의 결정으로 해소될 것이었기에 이번 사례와는 달랐다. 언론도 장하리의 결단을 제대로 평가했다. '형평 잃은 검찰총장의 수사지휘를 민주적으로 통제' 한 것에 대해 '장관이 지휘권으로 측근을 감싸는 검찰총장 권력을 제동했다고 했다. 그러나 용건석에 대해서는 "국정원 댓글 사건 때의 자신을 비유한 것은 법무부 장관의 지

179

휘를 뒤집기를 시도했으나 좌초되자 '피해자'인 양 항변하는 것"이라고 제대로 지적했다. '장관 지휘권 관철, 검찰 민주적 통제 전례 남겼다'고 긍정적으로 평가한 반면 검찰총장의 행위를 '장고 끝에 악수'라고 쓴 신문도 있었다. 사태가 종료된 직후 대통령의 지지율은 2.5%가 올랐다.

장하리는 7월 14일 화요일 청와대에서 국무회의를 마친 후 민정수석실로부터 청와대 이야기를 들을 수 있었다. 대통령은 장관 지휘를 위법하다며 버티는 총장의 태도에 대해 격노했다고 한다. 용건석이 장관 지휘가 불법하다고 한다면 지휘를 수용하고 사표를 내는 것이 당연한 것이니 '사표를 내면 즉시 접수하라'라고 민정에 지시를 했다고 한다. 당과 청에서 민정실로 여러 인사들이 '특임검사로 문제를 얼마든지 풀 수 있는데 법무부 장관이 막다른 곳으로 몰고 갔다.'며 '타협안을 받도록 장관을 설득해야 한다.'고 청탁했다는 것이다. 그러면서 끝까지 흔들리지 않고 힘든 고비를 이겨낸 장관에 대한 평가를 아끼지 않았다고 한다.

장하리로서도 청와대가 당이나 여론에 휘둘리지 않고 원칙대로 하겠다는 장관을 믿고 개입하지 않은 것이 다행한 일이라고 생각했다.

그러나 '검언유착'의 진실에 다가가는 것은 정부를 흔들 수 있는 힘을 가진 언론과 수사 기소권을 가진 검찰을 상대한, 민주정부로서는 가장 막강한 두 연합세력을 상대하는 것이었다. 앞으로 어떤 난관을 마주할지 아무도 모르는 일이었다. '검언유착'에서 비롯된 수사 지휘권 항명소동 진압은 서막에 불과했다.

용건석이 지휘 수용을 한 날 퇴근 무렵 서울시장이 실종되었다는 정보가 돌았다. 가족의 실종신고를 받고 당국이 밤새 수색한 결과 시장이 사망한 채 발견됐다는 충격적이고 안타까운 비보가 다음날 알려졌다.

조남북 국장이 "장관님! 서울시장 나가실 생각이 없으세요?"라고 장하리에게 물었다. '이들의 진심은 내가 하루라도 빨리 장관직을 그만두고 스스로 나가주길 바라는 것 아닐까?' 장하리의 뇌리에 언뜻 스치는 생각이었다. 그녀는 명성사태로 장관 자리가 장기간 공석이 되고 고립무원이 된 법무부가 자신이 새 장관에 내정되자 매우 반겼던 불과 얼마 전의 광경을 떠올렸다. '참으로 인심도 잘 변하는구나!'라고 생각하면서 쓴웃음을 흘렸다. 서초동의 용건석은 간부들이 모인 자리에서 장하리가 조만간 사표 내고 서울시장에 도전할 것이라고 추측했다고 한다.

31

비정상의 자유, 진실 앞에 끝나리라

이덕조 기자는 일찌감치 핸드폰 등을 초기화해 증거를 인멸했고 압수된 하도훈 검사의 핸드폰은 그가 비밀번호를 감추는 수법으로 증거가 되지 못하게 했다. 하도훈의 핸드폰에 대해 검찰은 기술적으로 비밀번호를 풀 수 없다는 입장을 고수했다. 그런데 수사팀을 지휘한 중앙지검장 이윤도는 용건석 퇴임 후에도 후임 검찰총장 김반수에게 핸드폰 비번을 열어야 한다고 촉구했다. 그러나 그로부터도 제대로 답변을 듣지 못했다는 것이다. 김반수 총장은 장하리 장관이 채널A 수사에 대한 검찰총장의 지휘를 배제했으므로 자신은 지휘할 수 없다고 주장했다. 용건석 총장이 최측근 하도훈의 수사에 스스로도 문제점을 알고 지휘하지 않겠다고 먼저 공언했고 이를 어기자 장관이 약속대로 하라고 지휘한 것을 가지고 사건과 아무런 관련도 없는 후임 김반수 총장은 자신의 지휘권이 없는 사건이라고 핑계를 대며 지휘 책임을 회피했다. 결과적으로 김반수 검찰총장도 용건석을 겁

내고 하도훈을 감쌌다. 이미 불의의 탁류에 한쪽 발을 담근 이중적인 태도였다. 하도훈의 핸드폰은 미국 애플사 제조의 아이폰 기종인데 보안성능이 비교적 우수했다. 그런데 IT기술자들은 아이폰이 기술적으로 자꾸 진화하므로 옛날 버전을 군이 열어보려고 하지 않는 것일 뿐, 기술적으로 못 여는 것은 아니라고 했다. 열려고 하면 열 수 있는데도 검찰에 그럴 의지가 없는 것이 문제였던 것이다.

용건석 검찰총장의 고의적인 수사방해와 하도훈의 휴대폰 비밀번호 감추기 등 수사방해 책동에도 불구하고 이종헌 중앙지검 차장검사의 수사팀은 압수한 조혜련 팀장과 백우승 기자의 휴대폰 포렌식을 통하여 중요한 사실을 알아냈다. 채널A 간부들이 '통화녹음 파일이 있다'는 것과 그 녹음파일의 목소리를 하노훈으로 특성했나는 것, 그리고 하도훈 검사와 채널A 관련자들이 당시 어떻게 긴밀하게 대응했는지를 확인했다. 이덕조 기자의 재판과정에서 이런 사실들이 드러났음에도 제대로 보도되지 않다가 이덕조 기자에 대한 1심 무죄 판결이 있고 난 후 2022년에 겨우 보도가 되었다. 세간의 관심이 사라진 후 아무런 파문이 일지 않는 조용한 보도에 불과했다.

'지금은 재판서류에 담긴 메아리 없는 진실이지만 그러나 언젠가는 걸핏하면 자유를 입에 올리는 그들의 자유를 끝장내는 힘을 발휘할 것이다. 비상식적인 무도한 자유가 진실 앞에 끝날 날이 올 것이다.' 장하리는 어금니를 물었다.

당시의 검찰은 이덕조의 재판과정에서 법정 증거로 제출하면서 이렇게 요약했다.

"하도훈의 취약한 워딩도 있다"는 채널 A 간부의 메시지 등 체널 A 관련자 상당수는 피고인들이 지현하(제보자 x)에게 들려준 녹음파일이 존재하고 그 음성이 하도훈이라는 사실 등을 입증하는 증거자료라고 했다.

서둘러 증거인멸에 전전긍긍한 혐의자들은 이덕조 기자와 하도훈 검사장의 녹음파일만 없앴을 뿐 그들 주변 사람들이 가지고 있던 많은 증거들까지 미처 다 없애지는 못했던 것이다.

그중에서도 조 팀장과 강 기자가 나눈 대화가 결정적이었다. 조 팀장은 법조팀장으로서 이 기자로부터 취재를 보고 받는 입장이었고, 강 기자는 전략기획실 소속으로 검언유착 진상조사 발간 업무를 담당했으니, 두 사람은 '검언유착' 사건을 가장 잘 아는 사람들인 것이다.

조 : 덕조는 자기와 하도훈 대화 사실 아니라고,

　　회사가 제발 얘기해 줬으면 좋겠다고,

　　자기가 너무 괴롭다고

강 : 정신 못 차렸네,

　　그걸 회사가 어떻게 얘기하나,

　　미쳤나

　　그랬다가 둘이 얘기한 걸로 밝혀지면

　　그땐 누가 책임지라고

조 : 아……

강 : 얘(이덕조 기자)가 생각이 있는 건지 없는 건지

그럼 회사 자체가 거짓말쟁이가 되는데

그건 리스크가 너무 크죠

조 : 하도훈은 그렇게 대응했잖아

강 : 그건 하도훈 대응이니깐 하도훈이 책임지는 거고

조 : 그런데 다르게 대응하는 것처럼 보이지 않을까?

강 : 우리는 그렇게 대응 못 하죠

조 : 나 하(하도훈)에게 하루 종일 시달려서

강 : 일단 하(하도훈) 얘기는 일절 하면 안될 거 같고

보도본부장이랑 상의해서 대응방향을 확실하게 정해야 할 듯요

근데 하도훈이 취약한 워딩도 있긴 해서

"검찰과 한배를 타는 건데" 이런 워딩 ㅋㅋㅋㅋ

조 : 이런 상황 본 적이 없어서

강 : (취약한 워딩으로 보이는 또 다른 문장을 가리키며)

"얘기 들어봐 그리고 다시 나한테 알려줘"

ㅋㅋㅋㅋㅋㅋㅋㅋㅋㅋㅋㅋㅋㅋㅋㅋㅋㅋ

ㅋㅋㅋㅋㅋㅋㅋ

조 : ㅜㅜㅜㅜㅜㅜㅜ

강 : 누가 봐도 하도훈 음성지원

감찰방해와 수사방해로 겨우 이덕조 기자만 기소해 재판이 진행되었으니 범죄의 본질은 휘발시키고 슬러지만 남은 재판이 되고 말았다. 그러나 장하리는 이렇게 믿었다. 그들만의 비정상의 자유는 머지않아 진실 앞에 끝날 것이다.

32

재들은 플레이 못해

2020년 7월 18일 중순경 KBS가 오보 시비에 휘말렸다. 하도훈과 이덕조가 지난 2월 경 부산에서 만나 나눈 대화 녹취록을 보도하다가 녹취록에 없는 내용을 보도했다는 이유로 하도훈 측이 녹취록을 공개하고 보도를 한 기자들을 상대로 형사 고소를 했다. 또 무려 5억원의 손해배상 청구 민사소송을 제기했다. KBS 측은 녹취록을 확보하지 못한 상태에서 보도한 잘못이 있다며 며칠 후 바로 사과방송을 했다. 채널A마저도 회사가 망한다고 하지 못했던 일인데도 목소리를 과감하게 부인한 하도훈이 남의 실수를 공격하는 데는 추호의 여지도 없었다.

KBS는 '취재를 종합하면, 이 전 기자가 총선에서 야당이 승리하면 용건석에게 힘이 실린다는 등의 유민주에 관한 취재의 필요성을 언급했고 하도훈이 돕겠다는 의미의 말과 함께 격려성 언급도 했다'고 보도하고 '유민주는 정계를 은퇴했으므로 수사를 하더라도 정치적 부담이 크지 않다. 총선을 앞두고 보도 시점도 이야기한 것으로 확인됐다'는 보도를 했다. KBS는 '녹취록과 다른 취재를 종합해서' 확인 보도를 한 것이라고 했으나 하도훈은 '녹취록의 허위보도'로 걸었다. 그런데 이덕조 기자 측이 공개한 녹취록에는 KBS의 보도에 딱 들어맞는 내용은 없었다. 문제는 이후 확인 취재 과정에서 서울 중앙지검 핵심 간부가 KBS가 보도한 '그 내용이 맞다'고 확인해줬다는 것이었다. 그리고 검찰 핵심 간부가 나중에 중앙지검 3차장 검사 신주식이라고 했다. 그가 과연 기자에게 '녹취록 확인'을 해준 것인지 또는 '검언유착 사건'에 대해 말한 것인지 알 수는 없다. 그는 결국 2023년 1월 초에 허위제보로 명예를 훼손했다는 혐의로 기소되었다. 그가 2020년 7월 24일 검찰 수사심의위원회 개최를 앞두고 유리한 분위기 조성을 위해 허위제보를 했다는 것이다. 그러나 검언유착 수사팀장은 중앙지검 1차장 검사 이종헌이었으므로 3차장 검사 신주식이 자신과 무관한 사건에 유리한 분위기 조성을 위해 허위 제보를 했다는 것은 믿기 어려웠다.

오히려 3차장 검사 신주식은 대검 반부패부장으로 승진한 이후 2020년 12월 징계위원회 위원으로서 용건석에 대한 징계 심의에 불참하려 했었고 마지못해 참석한 후에도 기권을 해버렸다. 장하리 장관은 신주식이 대검 반부패부장으로서 당연직 징계위원이 출석 거부를 한다는 자체가 매우 납득 안 되는 처사라고 여겼다. 그런데 장하리도 퇴임하고 나서야 그와 용건석과의 인연이 각별하고 오래됐음을 알게 됐다. 그러니까 그는 이미 용건석의 장모 최 씨의 형사사건에 10년 전부터 관여했던 검사였다. 2010년 정대택 씨가 최 씨를 소송사기로 고소했는데 검찰은 거꾸로 고소인 정대택 씨를 무고죄로 구속영장을 청구했다. 그때 영장을 청구한 검사가 신주식 동부지검 부부장검사였다. 그런데 고소인 정 씨에게 유리한 이익금 분배 약정서가 위조됐다고 최 씨에게 유리하게 증언했던 법무사 백모 씨가 사실은 위조된 것이 아니며 자신이 위증했다고 실토를 했기 때문에 영장은 기각되었다. 그럼에도 무고죄로 불구속 기소된 정 씨는 1심에서 벌금 천만 원을 선고받았다. 신주식 검사는 양형이 가볍다며 항소를 하고 2015년 동부지검을 떠난 후에도 직접 공판에 관여했다고 한다.

2012년 봄에 용건석이 김신명과 결혼을 하고 그 어머니 최 씨와는 장모와 사위의 정식 인연이 되었다. 그녀는 바로 정 씨의 법적 분쟁의 상대방인 최 씨였다. 대통령 선거 과정에서 용건석은 2012년 결혼 하기 전 장모와 처와 관련된 일은 자신과 무관하다고 발을 뺐다. 그러나 최 씨와는 그전부터 알고 지낸 지 오래되었다는 소문이 있었다. 최 씨도 딸이 혼인하기 전인 2011년 5월 '2년 간 교제를 한 결혼할 사람'이라고 검찰에서 조사받을 때 말한 적이 있었다. 그러니까 2009년부터 결코 무관하지 않은 사이였던 것이다. 신주식 검사가 피해자 고소인을 무고죄로 기소하고 항소에 이르기까지 직접 관여한 데는 용건석의 영향 아래에 있었기 때문이라는 강한 의혹이 들지 않을 수가 없었다.

장하리가 두 번째 인사에서 대검 반부패부장에 임명한 신주식 검사나 첫 번째 인사에서 검찰국장으로 임명한 조남북 국장을 언론은 '장하리 라인'이라고 네이밍 했다. 그러나 검찰에 대해 아무런 연고도 없고 검찰 주변도 기웃거려 본 적이 없는 장하리에게 검찰조직 안에 라인이 애초부터 있을 수가 없었다. 그것은 용건석 사단이 만들어 낸 실체 없는 '언론 플레이'였을 뿐이었다. 장하리는 대검 반부패부 장은 중요 보직이므로 학연에 덜 휘둘리는 비서울법대 출신 인사로 발탁했던 것이다. 그런 장하리가 퇴임 후에야 용건석과의 뿌리 깊은 인연에서 벗어나지 못한 그들의 실체를 알게 되었다. 그런 식으로 용 건석 사단은 이미 강고하게 터를 잡은 후여서 여느 검사들도 그 테두 리의 영향으로부터 쉽게 벗어나지 못했던 것이다.

정대택 씨와 장모 최 씨 사이의 법적 분쟁은 오래됐다. 먼저 2004 년 최 씨가 정씨를 강요죄로 고소했었는데 그 발단은 이랬다. 최 씨 와 정 씨는 경매물건인 스포츠 센터 건물을 낙찰받은 후 되팔아 남 는 수익금을 나누기로 동업 약정을 했고 추신한 대로 일이 잘 성사됐 다. 정 씨는 최 씨에게 약정한 대로 수익금을 나누어 달라고 했다. 그 러자 최 씨는 이를 거절하고 정씨를 고소해 버렸다. 그러고 나서 최 씨는 법정에서 투자 수익을 반반씩 나누기로 한 이익금 분배 약정서 를 읽어보지도 못한 채 강요에 의해 작성된 것이라고 증언했다. 이에 정 씨가 최 씨를 위증으로 고소했다. 그런데 경찰조사에서는 최 씨가 약정서를 자신이 읽어봤고 자신의 의견을 반영한 특약도 추가했다 고 인정했다. 경찰은 최 씨에 대해 구속기소 의견의 수사보고서를 검 찰에 추송했다. 그러나 당시 검찰은 경찰로부터 받은 수사보고서를 법원에 제출하지 않았다. 법원이 제출하라고 했음에도 불구하고 수 사보고서를 제출할 수 없다고 한 검사가 바로 조남북이었다. 결국 정 씨는 2년의 실형을 받고 억울한 옥살이를 했다. 조남북 검사가 수사

보고서를 고의로 은폐한 것이라면 법기술을 부려 가해자와 피해자의 운명을 바꾸어 버린 것이라 할 것이다.

그런 조남북 검사는 대통령이 과거 참여정부의 민정수석과 비서실장을 하던 무렵 청와대에 파견 근무를 했었다. 그때의 인연을 내세워 새 정부에서 소수의 개혁파로 분류돼 영전했다. 드디어 법무부 검찰국장으로 장하리 밑에서 근무하게 된 조남북은 자기 부인의 대학 은사가 용건석의 아버지라고 털어놓았다.

어쨌든 그들의 말대로 "플레이"를 잘하는 용건석-하도훈 조는 2020년 여름 채널 A의 검언유착과 관련한 수사심의위원회를 잘 대비하고 있었다. 먼저 피해자 이욱 대표측이 수사심의위원회 개최를 요구하고 나중에 이덕조 기자도 맞불작전으로 수사심의위원회 개최를 요구했다. 그러나 이덕조 기자는 피해자 이욱 대표 측이 신청해 열기로 한 수사심의위원회에서 의견을 진술할 수 있다는 이유로 신청을 거부당했다.

하도훈 검사장은 소환조사에 불응하고 두 기자와 부산에서 나눈 대화의 녹취록으로 반격하면서 '검언유착'이 아니라 여권과 이를 보도한 MBC가 의혹을 만들어 낸 '권언유착'이라고 주장하며 여론전을 펼쳤다. 장하리가 수사팀이 독립적으로 수사할 수 있도록 지휘를 내렸음에도 불구하고 수사심의위원회를 앞두고 다시 수사는 멈추었다.

한편 하도훈이 일방적으로 공개한 녹취록 보도를 본 장하리는 하도훈이 기자들에게 법무부를 상대로 허위사실을 조롱하듯 늘어놓은 것을 보고 크게 실망했다. 검사장으로서 수준이 떨어지는 말로써 조금도 품격을 찾아볼 수 없었기 때문이다.

"뭐 저쪽(법무부)에서 방해하려 하겠지만", "신라젠은 법무부에서 화들짝 놀랐다는데 왜 놀래냐, 도대체 왜 놀래야 되는 거야, 자기도 관련 없다며 정치 사건 아니잖아", "왜냐하면 신라젠에 사람 투입했다는 말만으로 9%가 하루에 빠지지? 그럼 그건 작전주야 작전주 이거는", "쟤네(법무부) 플레이 못 해" 같은 말들이었다.

법무부가 정권 비리를 옹호하기 위해 신라젠 사건 수사를 막는다거나 주가가 빠졌다고 화들짝 놀랐다는 것은 터무니없는 모함이고 소설이었다. 우선 법무부 장관 장하리 자체가 비리를 막는 방패라는 것은 도무지 어울리지 않는 것이었다. 또 용건석검찰총상이 라임 수사팀의 증원을 법무부에 요청했을 때 법무부는 그가 원하는 대로 승인해 주었던 것이다.

기자 : 총장님께서 뽑으신 네 명은 다 라임으로 가고 원래 계셨던 분들이 신라젠 위주로 하는 거 아닙니까?
하 : 그렇지

녹취록을 보면 용건석 검찰은 애초 신라젠 사건에 대해 검사 증원을 하고 싶었으나 법무부가 막을 수 있다고 자의적으로 생각하고 라임 사건 수사를 위한 증원이라고 요청했던 것같다. 라임 사건 인력 증원을 받아서 기존 검사들은 신라젠에 전념하게 했다는 것이니까

191

오히려 신라젠의 수사 의도가 유민주 등을 겨냥하고 정권과 연결하려 한 것이었다는 것이 짚이는 대목이었다.

그런데 눈에 띄는 것은 "쟤네 플레이 못해"라는 하도훈의 말에서 "플레이"라는 단어이다. 이것은 그들의 사고관과 연결되는 핵심어였다. 그들에게 정치는 아무것도 아닌 그저 "플레이"였다. 그들이 검찰 쿠데타의 과정에서나 그리고 실제 집권 후에도 '정치는 플레이'라고 여겼다. 사건을 만들거나 일어난 사건에 대처할 때마다 실체적 진실 규명에 노력하기보다 오히려 진실 규명을 덮거나 못하게 방해하고 가리면서 타깃을 정해놓고 언론을 동원해 국민 세뇌부터 했다.

그중 가장 대표적인 것은 집권 후 수사·기소과정에서 벌인 '전임 대통령은 용공세력, 야당대표는 부패세력'이라는 식의 여론전이었다. 전 정부 대통령은 용공세력의 수괴이고 민주당의 대표는 부패의 수괴라는 딱지를 붙이는 것이 다음 총선까지 전개할 작전인 듯했다.

전 정부가 여론조사에 끌려다니며 여론에 눈치 보다가 정작 마땅히 해야 할 결정을 해야 할 때 하지 못한 것이 결정적 실책이었다면 정반대로 검찰 세력은 여론에 앞서 결정을 하고 밀어붙이고 여론을 통한 '플레이'를 한다는 것이 전혀 상반된 것이었다.

2020년 7월 24일 검찰 수사심의위원회는 하도훈에 대해서는 수사중단과 불기소를, 강요미수 혐의로 이미 구속된 이덕조 기자에 대해서는 수사계속과 공소제기를 의결했다. 수사심의위원회는 '검찰과 언론의 유착 및 공모'가 아니라 이덕조 기자가 단독으로 검찰 고위 간부와의 친분을 내세워 무리한 협박성 취재를 벌인 것이라고 봤다.

그러나 수사자료가 확보되지 않는 상황에서 하도훈의 압수한 휴대 전화를 포렌식에 착수하지도 못하고 피의자 1회 조사도 못한 상황에서 수사팀은 그런 결론에 대해 납득하기 어렵다고 했다.

"지금 이 말도 안 되는 상황은 권력이 반대하는 수사를 하면 어떻게 되는지 본보기를 보여주기 위한 것이라고 생각합니다. 저는 이 위원회가 저를 불기소하라는 결정을 하더라도 법무부 장관과 중앙수사팀이 저를 구속하거나 기소하려 할 것입니다."

"제가 위원님들께 호소드리는 것은 지금 이 광풍의 2020년 7월을 나중에 되돌아볼 때 적어도 대한민국 사법 시스템 중 한 곳만은 상식과 정의의 편에서 있었다는 선명한 기록을 역사 속에 남겨주십사 하는 것" "그래 주시기만 하면 저는 억울하게 감옥에 가거나, 공직에서 쫓겨나더라도 끝까지 담담하게 이겨내겠다." 마치 미리 준비한 연극 대사 같은 청산유수였다. 수사심의위원회에 출석한 하도훈은 정권에 탄압받는 피해자인 양 결연하게 발언을 했다. 그의 말을 팩트체크하면, 우선 권력이 반대하는 수사가 명성장관 수사라면 살아있는 권력을 수사하라고 대통령부터 강조했으니 반대한 적이 없다. 그 어느 누구도 그 수사를 방해하거나 제지하지 않았다. 오히려 청와대 비서실장마저 용건석이 '법과 원칙대로 하고 있다고 믿는다'라며 감싸주었다.

법무부 장관이 자신을 기소하려 한다는 하도훈의 주장도 궤변이었다. 장관이 무리하게 특정인을 기소하라는 수사 개입을 할 수가 없다. 그랬다가는 직권남용으로 기소당할 수 있고 그 권한이 용건석에게 있는 것이다.

하도훈은 정권으로부터 탄압받는 피해자 코스프레를 함으로써 수사심의위원들의 마음을 움직이는 데는 성공했다. 자신의 말대로 '플레이'를 기가 차게 잘했다. 그러나 '상식과 정의'를 강조한 그날 그때의 웅변은 자신에게 언젠가 되돌아갈 날이 있을 것임을 알아야 할 것이다.

33

칼과 펜의 집중 공격

1차 수사지휘를 수용한 이후 용건석 측과 언론은 합세해 대대적 반격을 하기 시작했다.

발단은 2020년 7월 29일 하도훈이 근무하는 용인 법무연수원 분원에서 시작되었다.

장진우 부장검사가 하도훈이 압수된 휴대폰 비밀 번호를 묵비하는 등 사법절차에 협조하지 않아 휴대폰 유심칩을 추가로 압수하는 과정에서 현장에서 시비가 붙었다. 하도훈은 장 부장이 몸을 날려 자신을 쓰러뜨리는 등 독직폭행을 가했다고 주장하고, 장 부장은 하도훈이 변호인에게 연락하겠다고 하더니 갑자기 휴대폰에 비밀번호를 입력하는 것을 보고 휴대폰이 삭제될 우려가 있다고 판단해 직접 팔을 뻗어 뺏으려다가 뺏기지 않으려는 하도훈과 서로 엉켜 넘어졌을 뿐 고의가 없었다고 주장했다. 그러나 불행하게도 이 사건 또한 하도훈이 정권의 편에 선 검찰로부터 탄압받는 피해자 인양 묘사하는 데에 아주 큰 효과를 발휘했다.

대부분의 언론은 하도훈의 입장에 선 일방적 보도를 쏟아냈다. 이 일로 병원에 잠시 입원한 장 부장은 조롱거리가 되기도 했다.

하도훈은 장진우 부장검사를 독직폭행죄[7]로 고소했다.

이 간단한 사건을 가지고도 괴롭힘을 당하며 홀로 외롭게 감당해야 했던 장진우 부장검사는 2년의 시간이 더 지난 2022년 11월 마침내 대법원으로부터 무죄를 선고를 받았다.

그러나 2021년 8월 1심에서 장진우 부장검사에 대해 독직폭행 유죄가 선고되었을 때 하도훈은 큰소리쳤다. "자기편 수사 보복을 위해 없는 죄를 덮어씌우려 한 권력의 폭력이 사법시스템에 의해 바로 잡히는 과정"이라고 했다. 마침 정기 승진 인사에서 관련자들도 포함된 것을 가지고 자신의 사건과 연관 지어 "정상적인 법치국가라면 있을 수 없는 일"이라고 하며 장하리 법무부 장관과 이윤도 서울중앙지검 장을 싸잡아 비난했다. 이어 법무부나 검찰의 누구도 피해자인 자신과 국민에게 사과조차 하지 않았고 누구도 징계받지 않았다고도 했다.

그런데 대법원에서 장진우 부장검사가 무죄 확정이 되자 이번에는 그를 대신해 이종헌 서울중앙지검 차장이 하도훈의 말을 그대로 되돌려 주면서 되갚았다. 그는 용건석 정부에서 법무부 장관이 된 하도훈을 전 검사장이라 칭하며 하도훈이 요구했던 것과 똑같이 대국민 사과와 징계를 요구했다. "기소에 관여한 법무부, 검찰의 책임 있

---

7 — 재판, 검찰, 경찰 기타 인식 구속에 관한 직무를 행하는 자 또는 이를 보조하는 자가 그 직권을 남용하여 사람을 체포 또는 감금하거나 형사피의자 또는 기타 사람에 대하여 폭행 또는 가혹한 행위를 가하여 치상 한 경우 1년 이상의 유기징역에 처한다.(특정범죄가중처벌등에 관한 법률 제4조의 2)

는 사람들이 장진우 전 부장검사와 국민에게 사과해야 할 시간"이라
고 했다. "적법한 공무집행 과정에서 그야말로 우발적으로 발생한 돌
발사건인데도 피의자였던 하도훈이 악의적인 권력의 폭력인 것처럼
규정하고 고발했다."며 "주임검사까지 무리하게 변경하여 부당하게
장진우 부장검사를 기소한 수사팀에 대하여 응분의 책임이 뒤따라
야 한다. 장진우 부장검사를 수사하고 기소했던 검사는 하도훈 법무
부 장관에 의해 승진하고 영전했다. 이러한 인사권 행사는 정상적인
법치국가라면 있을 수 없는 일이므로 이제라도 바로 잡혀야 한다."
고 했다.

　검찰 정부가 들어서고 시간이 한참 흐른 뒤, 그때 진실에는 번번이
못 본 척하고 눈을 감아버리는 법조기사의 행태가 왜 그랬는지 조금
씩 이유가 드러났다. 그들은 돈과 권력에 흔들려 사물을 대하는 판단
력을 잃었던 것이다. 같은 이해관계에 속해 있었으므로 취재원과 기
자와의 경계도 허물어졌던 것이다.

　2023년 1월 초순 대장동 개발사업자 김만배의 개발수익금 중에
언론사 간부들에게 들어간 돈이 드러났다. 한겨레신문의 석주호 법
조팀장은 무려 9억 원의 거액을 수표로 받았다. 중앙일보, 한국일보
의 법조팀장들도 돈을 받은 것으로 알려졌다. 여기에 채널A의 조혜
련 법조팀장도 함께 이름을 올렸는데 그녀는 명품 구두를 선물 받은
것으로 알려졌다.

　진보 매체인 한겨레마저도 사안의 본질에 관한 취재를 접어두고
용건석 엄호에 나섰다. 2020년 10월 하순 무렵 용건석이 국정감사

197

장에서 '장관의 부하가 아니다'고 호기를 부렸던 때였다. 한겨레의 석주호 법조팀장은 법무부장관의 수사지휘권 발동이 지나치고 장관이 정치 욕심으로 그런 것이며, 용건석 총장을 공연히 건드려 체급을 키웠다면서 '장하리-용건석 갈등' 사태라고 매도했다. 장하리가 사퇴해야 하고 용건석은 정치적 결단을 하고 자유롭게 정치무대에 나서라고 용건석을 향한 다음과 같은 애정 어린 충성문을 바쳤다.

"장하리 장관이 행사한 수사지휘권, 인사권, 감찰권은 대부분 용건석 총장을 겨냥한 것이었다. 우리가 늘 검찰의 과도한 검찰권 행사를 경계하고 비판하듯이 장관의 권한도 적절한 민주적 통제를 위해 절제된 수준에서 신중하게 행사돼야 한다. 장 장관은 그런 평가를 받고 있지 못하다. 총장을 불신하고 의심하고 고립시키려다 보니 장관의 지시가 점점 과해지고 남발되고 있다. 오죽하면 여권에서 조차 장관이 용건석 총장을 활용해 자기 정치를 하고 있다는 비판이 나오겠는가? 1년 가까이 가능한 모든 수단을 동원해 용 총장을 타격했는데 결과는 어떤가, 손에 잡히는 것은 없고 역으로 용 총장의 체급만 키워줬다는 지적을 가볍게 흘려서는 안 된다. 검찰개혁을 위해 갈 길이 먼데 엉뚱한 곳에 판을 벌여 국민들 짜증만 돋우고 있는 게 아닌지 장 장관과 청와대는 심각하게 생각해야 한다. 상대를 통해 자신의 존재감을 부각하는 적대적 공생의 고리는 끊어 버리는 게 맞다."

(중략)

198

"용 총장도 되도록 빨리 결단을 하는 게 좋을 것 같다. 공개적으로 그 정도 발언을 했으니 총장으로서 앞으로 무얼 하더라도 정치적 해석과 논란에서 벗어날 수 없다. 용 총장이 사랑하는 검찰조직에는 치명상이다. 스스로 '식물 총장'이라 선언한 마당에 외풍으로부터 홀로 검찰조직을 지켜내겠다는 결기는 민망하다. 용 총장은 임기와 관련해 국민과 약속이니 소임을 다 하겠다고 했지만 상황이 이 지경인 만큼 무책임하다고 비난할 사람은 많지 않을 것이다."

(중략)

"돌이켜보면 이 사달의 시작이 '명성 수사'였다는 점이 용 총장의 결단에 도움이 될 수도 있을 것 같다. 용 총장이 결단한다면 이후 행보는 전임 총장들보다 훨씬 자유롭다. 정치에 나서는 게 자연스럽도록 명분을 쌓아준 건 여권이다. 거물 정치인이 되어 평소 지론인 '경제 정의'를 검찰에서와 다른 방식으로 구현해 볼 수도 있다. 정치판에서는 얼마든지 장 장관과 격하게 싸우고 부딪쳐도 된다. 누가 뭐라 하겠는가."

이처럼 정치적 중립 의무가 있는 검찰총장에게 정치로 나오라고 꽃길을 깔아주는 열성에는 한겨레도 빠지지 않았다. 그러나 정치적 수사를 하고 정치적인 이유로 수사와 감찰을 방해한 검찰총장의 행태에 대해서는 일찌감치 눈을 감았다.

그런데 이 글을 용건석에게 바친 법조팀장 석주호는 김만배로부터 돈을 빌렸을 뿐이라고 주장했다. 그런데 김만배는 2016년 박근혜 탄핵 촛불집회가 벌어지고 있을 당시 지방 고검 검사에 불과했던 용건석을 박근혜 적폐수사의 특검팀 검사로 추천했을 정도로 용 총장과는 이전부터 친한 사이라고 알려졌다. 이들의 관계들로 보아도 사심으로 쓴 문장이라고 볼 수밖에 없다. 용건석 총장에게 '경제정의'를 세우는 정치를 하라고 주문할 자격도 없고, 어울리지도 않는 정치 명분을 읽고 장하리는 오글거리기조차 했다.

2022년 3월, 뉴스타파는 대장동 검찰 수사기록에 나오는 화천대유 4명의 고문 중에 기자 한 명은 조선일보 이 모 기자라고 했다. 그는 논설위원이었는데 2021년 6월 화천대유와 연봉 1억 2천만 원에 고문계약을 맺었다고 했다. 그는 그 후 SK증권 법무실장 겸 상무로 갔다. 같은 SK계열사인 킨앤파트너스가 화천대유에 초기 자금을 대여하고 나중에 투자로 전환한 것으로 드러났는데 대형 법조게이트가 본질이라고 볼 수밖에 없는 대장동 사건의 초기 마중물을 댄 SK 측과 법조 기자의 연관도 주목을 끌었다.

장하리는 그 이 모 기자가 2020년 10월 중순경 라임 사건의 김동현의 제보가 있던 날 쓴 글을 봤다.

"…이 정권은 (과거 정권과는) 다르다. 대통령은 권력을 자제할 줄 모르고 검찰총장 사전 협의 등 인사원칙은 모두 무너졌다. 검사들 필수 보직 기간 1년을 보장하겠다고 해놓고선 6개월이 멀다 하고 정권 비리 수사팀을 공중분해 시키고 자기편 검사들을 요직에 심었다. 인사

기준은 오직 하나, '우리 편이냐, 아니냐' 뿐이다. 밉보여 쫓겨난 검사가 하도 많아 수사능력으로 치면 대검. 서울 중앙지검보다 법무연수원이나 제주지검이 더 나을 정도라 한다. 말 다 했다. 올해 있었던 학살 인사로 검사 35명이 좌천되거나 옷을 벗었다고 한다. 실제론 훨씬 많을 것이다. 이게 이들의 검찰개혁이다.

그제 장하리 법무부장관이 하도훈 검사장을 법무연수원 충북 진천 본원에서 근무시키라고 지시했다. 인사철도 아닌데 하도훈 검사장만 콕 집어 발령 냈다.…올초 부산고검으로 날리더니 있지도 않은 '검언유착'을 했다며 연수원 용인 본원으로 다시 쫓아냈다. 치졸하기 짝이 없다. 일 년에 세 번 좌천은 독재시절에도 없던 신기록이다. 아마 세계 신기록일 것이다…"

조선일보 이 모기자의 글을 본 장하리는 기가 찼다. 장하리는 원래 채널A와 연관된 하도훈 검사장이 감찰 대상이었기 때문에 검찰사무를 적법하게 수행할 수 없다고 보고 그를 법무연수원 연구위원으로 발령을 냈다. 그런데 충북 진천에 있는 법무연수원이 마침 코로나 확산 시기에 해외에서 들어온 입국자들을 일시 수용할 생활시설로 지정되는 바람에 용인의 분원에서 임시로 근무하게 됐다. 몇 달 후 진천 법무연수원이 입국자들을 위한 생활시설 운용이 끝났으므로 근무하던 공무원들이 복귀하는 것이 원칙이었고 하도훈도 다른 연구위원들과 마찬가지로 그에 따른 것에 불과했다. 그것을 조선일보는 3번째 좌천 인사라고 왜곡한 것이다.

용건석 정권에서는 용건석의 중앙지검장 시절 근무 연을 맺은 검사들이 법무부와 검찰의 주요 보직을 다 차지했다. 독재시절에도 없던 신기록이다. 그러나 언론은 독재시절에도 하지 않던 침묵을 일제히 하고 있다.

그런 중에 장하리는 2023년 최경영 시사평론가의 한탄에 귀가 번쩍 했다.

"한겨레, 중앙, 한국일보의 법조 사회부장 출신들이 무더기로 김만배에게 돈을 받고 수십 명의 기자들에게 골프 향응 접대를 하면서 일단 100만 원을 주고 내기를 시작했다는 뉴스를 접하고 어이가 없어진다. 이것은 대형 스캔들이다. 우리 사회의 먹이사슬 구조를 보여주는, 현직 검판사와 그 가족들 이른바 '불멸의 신성가족'들이 쌓아놓은 배설물을 먹고사는 지저분한 파리떼 같은 인간들이 이 사회에서 윤리를 논하고 있다.

밥을 먹어도 누군가 돈을 내고,
술을 마셔도 누군가 돈을 내고,
골프를 쳐도 누군가 돈을 내고,
그런 자리를 주선하는 자가 핵 인싸이고, 그런 자리에 자주 가야 인싸가 되고, 거기서 공짜로 즐겨야 인싸로 인정받고 승진도 잘되고 고위 간부도 되고 능력으로 인정받고 끼리끼리 잘 먹고 잘 살면서 서로가 서로를 봐주면서, 그러나 저 아랫것들 그 안에 들어가지 못한 것들은 취급도 안 해주거나 원래 아싸인 인간으로 취급받는…한국은 아직 그런 사회인 것 같다"

장하리는 검찰정부의 살벌한 분위기 속에서도 제대로 목소리를 내는 기자가 있다는 점에 작은 위로를 느꼈다.

34

맹수는 바뀌지 않는다

개혁은 구조와 시스템을 바꾸는 것인데 그런 점에서 개혁하지 못했다. 구조와 시스템을 새로 만들고 안착시키는 본격적 개혁 작업은 뒤로 밀리고 대신 적폐수사에 우선했다. 그리고 이를 전담할 사령탑으로 용건석을 발탁해 전적으로 믿고 맡겼다. 청와대는 적폐수사를 한다는 칼잡이들이 원하는 대로 다 들어주었다. 대통령의 돈독한 신뢰를 독차지한 특수통 패거리들은 조직 내 굳건하게 덩치를 키우는 기회로 삼았다. 결국 맹신이 검찰개혁이라는 오래된 약속을 맹수의 먹잇감으로 던져주는 화근이 된 셈이다. 청와대가 얼마나 맹수에 대해 무방비로 맹신했었는지를 장하리가 기억하는 장면들도 있었다.

하나는 네이버 댓글 여론 조작 사건 특검 결정이 이루어질 때였다.

2018년 4월 하순경 주말에 당 대표인 장하리가 민정수석 명성과 저녁 자리를 가졌다. 수고한다는 위로 의미의 식사자리였다. 민정수석 명성은 지나가는 말로 '국회의원 김경섭이 연루된 댓글여론조작 혐의 사건은 특검으로 가는 게 좋다'는 게 용건석 중앙지검장의 의견이라고 했다. 중앙지검은 국정원 댓글수사 경험으로 고도로 숙달된 칼이 너무 예리하다고 했다는 것이다.

이미 김경섭도 이날 오후에 "정쟁중단을 위한 신속한 수사를 촉구하고 필요하다면 특검을 포함한 어떤 수사에도 당당하게 응하겠다"라고 긴급기자회견을 해버렸다. 장하리는 "특검의 'ㅌ'도 꺼내지 말라"고 반대를 표명해 왔다. 야당이 정쟁으로 내몬다고 해서 특검을 덜컥 수용해 버리면 특검으로서는 맹탕으로 끝낼 수가 없고 무조건 수사 결론을 내야 한다는 압박감에 무리할 것이 우려되었기 때문이다. 명성은 용건석과 신뢰관계를 형성하고 있는 것으로 보였다. 장하리로서도 이미 내려버린 결정에 왈가왈부할 수가 없었다. 결국 김경섭은 특검에 의해 기소되었다. 정무적 판단을 의탁한 김경섭도, 명성도 맹수의 의도를 몰랐을 것이다.

두 번째 장면은 자신들의 기득권을 사수하기 위해 자신들이 모시던 검찰총장을 먹잇감으로 사냥하던 장면이었다.

2020년 12월 9일 고위공직자범죄수사처장 인사추천위원회 조항을 개정하는 고위공직자수사처법 개정안 처리를 막기 위해 야당은 본회의장 입구를 가로막고 피켓을 들고 규탄 시위를 벌이고 있었다. 장하리는 국무위원 중 가장 먼저 도착해 국회 본회의장의 국무위원석에 앉자마자 천천히 책 한 권을 핸드백에서 꺼내 들었다. 파란색 표지의 "내가 검찰을 떠난 이유"라는 신간이었다. 검찰 출신 여성 변호사가 내부고발자의 시선으로 제 식구 비리를 덮어주는 검찰조직의 치부를 가감 없이 비판한 책이었다. 장하리가 그 책을 준비한 것은 기어코 검찰개혁을 해내고야 말겠다는 의지와 특수통 사단으로 무리 지어 개혁에 저항하는 용건석에 대한 경고의 메시지를 던지기 위함 이었다. 그때 국무위원석을 마주 보는 기자석에서는 의미 심장한 순간을 포착하기 위해 수많은 카메라 셔터가 찰칵거렸다.

장하리는 용건석이 자신이 모시던 검찰총장을 밀어내면서까지 특수부 조직 유지를 위해 반발했던 장면을 펼쳐서 일부러 보란 듯 밑줄을 그었다.

2012년 11월 한위대 검찰총장이 대검 중수부 폐지를 추진하려 했을 때였다. 이에 반발한 중수부장 등을 포함한 특수부 검사들이 집단으로 한 총장의 용퇴를 요구했다. 이를 주도한 검사들 중에는 용건석 당시 서울중앙지검 특수부 부장이 있었다. 그는 조직 이익을 관철하기 위해 언론에도 적극적으로 홍보하는 역할을 맡았다. 결국 한 총장은 특수통 부하들의 반발로 인해 총장직에서 물러났다.

그 당시의 검찰 내부 쿠데타를 묘사한 문장 중에 "특수통 검사들은 총장이 자기 개인을 지키려고 중수부를 희생시키려 한다며 반역한 것"이라는 써진 글 아래에 장하리가 천천히 연필로 줄을 그었다. 그때 기자들이 장하리의 무언의 메시지를 알아들었다는 듯 이 장면을 놓치지 않으려고 더 크게 카메라를 찰칵거리며 찍는 소리가 들렸다.

특수부 폐지에 반기를 들었던 그의 이력을 대통령이 알았더라면 절대로 검찰총장으로 발탁해서는 안 되는 인물이었다.

35

장관을 바꿀 명분 찾기

2020년 12월 9일 고위공직자범죄수사처법 개정안 표결하기로 한 그날 의정 단상에서는 야당의원들이 필리버스터를 이어가고 있었다.

그런데 조금 후 중진 홍 의원이 다가왔다. "장관님! 검경 수사권 조정도 다 마무리 지었고, 고위공직자범죄수사처장도 뽑을 수 있도록 법 개정도 되니 장관님 개인을 위한 다음 정치 행보를 준비하는 게 좋지 않아요? 지금까지 노고가 너무 크신데 수사·기소 분리는 국회에서 입법으로 우리가 해결하면 되지요."라고 했다. 그러나 장하리는 "저의 정치 장래를 걱정해 주는 건 고맙지만, 너무 제 걱정을 하지 않으셔도 됩니다. 그보다 용건석의 개혁 저항세력이 있는 한 검찰개혁은 대단히 어려울 겁니다. 개혁을 다 해놓고 용 총장이 나간 다음 날이 제가 나가는 날이 될 겁니다."라고 하며 그의 말을 일축했다.

이미 홍 의원은 언론 인터뷰에서 "고위공직자범죄수사처가 출범하고 법무부 장관으로서는 모든 검찰개혁을 완수했다고 본다. 다음

개혁단계로 나가는 것은 다른 사람이 할 수도 있다" 라며 장하리 교체설을 흘린 후 장하리를 설득하려고 다가왔던 것이다. 장하리는 당에서 너무 쉽게 상황 판단을 하고 있는 것을 우려했다. 전임 시장의 사망으로 자리가 빈 서울시장에 장하리도 나설 것이라는 소문이 있는 것을 알고 행여라도 그것이 자신을 밀어내는 명분이 될까 봐 장하리는 매우 단호하게 말했다. "서울 시장 출마를 염두에 두고 일하지 않고 있다. 개혁에 저항하는 용 총장의 비위가 감찰로 드러난 만큼 이를 마무리 짓고 용건석이 나간 다음날에 제가 나가겠다는 각오가 서 있으니 도와달라"고 했다.

결국 무엇보다 중요한 것은 개혁에 대한 대통령의 의지가 흔들리지 않아야 하는 것이었다. 장하리가 의지할 사람은 대통령뿐이라고 생각했다. 그래서 장하리는 홍 의원이 그런 얘기를 꺼내기 전에 이미 한 이틀 전 비서실장 나민영을 만났다. 한창 용건석 측이 검사징계위원들을 성향 분석을 멋대로 하고 여론몰이하며 심리적으로 위축시키고 있을 때였다. 장하리는 자신이 도중에 물러나는 일이 결코 있어서는 안되며 개혁을 마칠 때까지 일할 수 있게 도와달라고 했다.

홍 의원의 설득을 들으며 장하리는 비서실장에게 미리 자신의 유임 필요성과 개혁 관철 의지를 청와대에 말해둔 것이 '아직 당에는 공유가 안 되고 있구나. 나민영에게 자신의 결심을 앞서 말해두기를 잘했다'고만 생각했다.

장하리가 검찰총장의 주가조작 비리와 장모의 요양병원 보조금 횡령 비리혐의 등에 대한 두 번째 수사지휘를 내리자 야당과 언론은 연일 정치적 의도를 가진 '검찰총장 쫓아내기'라고 몰아붙였다. 그들은 총장과 가족의 비리 혐의에는 애써 눈감아 주었다. 대신 "장하리 – 용건석 갈등" 프레임을 씌웠다. 그 프레임이 극에 달하던 무렵 11월 중순 야당의 한 여성의원이 법사위 전체회의에서 장하리가 개인적인 정치 목적을 가지고 직무수행을 하는 것인 양 몰아가려고 집요하게 추궁했다.

그 의원은 장하리에게 '서울시장이나 대선 출마 의향이 있지 않느냐?'고 캐물었다.

"저는 법무부 장관으로서 오직 검찰개혁에 대한 사명을 가지고 이 자리에 왔기 때문에, 그 일이 마쳐지기 전까지는 어떤 정치적 입장도 가지고 있지 않다."

"징관직에 있는 동안에는 표명하지 않겠다는 뜻이냐?"고 재차 추궁했다.

"표명하지 않는 게 아니라 정치적 의지가 없다. 검찰개혁 전까지는 정치적 욕망이나 야망을 갖지 않기로 맹세하고 이 자리에 온 것이다."고 장하리는 거듭 강조했다.

장하리는 자신의 단호한 답변이 방송을 타면 청와대에도 메시지가 들어갈 것이라고 기대했다. 왜냐하면 청와대가 개혁에 저항하는 세력들로부터 총공세를 당하면서 명성사태로 홍역을 치렀기에 그런 청와대만은 '장하리 – 용건석 갈등' 프레임에 결코 흔들리지 않을 것이라고 믿었기 때문이다. 자신이 먼저 꺾이지 않는 이상 쉽게 장관을 내주거나 포기하지 않을 것이라고 그녀는 생각했다.

그러나 11월 24일 장하리가 용건석에 대한 징계를 청구한 때로 부터 12월 중순에 이르기까지 당정청은 언론과 보수 야당이 던진 '갈등 프레임'에 크게 위축되었고 흔들리고 말았다. 언론은 장하리 장관에게 '용건석 찍어내기'를 한다고 프레임을 씌웠다. 이에 견디지 못한 여당도, 검찰개혁을 방해하는 야당도 모두 '법무부장관 쫓아내기'에는 의견이 일치했다. 다만 차이가 있다면 개혁하겠다고 했던 여당이 개혁하고 있는 장관을 바꿀 적당한 명분을 찾지 못했던 것 뿐이었다.

36

조직을 배신한 대가를 감당할 수 없으니

그러나 결국 당정청은 장하리 장관을 교체하기로 생각했었고, 장하리의 의사와 부관하게 교체했다. 그렇게 함으로써 바라던 대로 검찰이슈에서 벗어나서 정국 운영의 국면전환이 되기는커녕 오래전 부터 '검찰당 대표'로 불렸던 용건석 총장의 입지만 키워 준 셈이 됐다. 그리고 용건석은 우려한 대로 야권의 대선주자로 뻗어나갔다.

"검사의 직무 관련 범죄를 수사하는 처지에 놓인 검사들은 '국민을 배반할 것인가 검찰을 배반할 것인가' 라는 진퇴양난에 빠진다. …어쨌든 검사들에게 국민을 배신한 대가는 크지 않으나 조직을 배신한 대가는 크다" 이연주 변호사의 책에 있는 글이다. 장하리는 2020년 12월 9일 고위공직자범죄수사처법이 무사히 통과되고 난 후 이를 페이스북에 올렸다. 바로 지난 11월 30일 사표를 내고 조직을 따라간 고수영 차관이 떠올랐기 때문이다. 장하리가 징계를 청구한 11월 24일부터 월말까지 차관은 여러 차례 다짐을 했다.

"장관님! 총장으로서 저런 일이 있다면 책임을 지고 스스로 물러나는 것이 조직을 위해서도 도리인데 너무 지나치다고 생각합니다. 제가 회의 준비를 잘할 테니 염려하지 마십시오!"

장관이 검찰총장에 대한 징계청구권자인 경우 징계위원회의 심의에 참여할 수 없게 규정되어 있다. 그 경우 차관이 징계위원회를 이끌어 가야 하는 것이다. 그렇게 장담하고 주말에 헤어진 그가 월요일 아침 변심해서 사표를 내밀었다. '국민을 배반할 것인가, 조직을 배반할 것인가'의 기로에서 조직을 배반하는 대가는 돈이 사라지고 노후보장책이 사라지는 것을 의미했다. 검사가 차관직에 임명받을 때 미리 검사의 직에서 사표를 내야 한다. 그래서 다시 검사로 돌아갈 수 없고 장차 변호사로서 전관특혜를 받으려면 검찰조직을 등질 수가 없다는 것이다. 장하리는 '감당을 못하겠다'는 그를 더 이상 어떻게 할 수가 없었다. '정의로운 길을 선택하지 않고 국민을 등지는 것은 잠시 양심을 가리고 부끄러움을 감추면 그만이지만 가족을 부양하는 가장으로서 조직을 등지고 추운 벌판에 내던져지는 것은 끔찍할 것이다. 아무나 사익을 포기하고 공익을 추구하지는 않을 것이다.' 이렇게 생각한 장하리는 후임 차관 후보를 물색해 청와대에 건의했다. 그녀가 청와대에 추천한 이용식 변호사는 법률지식이 해박하고 검찰개혁에 대한 소신과 심지가 굳은 사람이었다. 그러나 청와대는 고수영 차관에 대한 사표를 반려하라고 재촉했다. 이미 조직에 회유된 고수영 차관이 되돌아올 가망은 전혀 없다고 해도 왠지 청와대는 고 차관을 자꾸 설득하라고만 했다. 당연직 징계위원인만큼 흔들리지 말

앉어야 하는 고수영 차관부터 흔들린 것에 청와대도 충격이었다. 그만큼 용건석 검찰의 속성을 청와대는 잘 모르고 있었다. 그런데 징계위원회를 흔들기로 작정한 용건석 검찰이 고수영 차관의 후임 카드가 오히려 그들로서는 껄끄러운 실력파 이용식이라는 것을 알고 당과 청와대를 통해 고수영 차관을 유임시키고 이용식이 오는 것을 막았을 수도 있다고 장하리는 생각했다.

그전 해 전임 장관 명성이 하는 수 없이 물러나면서 '나보다 더 센 후임 장관이 올 것'이라고 예언했었다. 그의 후임이 된 장하리도 마찬가지로 약체 차관이 그들에 의해 흔들리면 결코 가볍게 흔들리지 않을 사람을 차관으로 보완해야 한다고 판단했다. 그 즉시 그녀는 고수영 차관이 맡긴 사직서를 청와대에 재빨리 전달하라고 차두헌정책보좌관에게 지시했다. 그리고 비서실장을 통해 대통령 면담을 요청했으나 아무런 대답이 없었다. 청와대가 차관 교체를 꺼리고 있는 상황 자체가 용건석의 힘에 휘둘리는 것이었다. 장하리는 이를 정면 돌파하기 위해 저녁에 간부들과 상의한 후 자신의 사직서를 작성했다. 이길 저길 다 막히면 자신이 사직하겠다고 배수의 진을 꺼내 들었다. 이규관 정책보좌관은 굳은 얼굴로 장하리의 사직서를 받아 주머니에 깊숙이 넣었다. 저녁 자리에서 서글픈 현실을 마주한 간부들은 고개를 숙이고 침묵한 채 앞에 놓인 술잔만 들이켰다. 이규관 정책보좌관은 방 밖으로 나가 후임 차관 인사가 이루어지지 않는다면 장관이 물러나려 한다는 장하리 장관의 의사를 전화로 청와대 민정실에 전하고 들어왔다. 다음날 오전에 전달하기로 한 사직서는 전달하지 않았다. 그런 우여곡절 후에 다음날인 12월 1일 아침 장하리는 정부종합

청사로 국무회의를 참석하러 가는 도중에 '국무회의를 마치고 청와대로 들어오라'는 전갈을 받았기 때문이었다.

때마침 국무총리도 국무회의 시작 전에 차 한 잔 하자며 장하리에게 전화를 했다.

먼저 총리실에 들른 장하리는 검찰총장 징계 청구 이후 악화된 여론을 염려하는 총리에게 검찰총장의 비위가 징계하지 않을 수 없을 정도라고 간략하게 설명했다. 그런 다음 총리와 함께 회의실이 있는 층으로 내려왔다. 엘리베이터 문이 열리는 순간 앞에서 대기하고 있던 기자들이 카메라 플레시를 터뜨렸다.

그런데 국무회의장에 앉자마자 뉴스 속보가 떴다. '총리가 장관에게 사표를 내라고 설득했다'는 내용이었다. 그리고 아까 엘리베이터 안에서 총리와 함께 찍힌 사진도 올라가 있었다. 장하리는 왜곡된 기사가 금방 나간 걸로 봐서 미리 준비한 것이라고 짐작했다. 그녀는 미리 설치해 놓은 함정에 빠진 느낌이 들었다. 느닷없는 봉변을 당한 것 같은 찝찝하고 불쾌한 기분을 안은 채 국무회의 직후 바로 청와대로 들어갔다.

장하리는 "제가 여기로 오기 직전에 '사표를 설득당한 장관'이라는 뉴스를 봤습니다"고 말했다. 그러자 대통령은 '그런 일이 있었냐'며 되물었다. 대통령의 의사는 아닌 듯했다.

마음을 가라앉힌 장하리는 대통령에게 후임 차관 인사의 필요성을 진지하게 설명했다. 그럼에도 그녀가 청와대를 나와 한강대교를 건널 때까지 인사 결정이 이루어지지 않았다. 그러고 나서 한참 후 이용식에 대한 인사발표가 이루어졌다. 직을 걸고 굿 뉴스를 얻어냈다.

그러나 곧이어 안 좋은 뉴스도 들어왔다. 징계청구와 동시에 직무배제 조치한 검찰총장이 효력 정지 임시 소송에서 이겨 직무에 복귀를 한 것이었다.

이틀 후인 12월 3일 청와대 대변인은 "대통령이 징계위원회의 운영과 관련해 절차적 정당성과 공정성을 담보하도록 해야 하고 법무부 차관이 징계위원장 직무대리를 맡지 않는 게 방안일 것"이라고 했다.

청와대의 우려가 아니더라도 장하리 쪽에서도 용건석이 반발하며 법적 분쟁을 일으킬 경우도 대비해 정확하고 꼼꼼하게 절차를 밟아나가야 한다는 것을 잘 알고 있었다. 이제까지도 살얼음판이지만 앞으로는 사면초가의 상황을 예상하고 싸오한 것이었다.

4일 징계위가 10일로 연기됐다. 징계위원 중 외부인사로 위촉된 2명이 연락이 닿지 않았기 때문이었다. 징계위원은 3년 임기로 위촉되어 검사징계가 있을 때마다 활동해 왔는데 갑자기 연락 두절된 것이다. 용건석에 대한 징계 청구 이후 친(親)검 언론들이 징계위원들의 성향, 출신지역, 활동이력, 발언 등을 샅샅이 뒤지기 시작했다. 그들은 압박감에 시달리고 심리적으로 위축이 됐을 것이다. 그중 1명이 사임을 했다. 사임한 자리에 장하리 장관은 정영한교수로 위촉했다. 이용식 차관도 그를 지지했는데 평소 그가 밝혀왔던 소신을 의심하지 않았기 때문일 것이다. 그러나 그도 무슨 이유에선지 당과 청와대에 각각 전화를 해 '총장징계에 관해 사안이 징계할 정도가 못되고, 정무적 판단이 필요하고, 다가올 서울시장과 부산시장의 보궐선거를 고려해야 한다'는 주장을 했다는 것이다. 그가 그런 정치적 언동을 하리라고는 장하리도 까맣게 몰랐던 일이다.

그런데도 친(親)검 언론들은 일제히 총장의 비위 여부에 대해서는 실오라기만큼의 관심도 보이지 않으면서 정영한을 비롯한 징계위 구성이 편파적이라는 기사만 쏟아냈다. 경향신문은 "징계위원 5명, 장관과 가깝거나 징계혐의와 직간접으로 연루"됐다고 엉터리 기사를 썼고, 한국일보는 "징계위원 이력 보니 모두 친정권 성향으로 공정성 논란을 자초"했다고 왜곡했고, 조선일보는 "징계위원 5명 중 4명이 호남출신"이라고 하며 공정성과는 상관없는 지역의 잣대를 들이댔다.

특히 조선일보는 얼마 전의 자사의 기사 내용도 부정하면서 당연직 징계위원이 장하리 라인이라고 우기기까지 했다.

장하리가 용건석에 대한 징계청구를 하기 두 달 전인 2020년 9월 24일, 조선일보는 용건석의 장모 최 씨 사건을 과거 최 씨에게 유리하도록 봐준 검사들이 줄을 바꿔서 장하리 장관에게 줄 섰다고 자세한 보도를 했다. 그러면서 신주식과 조남북을 먼저 감찰해야 할 것이라고 주장했다. 그런데 용건석이 최 씨의 딸 김신명과 혼인함으로써 최 씨와 용건석은 장모와 사위가 됐다. 초임 검사 시절 용건석 장모의 재판을 유리하도록 도운 조남북은 용건석이 대검차장으로 데리고 있고, 장모를 상대로 고소한 사람을 구속 처벌받게 한 신주식은 대검 반부패부장으로 징계위원이 됐다. 그렇다면 그들은 친(親)용건석 검사들이거나 용건석의 눈치를 볼 사람들이지 길어야 1년 남짓 머물 장관에게 기울리가 없다. 그들 누구도 조직에 맞설 사람은 아니었다.

그들의 각별한 과거 인연을 자세히 보도했던 조선일보가 보도 후 두 달이 지나자 징계위원회를 앞두고 근거 없이 징계위원 신주식이 장관 쪽에 기운 사람이라고 뒤집어씌우는 것은 오로지 징계위원회를 흔들기 위한 목적이었다.

37

장관이 조직을 존중하지 않는다고?

집단 이기주의라 할 검찰 이기주의의 거센 바람이 불었다. 묻지도 따지지도 않고 용건석은 옳다, 검찰은 옳다는 종교적 신념 체계가 발동했다. 진두지휘자는 조남북 대검차장이었다. 그는 용건석이 직무 배제 당한 기간 동안 대검에서 총장 직무대행으로 고검장 회의를 열었다. 그는 고검장들의 입을 모아 '장관의 수사지휘가 너무 잦았다. 징계청구가 과했다, 남용이다.' 라며 집단성명을 주도했다. 이어서 평검사들도 자극했다. 2020년 11월 30일, 검사들의 소통공간인 이프로스에 "장관이 한발 물러나야 한다. 저를 포함한 대다수 검사들은 총장이 불명예스럽게 쫓겨날 만큼 중대한 비위를 저지르지 않았다고 확신한다. 총장 임기가 보장되지 않고, 정치적 중립과 독립이 무너지면 오히려 검찰을 권력의 시녀로 만드는 중대한 우를 범한다"라는 글을 올렸다.

그다음으로 11월 26일 대검 중간 간부 27명도 성명을 냈다. "징계

청구와 직무 집행정지는 적법절차를 따르지 않고 충분한 진상확인 과정도 없이 이루어진 것으로 위법 부당하다. 검찰의 정치적 중립은 물론 검찰개혁 나아가 소중하게 지켜온 대한민국의 법치주의를 크게 훼손하는 것이다."라고 했다. 그런데 집단 항명 서명자의 맨 앞에는 수사정보담당관 소성준이 이름을 올렸다. 그는 장하리가 장관에서 물러난 이후 나중에 고발사주 의혹 사건이 드러났을 때 '소성준 보냄'이라는 고발장을 보낸 텔레그램의 그 문제적 인물이었다. 용건석 측은 '용건석의 수족을 자르기 위해 장하리가 꽂은 사람'이라고 거짓말을 했다. 그러나 소성준은 용건석 총장을 지키기 위해 장하리 장관을 비난하며 맨 앞에 이름을 올린 충직한 부하였던 것이다.

3년 후 어느 날, 용건석이 내동령이 뇌고 1년이 시났을 때 장하리는 그들의 집단 항명을 상기하며 이런 생각을 했다. '검찰총장 일가의 중대한 사적 비위를 친(親) 용건석 검사들이 오래전부터 협조해서 축소하거나 감추어 주었음이 밝혀지고 있는데도 그들은 왜 침묵하고 있는가? 양심 없는 사람들처럼 선택적 분노를 하는 것이 참으로 기이하다'는 생각이 들었다. 그들이 믿고 추앙했던 용건석은 임기를 스스로 걷어차고 언론과 정치권이 깔아준 꽃가마를 타고 곧바로 대통령이 되어 검찰을 사설 용역 회사처럼 부리고 있다. 정적제거를 위해 피해자는 말할 것도 없고 피해자 주변까지 털어 개인 신상정보나 수사 정보를 수집해 언론에 흘리고 여론을 조작하고 법망에 걸려들게 한 다음 기소로 사회적 매장을 시킨다. 괴롭힘을 당하는 쪽은 엄청난 심적 경제적 부담을 지면서 소송 응대를 해야 하므로 국가폭력이라

할 것이다. 이런 식으로 검찰정부 아래에서 검찰조직은 법기술로 정적을 정리하는 역할을 담당한 정권의 청부조직으로 전락했다.

2023년 여름 어느 날 장하리는 전직 검찰 고위간부에게 물었다. "검찰의 수사 중립과 독립을 보장해 주기 위해 지휘권을 행사했던 장관에게 연판장에 서명하며 항명했던 검사들 중에 지금 벌어지고 있는 사태를 보면서 '그때 잘못 판단하고 행동했구나' 후회하는 검사도 있을까요?"

"아마 없을 겁니다."

"검찰총장이 자신과 가족의 비리와 부패를 덮기 위한 사적 목적으로 검찰권을 남용한 진실을 알았고 결국 검찰권을 정치 발판으로 삼았는데 이 사태를 인정한다는 겁니까?"

"검사는 검사 생활을 오래하면 할수록 개개인보다 조직을 먼저 생각하는 집단적 사고에 길들여집니다. 자기 자신도 모르게 보수적으로 변하는 것이지요. 아마 그때 서명에 동참한 검사들은 장관님이 조직을 존중하지 않고 탄압한다고 받아들였을 겁니다. 총장의 비리에 대한 관심보다는 조직보호 본능이 앞섰던 겁니다."

"우습군요! 저는 검찰이 바로서기를 바랬던 것이지 검찰을 탄압할 생각은 눈곱만큼도 가져본 적이 없는 사람입니다. 하나 예를 들어드릴까요? 제가 장관 임명되고 바로 첫인사 제청안을 준비할 때 청와대는 서울중앙지검장에 고위법관 출신을 중용하려는 준비를 다 마쳐 놨어요. 검사로 임용하기 위한 검증절차까지 이미 마친 거죠. 당시 대통령의 뜻이라고 들었어요. 그때 제가 이를 적극 말려서 철회된 것입니다. '검찰의 꽃'으로 불리는 서울중앙지검장 자리를 판사조직에 뺏겼다는 오해가 생기면 검찰조직의 집단적 자존심을 건드리게 되니 반발만 커질 텐데 그러면 그가 아무리 출중한 명장이라 하더라도 제대로 수사지휘권을 행사할 수가 없게 될 것이라고 우려를 말해주고 청와대를 설득했지요"

"그러셨군요! 장관님의 그런 에피소드를 잘 모릅니다. 오히려 친 (親)용건석 사단이 '장관이 검찰 권한을 뺏는 게 개혁이라고 하면서 검찰을 짓밟고 있다'는 식으로 소문을 퍼뜨려 검사들도 장관님을 오해하고 있습니다"

"'수사권과 기소권을 분리하자'는 저의 공언은 뺏는 것과는 다르죠. 경찰이 수사하고 검사가 기소하는 역할을 구분해서 검사가 경찰이 수사하는 과정에서 법을 지키도록 감독하고 국민 인권을 지키는 관심에서 전반식인 지휘권을 행사하도록 해 인권을 옹호하는 법률선 문가로서 '존경받는 검사상'을 세우겠다고 저는 생각한 겁니다."

"나날이 사건에 파묻혀 지내는 대개의 검사들은 거기까지 깊이 생각할 여유가 없다는 것도 문제입니다."

"국회가 법률개정까지 해 경찰에 넘긴 일부 수사권도 하도훈 장관이 시행령으로 뒤집었지요. 모든 수사권을 검찰에 가져와 행사할 수 있게 됐으니 '수사·기소 분리 비전'도 허사가 되었네요. 그런데 지금은 검찰 독립성·중립성이 다 망가졌는데 왜 침묵하고 있을까요? 아까 검사들의 '조직보호 본능'을 강조하셨는데, 그렇다면 법적 정의를 구현하는 검찰조직의 가치 자체가 망가진 것에 대해 목소리를 내야하는 거 아닌가요?"

"겉으로 표출을 못하더라도 검찰의 장래를 우려하면서 부글부글

속을 끓이고 있는 검사들도 많을 겁니다." 이윤도는 이렇게 말하면서도 검찰조직의 이중성에 대해 몹시 미안해했다.

장하리가 장관 취임 초 수사와 기소를 분리하겠다고 했다. 궁극의 검찰개혁은 수사와 기소를 분리해 검찰과 경찰이 상호 견제를 해 인권침해가 없도록 하는 것이었다. 그러자 용건석 측은 인사 불만을 가지고 있는 터에 '장관이 검찰 권한을 박탈한다'는 여론을 조성하고 '장하리 죽이기'에 나섰다. 당 대표를 지낸 장하리의 약점이나 먼지를 찾아내기 위해 당직자를 소환해 장시간 조사도 해봤다. 울산시장 선거개입이나 하명수사[8]와의 연관성을 찾으려고 무진 애썼지만 결국 시비를 걸만한 게 없었다. 그러니까 표적을 바꾸어 군복무를 다 마친 장하리의 아들을 수사대상으로 삼고 괴롭히기 시작했다. 다리수술 진단을 받고 병가와 휴가를 얻어 수술을 받고 군대에 정상 복귀하고 제대를 한 아들에게 정상 복귀를 안 했다고 뒤집어씌웠다. 야당은 사실이 아닌 왜곡한 주장을 언론에 흘리고 검찰은 수술한 병원과 아들의 자취방을 압수수색 하기도 하면서 요란한 수사활극을 벌였다. 큰 특혜나 비리가 있는 것처럼 만들어 장하리를 무너뜨리려 했다.

---

8 — 검찰 주장은 '2018년 지방선거에서 울산시장 민주당 후보 송○○가 과거 여러 번 낙선해 경쟁력이 없는 후보임에도 청와대가 상대당 후보 김○○에 대해 망신 주기 수사를 하도록 경찰에 시켰다'는 것이다. 그러나 후보 공천 결정 당시 매우 정밀한 여론 조사 결과 후보 송○○이 압도적(36.7%)이었고 청와대가 개입해 주저앉혔다고 검찰이 주장한 예비후보 임○○은 11.4%에 불과했다. 중앙당 공천관리 심사위원회가 송 후보로 단수 결정했고 상대당 김 후보와의 가상대결에서도 송 후보 53.2% : 김 후보 30.8로 가장 경쟁력이 있었으므로 당대표 장하리가 송 후보의 단수 결정을 승인했다. 따라서 경쟁력이 입증된 후보임에도 검찰이 청와대의 공약 개입, 수사 개입을 억지 주장하며 청와대를 압수수색하는 등 정치수사를 했던 것이다.

그러나 그들의 의도는 실패했고 '혐의 없음' 결론을 내린 후에도 용건석의 검찰은 또 한 번 재수사 지휘를 내리는 등 집요했다. 검찰은 장하리의 아들을 그녀를 대신해 검찰의 제물로 삼았다.

38

용과 호랑이를 서로 싸우게 하는 꾀

대통령은 '수사와 기소의 분리'라는 검찰개혁의 기본을 어느 순간 벗어났다. 검찰총장이 전국의 지검 지청의 사건을 마음먹기만 하면 원하는 데로 이전시킬 수 있고 수사지휘권을 통해 수사 방향을 바꿀 수도 있다. 검사는 검찰총장을 정점으로 위에서 명령을 내리면 무조건 복종하는 한 덩어리의 조직체임을 뜻하는 '검사동일체'의 원칙에 따라 움직인다. 이런 운용 방식은 세계 어느 나라에도 없고 민주주의 사회에서 볼 수 없는 특이한 것이다.

대통령은 임기 초반에는 "세계에서 우리나라 검찰만큼 많은 권한을 가지고 있는 기관도 없다. 무소불위의 기관을 반드시 개혁하겠다. 무소불위의 권력을 개혁해야 한다."고 했다. "검찰이 갖고 있는 수사권과 기소권을 분리해 수사권을 경찰, 기소권은 검찰에게 분리 조정하는 것이 가장 빠르게 개혁할 수 있는 부분이다."라고 과거 직접 저술한 책에서도 언급했다. 그러나 막상 개혁 저항에 강하게 부딪히자 종국적으로 감당할 뒷심이 없었다.

오히려 적폐수사에 중점을 둔 대통령은 특수수사 기법에 맛을 들인 용건석에게 인사권까지 주며 원하는 대로 하게 했다. 역대 어느 정권에서보다 강력해진 권한을 가진 검찰총장에게 수사 기소 완전분리로 나아가기를 기대하는 것은 나무에 올라가서 물고기를 구하는 격이 되었다.

결국 개혁저항에 부딪혀 명성 장관이 35일 만에 사퇴하고 난 후 대통령은 "환상적 조합에 의한 검찰개혁을 희망했다. 그러나 꿈같은 희망이 되고 말았다."라고 자조했다.

수사와 기소 분리라는 궁극의 검찰개혁을 하려면 구조와 시스템 설계를 해야 했다. 그러나 그렇게 하지 않고 대신 용인술로 개혁이 된다고 믿었다. 구조와 시스템으로 검찰권한의 견제와 균형이 삭동되게 해야 하는데 상극인 인물 배치를 통해 견제할 수 있다고 착각했던 것이다. 그렇기에 검찰총장 용건석을 견제할 장관으로 명성을 앉힌다든가, 그전에도 핵심요직인 서울중앙지검장에 용건석과 대척점에 있는 강골 양부식 검사를 배치하려다가 용건석 본인의 반발로 이루지 못했고 그다음에도 원칙주의적 검찰개혁이론가인 고등부장판사 출신 이용식을 기용하려 했다가 포기했다. 그랬던 것은 상극의 용인술로 견제하면 된다는 발상에서 나온 것이다. 용건석을 중심에 두고 상극의 인물만 찾았으나 용건석은 번번이 반발하며 오히려 구조와 시스템의 착근을 훼방놓았다. 용과 호랑이가 서로 싸우게 해 견제하려는 용호상박(龍虎相搏)의 용인술은 개혁과 아무런 상관이 없는 꾀에 불과했다.

39

같은 목표, 다른 역할

수사와 기소를 부분적으로는 분리해냈다. 2020년 1월에 법률개정
이 이뤄졌다. 그러나 그것은 표적수사와 사냥몰이 수사로 문제가 되
었던 부패, 경제수사는 건드리지도 못하고 검찰의 성역을 인정해버
린 과도기적인 조치에 불과했다. 장하리는 법무부 장관 취임 초 '수
사 기소의 부분 분리에서 완전 분리로 나아가야 한다'고 발걸음을 크
게 놓았다. "수사는 경찰이, 기소는 검찰이"하는 완전 분리를 위한
구조와 시스템을 바꾸고, 운용능력을 갖추도록 사람을 배치 양성하
고, 점진적인 프로세스를 구축해야 한다. 수사청을 설치하고 검찰청
을 기소청으로 바꾸는 후속 조치에 나아가야 한다. 검찰청에 수천 명
의 수사 인력이 있는데 수사를 직접 하지 않게 되면 이들을 기소청으
로 옮겨야 한다. 또 수사 인력의 전문화를 위해 수사 인력 양성 프로
그램도 마련해야 한다. 그러나 이렇게 구상한 장하리의 공언은 보수
언론의 공격대상이 됐다. 언론은 '검찰이 현 정권의 비리를 수사하니

수사를 못하게 하기 위해 검찰 수사권을 박탈하려는 것'이라고 프레임을 씌웠다.

그럼에도 장하리는 흔들리지 않고 수사 기소 완전 분리를 위한 준비를 해나갔다.

'검사의 수사지휘권은 경찰 수사가 인권 침해를 하지 못하게 통제하는 데 목적을 두어야 한다. 검사가 수사지휘권을 적절하고 올바르게 행사할 수 있도록 수사준칙으로 정해 놓아야 한다.' 그런 생각으로 장하리는 임기 초반 6개월 동안 수사준칙을 만드는데 심혈을 기울였다. 그러나 수사권을 놓고 검찰과 경찰 사이의 대립과 갈등이 수십 년이 되었기에 수사준칙의 문구 하나하나마다 두 조직은 첨예하게 대립했다.

시로 권한은 많이 가지고 책임은 지지 않기 위한 이기주의가 발동했다. 어느 날 경찰과의 협상 테이블에 나갔던 법무부검사가 '수사지휘를 반드시 서면으로 하기로 했다'고 보고했다. 그러나 장하리는 웃었다.

"수사나 수사지휘나 심야에, 또는 긴급히 해야 할 때도 있을 것이고, 사무실이 아닌 데서 전화로 할 수도 있는 것인데 꼭 서면으로만 해야 한다는 것은, 잘못되는 경우 근거를 남겨서 책임을 회피하겠다는 발상으로 들리네요, 조직 입장에서만 보지 말고 국민 입장에서 생각해 보세요!"

그런 식으로 장하리는 때로는 논쟁하고 근거를 제공하며 하나하나 풀어가야 했다.

장하리는 수사권을 분산시키는 검찰개혁은 검경 간의 오래된 대립을 해소하는 것에서 출발하지 않으면 안 된다고 여겼다.

일제가 식민지 지배를 위해 구축해놓은 경찰은 전시 파시즘 체제를 지키는 첨병역할을 했다. 해방 후 이승만 정권 아래에서 친일 경찰이 다시 득세를 했는데, 심지어 여순반란 사건[9]때는 검사가 무고한 양민을 학살한 경찰을 기소했다는 이유로 그 검사를 보복 총살한 일도 있었다. 그러나 동료 검사가 즉결처분을 당했음에도 검사들은 보복이 두려워 침묵했다. 1954년 형사소송법을 만들기 전 입법의원들이 선진국 여러 나라를 비교 시찰했더니 검사가 수사와 기소를 직접 다 하는 나라는 없었다. 그런데 국가경찰 권한이 워낙 막강하고 검사를 살해하는 일도 버젓이 자행한 경찰에게 수사권을 주는 것이 염려됐다. 그래서 그들은 언젠가 선진국처럼 대한민국도 경찰권한이 국가경찰에서 자치경찰로 분산되고 주민 통제가 가능할 때 경찰이 수사권을 넘겨받게 하는 것이 낫겠다고 하면서 그때까지는 수사권을 검찰이 가지게 했던 것이다.

그런 역사적 배경으로 검사가 지금까지 경찰에 수사권을 돌려주지 않고 직접 수사권을 행사해 온 것이다.

장하리는 검사들이 경찰의 능력과 자질을 불신하는 것도 큰 장애물이라고 생각했다. 그러려면 법무부 내의 검사들부터 이해와 협조

9— 경찰이 산에서 땔감을 나르던 한 민간인을 좌익활동가라고 근거없이 오판하고 등 뒤에서 총질하고 확인사살하는 등 잔인하게 죽였다. 박찬길 검사가 그 경찰을 기소하자 경찰은 박 검사를 공산당 앞잡이라는 뜻으로 "붉은 개" 검사(적구 검사)로 부르며 조롱했다. 그 사건 후 1948년 여순 반란 사건이 일어나자 경찰은 박 검사를 학교 운동장으로 끌고 가 보복 총살했다.

가 필요했다.

그래서 각자의 역할이 어때야 하는지를 잘 이해할 수 있는 일본 드라마 〈형사와 검사〉를 보는 것도 좋겠다고 권했다. 일본에서 검사와 경찰의 관계는 주인이 노예 부리듯 하는 명령 복종 관계가 아니다. 수평적인 협조 관계다. 일본 검찰은 한국 검찰처럼 경찰이 하는 수사에 대해 '밤 놔라 대추 놔라' 하는 지시를 하지 않는다. 지시가 아니라 공소유지에 필요한 만큼의 업무 협조를 요청할 뿐이다.

드라마의 묘사가 실무와 약간 차이나는 점도 있지만 검경간의 관계에서는 크게 다르지 않았다.

"이 드라마를 통해서 우리는 경찰과 검사가 수사와 기소 절차에서 범죄의 진실을 추구하되 억울한 사람이 없도록 해야 한다는 동일한 목표 아래에 각자 역할만 다르다는 것을 살 알 수 있죠." 성하니는 같은 목표를 가지되 역할이 달라야 한다고 강조했다.

장하리는 주말에도 검사들과 회의를 하며 검사가 직접 수사하지 않는 대신 수사지휘권이 과연 어때야 하는지를 놓고 진지한 대화를 했다. 처음에는 수사권 전면 박탈로만 받아들이고 오해를 하던 검사들의 표정이 밝아졌다.

그러나 당 소속 법제사법위원회 의원들은 장하리를 제대로 이해하지 못했다. 그중 한 의원이 이렇게 말했다.

"장관님! 장관님 같은 분도 검사들과 일하다 보면 검사들에게 순치가 되는군요!"

"굉장히 모욕적입니다!" 그녀의 화난 대답에 도발적인 말을 던진 의원은 흠칫했다. 수사와 기소의 부분 분리 이후로도 구체적인 수사 영역을 놓고 검찰과 경찰은 의원들에게 로비를 하며 경쟁을 벌였다. 그러던 중 마약 범죄 수사를 경찰이 갖는지 검찰이 갖는지를 두고 영역 다툼이 벌어졌다. 장하리가 '어차피 종국적으로 검사들이 직접 수사권을 다 내려 놓아야 하므로 마약 수사 조직을 가지고 있는 검찰이 그대로 하게 두라'고 했던 것에 자극을 받았을 것이라고 짐작했다. 장하리의 뜻은 검찰수사조직 자체를 수사청으로 옮긴다면 마약 수사 조직도 함께 수사청으로 가는 것이므로 마약 수사권을 두고 다투는 것은 아무런 실익이 없다는 취지였으나 경찰도 당 소속 의원들도 심지어 청와대도 잘 알아듣지 못했다.

40

쇠심줄보다 더 질긴 조직 보호 본능

2010년 12월 한명숙 총리의 뇌물 수수 사건에서 한 총리에게 돈을 줬다고 검사 앞에서 자백한 한천호 사장이 1심 법정에서는 돈을 주지 않았다고 번복했다. 그러자 한 사장과 같은 재소자였던 최 씨가 '한 사장으로부터 돈을 줬다고 하는 말을 들었다'는 증언을 했다. 그런데 그는 10년이 지난 2020년 2월, 당시 검찰이 자신에게 위증하라고 강요했다는 취지의 진성서를 법무부에 냈다. 장하리는 감찰을 지시했다.

박동수 감찰부장은 한 달 정도 사전 조사를 한 후 4월 중순 경 감찰을 하겠다고 용건석에게 보고했다. 용건석이 인권부로 재배당지시를 했으나 박 감찰부장은 감찰사건이므로 자신이 맡겠다고 했다. 그런데 갑자기 대검차장이 기록 사본을 보여 달라고 해 별 의심 없이 사본을 건넸다. 그런데 나중에 그 사본에 사건번호를 붙여 서울중앙지검 인권감독관실로 재배당이 된 것을 알게 되었다.

박동수 감찰부장은 이의를 제기했다. 그러나 용건석은 인권부 사건이라며 묵살했다. 이공일 중앙지검 인권감독관은 용건석이 2006년부터 2007년 사이 대검 중수부에서 검찰연구관일 때 현대자동차 비자금을 함께 수사했던 검사였다. 증인들에게 모해위증을 강요했다고 의혹을 받고 있는 검사 엄호준도 용건석 사단으로 알려져 있었다. 결국 용건석이 '제 식구 감싸기'의 목적으로 감찰부 수사를 회피하고자 기록 사본을 받아가 중앙지검 이공일 인권감독관 검사에게 사건을 보낸 것이라고 장하리는 의심했다.

장하리는 감찰하라고 지시했더니 편법배당하는 기상천외한 수법으로 감찰부에서 탈취하려 한 것임을 알게 되었다. 그래서 장하리는 감찰부도 원래 지시대로 조사를 계속하라고 지시를 내렸다. 그러나 제보자들은 제보한 이후 용건석이 제보 사건에 개입한 것을 언론 보도를 통해 알았을 것이다. 이에 제보자들도 위축되었고 따라서 사건 수사가 제대로 되지 않았다. 용건석의 편법배당은 사실상 수사방해였던 셈이다. 편법배당사건을 계기로 장하리는 용건석이 검찰조직을 제멋대로 주무르고 있음을 처음 실감할 수 있었다.

장하리는 그로부터 몇 달 후 9월에 자기 소신이 뚜렷한 임수정 검사를 대검 감찰부로 인사발령을 냈다. 임 검사는 그때부터 한 총리 사건 증인에 대한 모해위증 여부를 면밀히 조사해 나갔다. 방대한 기록과의 길고 긴 싸움을 해 냈다. 그러나 조사권이 있을 뿐 수사를 할 수 없는 한계가 있었다. 11월 30일 장하리는 검찰총장 직무대리 조남북에게 임수정 검사가 수사할 수 있게 중앙지검 검사 직무대리로 발령을 내도록 하라고 지시했다.

조남북은 법무부 검찰국장으로 있을 때 용건석의 편법배당으로 수사가 이루어지지 않은 사정을 잘 알고 있었고, 검사 직무대리 발령은 검찰총장의 권한이므로 총장직무대리인 그가 마땅히 해야 할 일이었기 때문이다. 그러나 조남북은 임 검사에게 '한 총리 사건 조사에서 손을 떼면 직무대리 발령을 내준다'라고 했다. 장관 지시에 어긋나는 조남북의 직분을 망각한 노골적인 배신이었다.

결국 임수정 검사는 장하리가 법무부를 떠난 이후 2월 22일 중앙지검 검사로 발령받았다. 그는 방대한 기록과 수사결과를 토대로 위증을 교사한 검사에 대한 공소장을 써서 장하리의 후임인 박붐 법무부 장관에게 보고를 했다. 그러나 용건석의 철저한 방패가 된 조남복이 대응조치를 취했다. 임수정 검사가 석 달간 공들여 조사해 온 사건을 3월 2일 갑자기 감찰 3과장에게 배당을 해버린 것이다. 검찰총장은 전국의 검사를 상대로 직무이전·승계권을 발동할 수 있다. 특정 사건을 검찰총장이 지정한 검사에게 옮길 수는 있다. 그렇다고 하더라도 수사를 다 마치고 공소장 초안까지 작성된 사건을 아무 이유도 없이 다른 검사에게 배당하는 것은 사건을 뺏는 것이고 권한 남용이다. 모해위증한 최 모씨에 대한 공소시효가 3월 6일로 끝나버리면 이를 교사한 검사에 대한 수사는 할 필요가 없어지는 것이다. 결국 우려했던 대로 새로 배당받은 검사는 3일 만에 증거가 부족하다는 이유로 무혐의 결정을 했다. 그 방대한 기록을 3일 만에 다 봤을 리가 없었으니 결론은 이미 정해졌던 것이다. 그런데 모해위증을 고백한 또 다른 증인이 1명 더 있었다. 그에 대한 공소시효는 보름이 늦은 3월 22일이었다. 3월 17일 박붐 법무부 장관이 대검 부장회의에서

심의하라고 수사지휘권을 발동했다. 그런데 방패 조남북이 다시 꼼수를 부렸다. 고검장들도 회의에 참석시켜 심의하겠다고 한 것이다. 고검장들은 친(親)용건석 인사들로 석 달 전 '용건석에 대한 징계는 철회되어야 한다'고 장하리에게 집단항명을 했던 사람들이었다. 3월 19일 대검 부장 7명, 고검장 6명이 참석한 회의에서 위증 교사 혐의를 받은 엄호준 검사를 참석시켜 그가 부인하는 진술 기회도 제공했다. 그리고 나서 투표한 결과 불기소 10명, 기권 2명, 기소의견 2명이었다. 제 식구 감싸기를 위한 면죄부 회의였다.

박붐 장관은 임수정 검사의 공소장대로 기소하라는 지휘를 내렸어야 옳았다. 그러나 검찰을 정면으로 상대하기를 버거워한 결과 그들의 꾀에 당하고 말았다.

용건석을 위시한 그들은 검찰주의자들이었다. 검찰주의자들을 상대하는 장관이 검찰주의를 이해하지 못했다. '검찰주의'란 인권 옹호에 대한 사명이나 형사사법의 절차적 정의에 대한 책무가 없이 오로지 검찰조직의 이기주의만 강조하는 것이다. 임수정 검사의 공소장대로 후배 검사의 모해위증교사를 선배 검사들이 인정하는 순간 검찰 집단의 이기주의자들이 출세와 특권을 주고받는 구조가 와해되는 것이다. '검찰 스스로 특권을 포기할 리가 없기 때문에 개혁이 필요하고 그만큼 어려운 것인데, 탁 내치지를 못하고 의기투합해서 부리는 몽니를 자꾸 받아주는구나' 장하리는 후임 장관의 결기가 한발씩 후퇴하는 과정을 지켜보면서 생각했다.

2022년 용건석 대통령은 위증교사를 한 혐의가 있는 엄호준 검사를 중앙지검 반부패수사부장으로 임명했다. 용건석 사단은 쇠심줄보다 더 질긴 조직보호 본능을 거칠 것 없다는 듯 드러냈다. 엄호준 검사는 정적제거 청부업자가 된 검찰의 요직에 충직한 모습으로 재등장했다. 그는 야당 대표의 수사를 맡아 2년째 집요하게 먼지털이식 수사를 했다. 그리고 두 번이나 체포영장을 청구했는데 한 번은 국회가 부결시켰고 두 번째는 국회가 한 표 차이로 가결시켰다. 압도적 다수 의석을 가진 야당 대표의 체포영장 가결은 예상을 깬 결과였다. 당내 특정 계파가 당내에서 정치적 경쟁자를 제거하려는 근시안적 선택을 한 셈이었다. 당 대표를 정치검찰의 의도에 맞추어 여당과 손잡고 체포해 가라고 넘겨주는 몰염치에 경악했다. 그런데 대반전이 일어났다. 법원이 체포영장을 기각했던 것이다. 직접적인 증거가 없다는 것이 영장기각의 주된 이유였다.

"어제의 범죄를 벌하지 않는 것은 내일의 범죄에 용기를 주는 것과 똑같이 어리석은 것이다." 오늘 악을 함부로 관용하는 것은 내일의 더 큰 악을 키우는 것이다. 장하리는 융건석 검찰정권의 도가 깊어지는 악행을 보면서 카뮈의 말[10]이 딱 들어맞는 현실을 개탄했다. 그리고 무도한 검찰 정권 2년 차에 민주당 일각이 아직도 거대한 악의 축에 대해 경계하고 경고하는 자세가 없다는 것도 이해할 수 없었다. 개혁 저항세력에 대해서 마땅히 경계하고 경고를 해야 할 때 그러지 않았기 때문에 검찰 정권을 탄생시키고 말았음에도 여전히 반성이 없었다.

---

10 — 알베르 카뮈가 2차 대전 후 프랑스의 나치 부역자들에 대한 청산을 주장하면서 한 말.

41

포획된 황태자

장하리는 징계청구를 하고 이틀이 지난 2020년 11월 26일 판사 사찰 문건의 심각성에 대해 누가 그런 지휘를 하고 정보탐지를 하고 수집하고 어떻게 활용됐는지 수사의뢰를 했다.

이에 따라 대검 박동수 감찰부장이 이를 수사했다. 그는 판사사찰 문건이 나온 수사정보정책관실 컴퓨터에 대한 압수수색 영장을 청구했다. 그런데 법원이 한정된 몇 개의 단어만 가지고 검색하라고 영장 집행에 제한을 두었다. 이미 혐의자들이 증거인멸을 했을 우려도 있는데 검색 단어까지 제한하는 바람에 추가 증거자료가 발견되지 않았다.

12월 초순경 용건석의 방패역할을 하는 조남북 대검차장이 친(親)용건석이 포진한 서울고검으로 재배당을 했다. 1월 21일부터 고위공직자수사처장 취임하고 고위공직자범죄수사처가 가동되면 판사사찰 문건 의혹 사건은 검사의 고위공직자 범죄이므로 고위공직자범죄수사처로 이첩을 해야 하는 것이므로 그전에 고위공직자범죄수사처에 보내지 않고 사건을 검찰 안에서 없애려는 포석이었다. 그리고 나서 대통령이 1월 신년기자회견에서 용건석을 '자신의 검찰총장으로 믿는다'는 취지의 재신임하는 발언을 한 이후 보름 만에 검찰은 장하리의 우려대로 무혐의 처분을 했다. 대통령이 용서한 검찰총장을 검사들이 굳이 그의 죄를 들추어낼 이유가 없었다. 대통령이 자신의 개혁성과로 내놓은 고위공직자범죄수사처의 제도 취지도 살리지 못한 것이다.

2020년 12월 14일 징계의결이 이뤄지기 직전 우익 변호사 단체가 은정희 감찰담당관을 고발했다. 은정희 감찰담당관이 하도훈 검사상을 삼찰한다는 명복으로 확보힌 수사자료를 용긴석에 대한 감찰에 이용한 것과 이를 법무부 감찰위원회에 무단으로 제공한 것이 개인정보보호법을 위반하고 공무상 비밀을 누설했다는 것이다.

그러나 2021년 6월 중앙지검은 고발을 각하했다. 조사대상이 채널A사건에 관련한 감찰 무마와 수사 방해였으므로 수사기록을 제출받는 것은 소관 업무에 해당하고 비밀 유지 의무를 가진 감찰위원들에게 자료로 제공한 것이니 문제가 없다는 이유였다. 지극히 당연한 처분이었다. 그리고 용건석이 제기한 징계 취소 소송에서 2021년 10월 14일 1심 법원은 '용건석 검찰총장이 감찰과 수사를 방해했고 그로 인한 징계처분은 정당하며 오히려 비위의 정도가 면직 이상에 해당하는 중대 비위'라고 판단했다. 그런데 2022년 6월 서울 고검은 1년 전의 무혐의 처분이 잘못됐다며 재수사하라는 명령을 내렸다.

"저를 재수사한다고 용건석에 대한 징계가 정당하다는 법원 판결이 뒤집히지는 않는다. … 검찰내부에서 검찰 출신 대통령에 대해 기대하는 분들이 있다. 이른바 친(親)용 검사들이다. 이분들 중 몇몇은 당장 영전하고 출세할 수 있겠지만 훗날 돌아오는 피해는 검찰조직 전체가 입게 될 것이다." 이렇게 SNS에 심경을 드러낸 은정희 감찰담당관이야말로 진정으로 검찰조직을 아끼는 사람인 것이다.

그후 검찰은 은정희의 휴대전화를 압수하고 친정집을 압수수색했다.

"수사로 보복하는 것은 검사가 아니라 깡패일 것이라고 주장했던 용 총장의 의견에 적극 공감한다. 다만 그 기준이 사람이나 사건에 따라 달라지지 않기를 바랄 뿐이다."

'수사권 갖고 보복하면 그게 깡패지 검사입니까?'는 용건석이 한 유명한 말이었는데 은정희 감찰담당관은 그대로 되돌려준 것이다.

용건석 사단은 그런 식으로 은정희 감찰담당관을 기소해서 1심 패소후 항소한 2심 재판에 영향을 미치려고 온갖 수단으로 은정희 감찰담당관을 괴롭혔다.

한편 고수영 차관의 변심과 사직이 법무부 내를 흔들어 놓았으나 곧 후임 차관으로 이용식이 지명됨으로써 징계절차가 흔들림 없이 진행될 것이라는 강력한 시그널이 되었다. 청와대가 차관을 신속하게 보강한 것은 청와대도 장관과 같은 뜻이라는 것을 암시하는 것이었다. 일선의 중앙지검에서 먼저 그 여파가 일어났다. 1차장 검사의 사표 반려 청탁 소동이었다.

용건석 검찰총장의 등등한 기세에 영향을 받은 중앙지검 1차장 검사 김우주의 선동으로 모두 4명의 중앙지검 차장검사들이 이윤도 지검장을 찾아갔다. 이들은 '먼저 검사장이 선제적으로 사표를 내야 검찰총장도 사표를 내고 사태를 마무리 지을 수 있을 것 같다'는 제안을 하면서 이들이 자신들의 사직서를 이윤도에게 내밀며 압박을 했다고 한다. 갑작스런 항명사태에 놀란 이윤도는 '지금은 수사를 제대로 하는 것이 본분이지 여러분들이 사표를 낼 일은 아니다'고 설득했다. 그러나 1차장검사만은 이윤도의 말을 듣지 않고 다음날인 2일 사직서를 냈다. 그러면서 그는 "검찰의 정치적 중립성과 존재가치를 위협하는 조치들을 즉각 중단하여 주시라"는 사직의 변을 밝혔다. 중닭들이 어미 닭을 공격하고 병아리들을 선동하는 식으로 아수라핀이 전개됐다. 충격을 빈은 이윤도 중앙지검장은 반차를 내고 출근하지 않았다. 언론을 통해 먼저 사태를 알게 된 장하리는 이윤도가 그간 1차장검사 김우주를 매우 신뢰해 왔고 그를 4차장에서 1차장으로 영전해달라고 하면서까지 전폭적으로 지지해 온 것을 잘 알기에 예사롭지 않다는 느낌을 받았다. 감독권자로서 묵과할 수 없는 불신과 항명사태였다.

'아니 이건 한위대 총장 사태 판박이 아닌가?' 장하리는 과거 중앙지검 부장 시절 용건석 등이 중수부를 폐지하려던 당시 검찰총장 한위대를 향해 용퇴하라고 집단 항명을 하며 압박하던 때가 생각났다.

장하리는 사표가 법무부에 접수되는 대로 장관실로 결재 보고하도록 하라고 검찰과장에게 일렀다. 검찰과장은 동료 검사의 즉흥적 행동이라고 여겼는지 김우주 차장검사를 감싸주고 싶어 난감해하는 표정을 보였다. 장하리는 사표 접수를 확인하기 전까지 퇴근하지 않겠다고 엄명을 했다. 못 이긴 검찰과장은 퇴근 시각 직전에 사표 접수가 되었다고 결재판을 들고 나타났다. 장하리가 바로 결재를 한 직후 국회법제사법위원인 김적민 의원으로부터 전화가 걸려왔다.

김우주 차장검사가 실수로 사표를 냈는데 돌려받고 싶다는 것이었다.

장하리는 결재가 끝나 되물릴 수 없는 상황이라고 말했다.

퇴근 후에도 김적민 의원은 사표를 없었던 일로 해달라며 조르는 전화를 세 번 더 했다. '뭔가 오해가 있는 것 같다. 김우주 차장검사는 장관에게 결코 충성할 사람이다. 우리 편이다.' 라는 내용이었다.

장하리는 '낙장불입(落張不入 한번 내놓은 패는 되물리기 위해 거두어들이지 못한다)이다. 이미 간부들에게 공개적으로 즉각 수리를 조치했으므로 반려는 곤란하다'고 말했다. '장관에게 충성하거나, 우리 편이거나 하는 것은 평소 바라는 사항도 아니고, 오로지 자신의 직분에 충실해야 하는 것임을 감독권자로서 강조하는 것뿐이다'라고 했다.

아마도 김우주 차장검사와 같은 일선 검사들로서는 대지진이 일어났다고 느꼈을 것이다. 피난 보따리를 어디로 싸야 할지 눈치를 보았고, '판세를 보니 검찰총장 쪽이 대세'라고 판단한 것 같았다. 자신들의 지휘관인 중앙지검장 이윤도가 시키는 총장에 대한 수사를 하느니 차라리 수사를 막으며 이윤도에게 항명을 하기로 마음을 바꾸었는데, 예상 밖으로 청와대가 장관 편이고 징계절차가 진행되는 것 같으니 난감했을 것이다. 그래서 '아차차! 사표가 섣부른 짓이었구나!' 라고 후회했을 것이다.

장하리는 사표반려 청탁을 한 김적민 의원과 김우주 차장검사가 어떤 관계인지 구체적으로 알지 못했다. 그런데 김우주 차장검사가 검찰의 정치적 중립이 안 지켜져 사표를 낸다고 한 겉말과 달리 뒤로는 줄 대고 있던 정치권 인사에게 사표 반려를 부탁했고, 그 이전에 스스로 눈치를 보고 권력의 향배에 따라 자신을 발탁하고 믿어준 직속상관인 검사장을 배신하고 권력 향배에 촉각을 곤두세우고 갈대같이 춤추는 처세를 본 장하리는 어이가 없었다.

"검찰총장이라는 사람이 직위를 떠나자마자 바로 대통령에 직행했다는 것은 검찰의 중립성 자체가 뿌리째 흔들려 버린 것입니다. 이렇게 되면 국민들이 검찰의 중립성에 대해서 믿을까요? 총장이 개인자신의 정치적 야망을 위해 이용한 자라는 생각을 저는 갖고 있습니다. 제가 총장에 대해 가장 분노하는 부분이 바로 이 지점입니다. 야망을 위해서 조직을 검찰 전체를 제물로 팔아먹은 것입니다."
2023년 용건석 검찰정권의 법수연수원에서 유배중인 전중앙지검장 이윤도가 언론 인터뷰에서 이렇게 심경을 밝혔다.

2019년 이윤도는 용건석이 검찰총장으로 임명된 후 법무부 검찰국장으로 임명되었다. 법무부 검찰국장은 전국 검사들의 인사자료를 보유하고 있고 장관이 제청할 수 있도록 보좌를 한다. 검찰 인사권자는 대통령으로 대통령의 인사권은 민정수석이 보좌한다.

그런데 신임국장 이윤도가 장관의 인사 보좌역할을 할 수 없도록 용건석의 오른팔인 전임 윤덕진 검찰국장이 용건석의 뜻대로 인사를 마치고 인사안을 못 보게 밀봉해버린 채 승진발령지로 나갔다고 한다. 그러니까 용건석 총장은 제청권자인 법무부 장관, 인사권자인 대통령을 보좌하는 민정수석 명성의 관여 없이 백지위임된 실권한을 전적으로 행사했던 것이다. 이윤도는 검찰국장으로서 무력하게 인사권을 침탈당했던 지난 일을 언급하면서 자신을 문재인 정부의 "황태자"라고 용건석 사단이 의도적으로 이미지를 부풀려 놓았지만 사실은 용건석 사단에 포획되고 고립된 처지였다고 토로했다.

2020년 12월 김우주 차장검사의 항명사태도 장하리가 수사지휘를 내린 이후 중앙지검장 이윤도의 수사 집중력을 흩트려 놓기 위해 그를 고립시킨 시도 중 하나였다. 그야말로 용건석에 의해 손과 발이 묶인 포획된 황태자라고 해야 할 것이다.

2020년 12월 은정희 감찰담당관을 우익 변호사 단체가 고발할 때 이윤도 중앙지검장도 함께 고발했다. 이윤도가 중앙지검의 수사기록을 은정희 감찰팀에 넘겨준 것이 직권남용이고 공무상 기밀 누설이라는 것이었다. 그러나 은정희와 같은 이유로 고발은 각하되었으나 용건석이 대통령이 된 후 서울고검이 재수사 하라고 명령을 내렸다.

이윤도에 대한 표적 공격은 더욱 치밀했다.

장하리가 공식적으로 퇴임하기 이틀 전인 2021년 1월 25일 현직 부장검사가 이윤도를 직권남용 혐의로 고발했다. 용건석 사단의 의도는 이윤도가 용건석의 후임 검찰총장이 되지 못하게 하는 것이었다. 자신들이 기소해버리면 피의자 신분이 되어 검찰총장 후보군에서 제외되는 것이다.

42

출국금지 공익제보에 깃든 음모

길하기는 '스폰서검사'였다. 스폰서를 끼고 있는 검사를 일컫는 말이다. 씀씀이 좋은 물주인 스폰서가 저지르는 불법과 비리를 눈감아주거나 또는 그의 사업상 사법리스크의 방패역할을 하는 대신 스폰서로부터 여러 편의를 제공받는 검사라는 의미이다.

2013년 3월 박근혜 전 대통령이 길하기를 법무부차관에 임명했다. 그러자 그가 '건설업자 윤한천의 강원도 원주별장에서 성접대를 받은 동영상이 있다'는 언론보도가 나왔고, 이로 인해 그는 바로 차관직에서 사퇴했다. 경찰은 수사시작 3개월 만에 길하기에 대한 체포영장을 신청했으나 검찰이 소명이 부족하다며 영장을 반려했다. 그리고 검찰은 전담수사팀을 구성해 직접 수사했다. 그런데 검찰은 11월 "길하기와 윤한천의 성범죄는 강간이 아니라 합의에 의한 것으로 무혐의"라는 결론을 내렸다. 이에 피해 여성 중 한 명은 검찰이 무혐의 처분을 내린 이틀 뒤, '윤한천이 내 동생에게 나체사진을 보냈고 그 바람에 딸이 강간당한 것을 알게 된 부모님으로부터 버림을 받고, 파혼을 당했다'며 비통한 심경을 담아 '여성대통령에게 엄벌을 호소한다'며 절절한 탄원서를 남기고 자살했다. 이어 2014년 또 다른 피해 여성이 길하기와 윤한천을 검찰에 고소했다.

그런데, 이들이 저지른 범행 중 2006년 10월부터 2007년 경까지 13차례 있었던 성접대 의혹에 대해서 경찰이 입수한 동영상이 3개가 있었다. 그중 화질이 너무도 선명해서 영상 속의 인물이 감정할 것도 없이 누군지 식별이 가능한 것이 있었다. 경찰은 그 동영상을 근거로 '기소의견'으로 검찰에 송치했다. 그런데 경찰이 나머지 화질이 흐린 동영상을 국립과학수사연구원에 보낸 게 있었는데, 송치사건을 넘겨받은 검찰은 화질 나쁜 동영상만 가지고 '국립과학수사연구원도 감정한 결과 모른다고 하므로 누군지 모르겠다'며 무혐의 처분을 했다.

2017년, 촛불정부가 들어서고 법무부에 검찰과거사위원회가 발족됐다. 정경유착으로 진상을 덮고 축소한 사건, 고문 등으로 조작된 사건, 제 식구 감싸기 등으로 검찰조직 내의 불법과 비리를 눈감은 사건 등에 대해 다시 조사해 검찰의 과거사를 통렬히 반성하고 시정한다는 취지였다.

검찰과거사위원회는 '길하기 사건'을 정식 조사하라고 권고했다. 대검에 꾸려진 진상조사단은 길하기에게 출석을 통보했으나 그는 불응했다. 그러자 언론이 길하기의 소환 불응으로 관련 의혹이 밝혀지지 않을 수 있다는 취지의 보도가 이어졌다. '장자연 리스트' 등 사회 지도층의 심각한 성범죄 사건으로 좌절한 피해자가 극단적 선택을 해도 제대로 밝혀지지 않는 데 대해 사회적 비난과 분노가 들끓었다.

이에 대통령도 철저한 진상규명을 지시했다. 대검 진상조사단은 일단 조사기한을 연장신청 했다. 이에 법무부가 활동을 연장하기로 결정하고 사흘 후 2019년 3월 22일 늦은 밤 길하기가 인천국제공항에 나타났다. 새벽 0시 20분 출발하는 방콕행 비행기표를 사서 11시에 출국심사대에 섰다. 그는 자신과 비슷한 외모의 남성을 앞세우고 본인은 검은 선글라스와 야구모자를 착용하고 얼굴을 가린 채 뒤를 따랐다. 그러나 출국장에서 비행기 탑승 대기 중 출입국 직원에 의해 출국을 제지 당했다.

출국시도가 무산된 이후 언론은 '길하기가 자신에 대한 출금조치가 이루어지지 않았다는 정보를 사전에 입수해 출국을 시도한 것 아니냐'라는 의혹을 제기했다. 이에 법무부 출입국본부는 출입국 관련 정보 유출여부에 대한 감찰과 수사를 의뢰했다.

그로부터 3개월 후, 길하기는 윤한천과 함께 사건 발생 6년 만에 뇌물 등 혐의로 구속기소됐다.

그러나 길하기를 기소하면서 문도일 검찰총장은, "'길하기 사건' 자체가 부끄럽지만, 당시 수사팀이 왜 밝혀내지 못했는지가 더 부끄럽다. 검사로서 책임을 다하지 못한 그들을 징계나 직무유기로 처벌할 수 있는 시효가 지나버렸다고 말할 수밖에 없어 부끄럽다"고 했다. 문도일 검찰총장은 세 번이나 부끄럽다고 하면서도 검사들의 '부실수사 의혹에 대한 조사는 하지 않았다. 길하기가 공항에서 잡히고 한 달 후 YTN은 길하기로 보이는 선명한 고화질 동영상을 공개했다. 동영상에 보이는 얼굴이 '그가 맞다'는 여론이 커졌다. 그럼에도 그는 계속 자신이 아니라고 부인했다. 2019년 11월 1심 재판부는 동영상 속 남성을 길하기 차관으로 보는 게 타당하다고 판단하면서도 공소시효가 만료됐다고 했다. 다른 혐의도 검사가 제대로 증명을 하지 않아 무죄라고 했다. 결국 검찰의 부실수사와 때늦은 기소로 1심에서 무죄와 면소 판결[11]이 나온 것이다.

법을 정의롭게 운용해야 할 검찰이 도리어 법질서를 어지럽힌 것이다. 기소할 시간을 놓쳐 끝내 법원이 판단할 기회를 갖지 못하게 했다. 피해자가 절망한 나머지 자살하거나 수차례 고소를 하고 피해 호소를 해도 진상 규명을 받아내지 못하도록 해 무법세상으로 만들어 범죄를 가려준 범죄자가 검찰이었다.

그리고 무죄 재판 1년 후, 용건석 검찰은 칼날을 거꾸로 세워 보복수사를 펼쳤다. 전임 검찰총장의 검찰 과거사 반성 모드에서 태세를 180도 전환한 것이다.

'명성 사건' 수사 이후 정권과 대립각을 세우던 용건석은 후임 장관 장하리를 만나 감찰과 징계를 당한 상황이었다. '스폰서 검사 사건'을 '불법한 긴급출국 금지 사건'으로 프레임을 바꾸었다. 긴급출국 금지에 불법이 있다면, 이에 관여된 청와대 민정수석실을 겨누고 또 이윤도 중앙지검장을 엮을 수 있는 계기가 되는 것이다.

장하리가 징계의결서에 대한 대통령 재가를 받아내고 장관에서 물러나라고 한 지 한 달이 지난 무렵이었다. 2021년 1월 이윤도 중앙지검장에 대한 공익신고가 공개됐다. 신고 내용은 '2019년 안양지

---

11 — 공소시효가 완성된 경우와 같이 유무죄의 실체 판단을 하지 않고 소송을 종결하는 것

청에서 길하기 차관에 대한 출국금지가 불법한데 이를 수사하려 하자 이를 막는 '윗선'의 압력이 있었다'는 것이다. 공익신고자는 부장검사였다. 그가 당시 대검 반부패부장이었던 이윤도가 외압을 행사한 '윗선'이라고 했기 때문에 언론은 대서특필했고 파장이 매우 컸다. 언론은 "차기 검찰총장 구도에 불똥이 튀었다"고 했다. 검찰총장 용건석은 안양지청 사건을 수원지검에 재배당했다. 검찰이 먹잇감을 던지고 언론이 검찰 의도를 받아 쓰고 다시 검찰이 수사판을 키우는 악순환이 연출되었다.

수사팀은 그로부터 한 달 만에 관련자를 줄줄이 기소했다. '길하기를 불법적으로 출국금지한 책임에 대해' 과거사진상조사단의 이규성 검사와 차우근 출입국 본부장, 이광호 청와대 민정비서관을 기소하고, 이윤도에 대해서는 수사 방해한 직권남용죄로 먼저 기소했나.

그러나 법원은 2023년 3월 이윤도에 대해 무죄를 선고했다.

재판과정에서 드러난 사실은 이윤도가 수사를 하지 말라고 한 것이 아니라 용건석의 오른팔로 알려진 법무부 검찰국장 윤덕진이 안양지청장 이현과 연수원 동기였는데 그가 수사를 만류하는 압박 전화를 했다는 것이었다. 검찰은 애초의 발단이 된 길하기에 대한 사전 출금조치가 이루어지지 않았다는 내부정보가 유출된 데 대해 조사하겠다고 하고 법무부 출입국 본부 직원들을 불러 조사했다. 그러다가 갑자기 길하기에 대한 출국금지 과정을 조사하기 시작했다. 직원들은 강압적 수사에 시달리고 있다며 내부 보고를 했고 이를 알게 된 박기상 법무부 장관이 윤덕진 검찰국장에게 "참고인 불러서 체포할수 있다고 분위기 조성하고, 법무부 장관의 부하 직원들도 그렇게 수사하면 일반 국민을 도대체 어떻게 하는 거냐?"라고 질책했다.

윤 국장은 동기인 안양지청장 이현에게 전화를 했다. "길하기를 놓쳤다면 욕을 엄청 먹을 뻔 했는데, 이규성 검사가 대응을 잘해서 검찰이 살았다. 긴급출금서류 작성명의자인 지검장도 오케이 했다. 그런데 왜 문제가 되느냐?"고 따졌다. "차라리 나를 입건해라!"고 하며 안양지청의 '불법 출금 의혹 수사'를 못마땅해 했다. 그런데 안양지청 소속 윤집 검사가 위조 서류로 출금 조치를 한 검사 비위에 대한 수사 의지를 꺾지 않자 이 지청장은 윤집 검사로부터 사건을 뺏어 장희준 부장검사에게 재배당을 했다. 그리고 2년 뒤, 사건을 인계받은 장희준 부장검사가 법무부와 용건석 사이의 갈등이 절정에 달했을 때에 맞추어 '이윤도 수사외압 의혹'을 제기한 '공익제보자'로 등장한 것이다. 결국 이윤도는 기소자체로 차기 검찰총장 후보군에서 제외되었다. 출국금지 공익제보에 깃든 음모는 차기 검찰총장 후보군에서 이윤도 중앙지검장을 떨어뜨리기 위함이었고 대통령 인사권에 대한 또 한 번의 개입이었던 것이다. 첫 번째 개입은 '명성을 사퇴시키지 않으면 내가 물러나겠다'고 대통령을 압박하던 때였다.

43

고위공직자 범죄수사처에 고발된 특수직무유기

이규성 검사는 길하기가 자동출입국심사대를 통과했다는 사실을 알고 긴급출국에 필요한 긴급출국금지 승인 요청서를 작성해 출입국본부로 보냈다. 그런데 동부지검 검사장의 사전승인이 없었음에도 '동부지검 검사장 대리'라고 표시하고 긴급히 내사사건번호를 기재했다. 1심 법원은 이러한 행위는 일단 '유죄'라고 판단했고 그러나 선고유예[12]를 했다.

이규성 검사는 긴급출국 금지 조치에 대해 법무부와 대검 지휘부의 승인 있었다는 전달을 받았다. 가까운 시일 내 전면 재수사가 확실시되던 길하기가 기습적으로 심야에 출국을 시도하고 이에 대응하는 긴박한 상황이었고, 실제로 출국했더라면 재수사가 난항에 빠졌

---

12 — 죄가 가벼운 피고인에 대하여 형의 선고를 일정 기간 미루는 것. 유예기간 동안 사고 없이 지내면 형의 선고를 면하게 된다.

을 것이고 그렇게 되면 검찰 과거사에 대한 국민적 의혹이 해소되는 게 불가능했을 것이라는 필요성과 상당성이 인정된다며, 긴급출국 금지 서류를 작성하게 된 사정을 참작해 선고를 유예했다.

그러나 주요 혐의인 직권남용에 대해서는 이규성 검사에 대하여 차우근 출입국본부장, 이광호 청와대 민정비서관과 함께 무죄를 선고했다. 재판부는 '일반출국 금지로 출국 규제가 가능했음에도 긴박한 상황에서 법률적 요건을 충족하지 못한 긴급출국 금지를 했다 하더라도 그것만으로는 직권남용의 고의를 인정할 수 없다'고 판단했다.

'스폰서 검사 성상납 은폐 과거사'를 밝혀야 할 검찰이 '불법출국 금지 사건'으로 프레임을 바꾸고 검찰내부의 정적을 숙청하는 복수 혈전을 펼쳤다. 검찰권으로 자신의 적대세력을 괴롭히고 이지메를 가하겠다는 심보였다. 그리고 정적들에 대해 언론 조명을 집중적으로 받게 해 대중적으로 문제인물인 것처럼 낙인찍기를 했다.

길하기 법무부 차관은 2022년 8월, 대법원 재상고심에서도 최종적으로 무죄가 확정됐다. 그러나 죄가 없어서 무죄가 아니었다. 스폰서 성접대 뇌물 혐의에 대해서는 이미 공소시효가 지났고, 다른 범죄 혐의에 대해서는 제대로 밝히지 못한 부실수사 때문이었다.

그런데 부실수사로 무죄가 된 부분에 대해서는 검사가 고의로 직무유기를 한 의혹이 있었다. 길하기에게 강요된 성접대를 한 여성이 윤한천에게 갚아야 할 빚 1억 원이 있었는데 이를 길하기가 윤한천에게 탕감해주도록 했다는 것과 윤한천으로부터 그림, 현금 등 3천만 원 가량을 받았다는 부분이었다. 두 차례나 무혐의를 할 당시의 검찰 수사팀이 특정범죄가중처벌법의 뇌물죄에 해당함을 인지하고도 무마한 것이라면 당시 검사들은 특정범죄가중처벌법의 직무유기죄에 해당한다. 특정범죄가중처벌법 직무유기죄의 공소시효는 10년으로 1차 수사 무마를 한 때로부터 10년이 되려면 다가오는 2023년 11월 11일이 되어야 한다. 그렇다면 아직 시효가 남아 있고 따라서 과거 문도일 검찰총장이 '시효가 지났기 때문에 검사들을 처벌할 수 없다'고 했던 말도 틀린 것이 된다.

2023년 여름 아직 공소시효가 몇 달 남아 있을 때, 차우근 출입국본부장은 1차 무혐의 처분을 했던 검사 3명을 고위공직자범죄수사처에 특수직무유기혐의로 고발했다.

고위공직자범죄수사처는 출범이후 이규성 검사를 고위공직자수사처 1호 기소 대상 검사로 삼았다. 직분에 충실한 검사를 고위공직자범죄수사처가 처벌하는 검사 1호로 삼았으나 그의 혐의의 대부분은 무죄가 선고되었다. 고위공직자범죄수사처가 자기 잘못을 인정하고 시정하는 조직이라면 '스폰서 검사 길하기 사건'을 은폐한 검사들에 대한 신속한 수사를 해야 할 것이다. 과거에는 출입국 본부장직을 고위급 검사들이 차지했는데 법무부 탈검찰화[13]를 한 이후 변호사 차우근이 공채로 임용이 됐다. 장하리 장관은 만약 출입국본부장이 검사였더라면 용건석 측과 한통속이거나 아니라 하더라도 용건석 측에 회유당하고 그들이 짜 놓은 각본에 쉽게 넘어갔을 것이라고 생각

---

13 — 법무부가 검찰청을 외청으로 거느린 상급기관임에도 불구하고 과거에는 검사들이 법무부 요직에 파견 근무함으로써 사실상 검찰청에 점령된 법무부가 '검찰청 외청 법무부'라는 소리를 들었다. 그래서 각 요직에 검사 파견을 줄이고 변호사나 일반직 공무원을 기용하는 것을 '법무부 탈검찰화'라고 한다.

하니 아찔했다. 고위공직자범죄수사처에 검사들을 고발한 것은 전혀 생각지 못한 차우근 출입국 본부장의 통쾌한 되받아치기였다.

'악에 저항하는 사람이 사라진 시대가 가장 악한 시대'[14]라고 할 만큼 가진 것 많은 엘리트층일수록 더 빨리 움츠리고 불의를 외면하며 공포에 길들여져 가고 있었다. 그러나 한 사람 한 사람이 국가폭력에 굴복하지 않고 당당히 나서지 않는다면 사법 정의도 민주주의도 되찾을 수 없을 것이다. 그런데 비겁하게도 검찰내부에서는 검찰권 남용을 비판하는 목소리가 없었다.

---

14 — 역사학자 전우용의 말.

44

크리마스 이브에 던져진 폭탄

2020년 12월 겨울이 깊어가고 있었다. 용건석에 대한 징계위원회기 얼리기 바로 진닐, 징하리는 점심시간에 한적한 과천 청사 산책로를 걸었다. 볼에 스치는 차가운 날씨보다 마음이 몹시 추웠다. 자꾸만 당정청이 장하리의 입지를 가두고 있는 것이 마음에 걸렸다. 징계위원회의 징계 수위도 그런 분위기에 영향을 받을 것이다. 검찰개혁을 1호 공약으로 내세우고도 개혁을 위해 넘지 않으면 안 되는 중대 고비에 맞닥뜨리자 다들 외면하고 몸을 사리며 회피하는 것이 걱정되었다.

찬바람을 피할 수 없어 제자리를 지키며 우뚝 서 있는 맨살의 은행나무들을 쓰다듬어 주었다. 문득 황량한 만주 벌판에서 등 한번 따슨게 뉘지 못하고 이리저리 피신하며 독립운동하던 이육사가 떠올랐다. 그의 마음이 단단하면서도 외로웠겠다는 생각이 들었다.

< 과천 산책로에서 >

매서운 겨울바람입니다.
낙엽진 은행나무는 벌써 새봄에 싹틔울 때를 대비해
단단히 겨울나기를 하겠다는 각오입니다.

그저 맺어지는 열매는 없기에
연년세세 배운 대로 칼바람 속에 우뚝
나란히 버티고 서서
나목의 결기를 드러내 보입니다.

이육사의 외침!
겨울은 강철로 된 무지갠가 보다

그러네요!
꺾일 수 없는 단단함으로 이겨내고 단련되어야만
그대들의 봄은
한나절 볕에 꺼지는 아지랭이가 아니라
늘 머물 수 있는
강철 무지개로 나타날 것입니다.

< 절정 >

매운 계절의 채찍에 갈겨
마침내 북방으로 휩쓸려 오다.

하늘도 그만 지쳐 끝난 고원
서릿발 칼날진 그 위에 서다.

어디다 무릎을 꿇어야 하나
한 발 재겨 디딜 곳조차 없다.

이러매 눈 감아 생각해 볼밖에
겨울은 강철로 된 무지갠가 보다.

징계청구가 있고 한 달이 지나가는 동안에 대통령이 징계의결을 집행함으로써 절차가 끝나자 대통령이 '물러나 달라'고 했고, 피징계자인 용건석은 징계가 부당하다며 징계처분의 효력 정지를 구하는 가처분 소송을 제기했다. 크리스마스 이브에 저녁 9시가 넘어 이용식 차관이 전화를 했다.

'안 좋은 소식을 전한다'며 머뭇거리더니 방금 행정법원에서 용건석의 손을 들어주었다는 것이다. 한강변 산책로를 걷던 장하리의 제 발걸음이 제대로 옮겨지지 않았다.

그런데 다음날 행정법원의 결정문을 읽어본 장하리는 두 눈을 의

심했다. 아무리 임시 소송이라고 하지만 결정적 오류가 보였다. 행정법원이 의사정족수에 관한 법리해석을 잘못한 것이다. 첫 회의에서는 7명의 징계위원 중 5명이 출석했다. 용건석 측이 개별위원에 대해 돌아가며 기피 신청을 했다. 두 번째 회의에서는 당연직 위원인 검찰국장 심재환이 스스로 회피했다. 그러니까 총 7명 위원 중 결국 4명이 출석해 그 가운데 3명이 의결했다. 그런데 법원은 3명이 기피신청을 의결하고 또 징계를 의결한 것은 의사정족수를 채우지 못한 것이어서 부적법하다고 판단했다. 그러나 그것은 법원이 의사정족수와 의결정족수[15]를 구분하지 못하고 내린 잘못된 판단이었다. 재적 위원 과반이 출석하면 의사정족수가 성립되고 그 중 과반이 의결하면 의결정족수가 채워지는 것이다. 또한 기피신청을 받은 사람은 '의결'에만 참여하지 못할 뿐, 회의에 출석하면 회의 시작과 진행에 필요한 의사정족수에는 포함되는 것이다.

10개월 후 본안소송에서는 의사정족수에 문제가 없다는 장하리의 주장이 받아들여졌다. 그러나 이미 폭탄을 던져 회복 불가능한 사법 정의의 치명적 훼손을 야기하고 난 후였다. 법원이 큰 오해를 한 결과 징계를 무력화시킨 것은 돌이킬 수가 없었다.

법원이 오판을 해 징계처분의 효력을 정지함으로써 용건석은 8일 만에 복귀했다. 다음날 청와대 대변인은 대통령이 "법원의 결정을 존

---

15 — 의사정족수는 위원회를 개회하기 위해 필요한 위원 수이고, 의결정족수는 위원회의 의결을 위해 필요한 위원 수이다.

중하며 국민들께 불편과 혼란을 초래하게 된 것에 인사권자로서 사과 말씀 드린다"는 언급을 했다고 브리핑했다.

12월 24일 재판 결과가 나온 직후 민정수석으로 신양수를 내정되었다.

그는 검사출신으로 대선캠프에서 법률지원단장을 했었다. 그에 대한 세평은 대형로펌의 변호사로 개혁과는 거리가 먼 검찰 로비스트에 가깝다고 알려졌다. 인사쇄신이 아니라 기가 꺾여 개혁을 접은 인사로 보였다. 민정수석 교체 발표는 한참 후 나민영 비서실장이 물러나면서 후임 비서실장 발표와 동시에 연말에 발표되었다.

법무부 장관과 민정수석을 교체한 후 대통령은 '더 이상 검찰 뉴스가 1면에 보이지 않게 하라'고 했을 정도로 검찰개혁에 지친 심경을 토로했다고 한다. 이로써 안타깝게도 검찰개혁은 접은 것으로 정리가 됐다.

개혁은 개혁 저항세력, 즉 잃을 것이 많은 기득권과의 전쟁인데 신문 1면에 시끄러운 전쟁을 더 이상 보고 싶지 않다는 개혁 피로감을 그 누구도 아닌 대통령이 호소했던 것이 안타까웠다.

한해가 그렇게 허무하게 끝났다.

45

상황관리만 하고 만 결과

새해가 되었다.

1월 18일 늦은 점심을 먹으러 식당에 갔다. 대통령 신년사가 TV뉴스에서 보도되고 있었다.

"용건석 총장에 대한 저의 평가를 한마디로 말씀드리면 그냥 저의 정부의 검찰 총장이다. 그렇게 말씀드리고 싶다. 그리고 용건석 총장이 정치를 염두에 두고 정치할 생각을 하면서 지금 검찰총장 역할을 하고 있다고 생각하지 않는다". 대통령의 말이 귓전을 때리는 순간 먹던 밥이 꽉 막혔다. 가슴이 철렁 내려앉았다.

"사실 법무부와 검찰은 검찰개혁이라는 시대적 과제를 놓고 함께 협력해 나가야 될 그런 관계인데 그 과정에서 갈등이 부각된 것 같아서 국민께 송구스러웠다. 지금부터라도 법무부와 검찰이 함께 협력해 검찰개혁을 잘 마무리하고 발전시켜나가길 기대하겠다."

무소불위의 권력을 행사할 수 없도록 견제장치를 만들겠다는 과거의 약속을 뒤집는 것이었다. 믿어지지가 않았다.

대통령의 신년 선언은 검찰총장의 비위에 전혀 개의치 않고 확고하게 재신임한다는 것이었다. 어떤 불법을 저질러도 용인하겠다는 선언이었다. 온갖 비리를 확인하고 법에 따른 정당한 통제를 한 법무부장관 장하리를 사퇴시킨 한 달 후 나온 발언이었다.

대통령의 발언은 계속 됐다. "다만 검찰개혁이 워낙 오랫동안 이어졌던 검경 관계라든지, 수사관행, 문화를 다 바꾸는 일이기 때문에 그 점에서 법무부 장관과 검찰총장 사이에 관점과 견해의 차이가 있을 수 있다. 이제는 서로 입장을 더 잘 알 수 있게 되었기 때문에 이후 다시는 국민을 염려시키는 일은 없으리라 생각한다."

장하리는 결코 그 어느 것도 동의할 수 없었다. 법무부 상관의 지휘권 행사는 검찰총장의 불법과 중대 비위 때문이었지 검찰개혁에 대한 관점과 견해의 차이가 아니었다. 징계위원회가 불법과 비리를 심의하고 올린 의결안을 대통령 자신이 서명함으로써 집행한 것인데, 대통령이 뒤늦게 자기부정을 한 셈이었다.

장하리는 그날 대통령이 그렇게 말함으로써 앞뒤 맥락을 잘 모르고 있는 중도층이나 무관심한 국민들에게는 '법무부 장관이 자기정치를 하느라 검찰총장을 탄압한 것'이라는 잘못된 인식을 가지도록 사안을 규정짓는 결과를 낳았다고 생각했다. 그리고 선진국 문턱에 올라섰다고 자신의 업적으로 여긴 나라에서 퇴행의 문을 허용하는 계기가 될 줄은 상상조차 못했을 것이라고 짐작했다.

또한 검찰개혁에 대한 비전과 전략이 완전히 사라지게 만들었다.

개혁은 원래 시끄러운 것이다. 개혁 의지마저 접어버린 후 봄에 치른 보궐선거에서 전무후무한 참패를 기록했다. 그것도 검찰이슈를 퇴장시키고 대신 민생이슈를 내걸어 승리하겠다고 장하리를 멀리했던 집권당이 바로 최대 민생이슈인 부동산 정책 실패로 참패하고 말았다.

'개혁에 앞선 자가 거센 저항에 못 이겨 쓰러지더라도 그다음 사람들이 손잡고 나서고, 또 쓰러지면 그다음 사람들이 더 많이 어깨동무하고 나선다면 끝내 개혁은 이루어지는 것이다.' 장하리는 절정의 순간이 오자 겁을 내고 등을 돌린 것을 몹시 안타까워하여 그렇게 생각했다.

장하리가 장관에서 물러나고 2년 반 뒤, 묵언수행을 깨고 언론 인터뷰로 장관 사퇴가 자의에 의한 것이 아니라 당의 요구에 의한 사실상 해임인 것을 밝히자 분노와 실망, 한숨 등 여러 반응이 나왔다. 대통령이 어떤 준비된 계획 또는 큰 그림이 있어 법무부 장관을 사퇴시켰을 것이라고 믿었던 사람들이 가장 먼저 실망을 드러냈다. 그러나 청와대 참모들은 격앙된 반응을 보였다. '지난 일을 왜 들추느냐'라는 취지의 원망도 했다.

거기에 대해서 장하리는 '개혁의 승기를 잡고도 왜 실패했는지 비추어 보지 않으면 국민이 믿음을 가지지 않을 것이고 다시 일어설 수가 없기 때문'이라고 답했다.

"결국은 인사실패가 가장 큰 원인입니다. 오히려 개혁을 구상하고 추진할 수 없도록 방해하는 인사를 한 것입니다." 장하리가 말했다.

검찰총장 인사가 개혁에 가장 큰 암초 자체였다. 그리고 그가 원하는 대로 들어주고 그를 위한 포석을 계속 둔 것이 두 번째 패착이었다. 예를 들면 판사사찰 불법문건을 만들고 그것이 발각되어 징계 사유가 되자 컴퓨터에 있는 증거를 인멸할 수 있었던 것은 장하리의 제청대로 수사정보정책관 소성준을 내보내는 인사를 하지 못한데 원인이 있었다. 나중에 징계청구 직후 압수수색을 했을 때는 이미 증거를 삭제하고 남기지 않아 추가로 발견되지 않았던 것이다. 더구나 더욱 놀라운 것은 수사정보정책관실 검사가 장하리가 징계청구를 한 다음날 삭제한 디지털 정보를 복구하지 못하게 막는 안티포렌식 앱까지 설치했음이 드러난 것이다. 그럼에도 나민영 비서실장은 '수정관실 컴퓨터에서 증거가 나오지 않았을 정도로 장하리가 사전 준비를 제대로 하지 않았다'고 주상했다고 한다. '범죄가 지속되도록 인사를 방치한 책임을 져야하는 그가 그런 말을 할 자격이 없다'고 말하며 장하리는 매우 어이없어 했다.

"소성준 수사정보정책관과 곽주성 대검 대변인을 용건석 검찰총장이 유임시켜 달라고 청와대에 부탁했다. 장하리 장관이 용건석 검찰총장의 부탁을 안 들어주니까 그가 청와대에 부탁한 것이었다. 그래서 대검 대변인만 바꾸고 소성준 수사정보정책관을 수정관실에 남긴 것은 대통령 뜻이었다."

그러니까 청와대는 두 사람 다 내보내려는 장하리 장관과 두 사람의 유임을 부탁한 용건석 검찰총장 사이에서 반반씩 들어줬으니 공평한 조치를 내렸다고 쉽게 판단했다는 것이다. 그러나 문제는 개혁을 내부에서 좌초시키는 인사들에 대해 인사조치를 하지 않으면 개혁이 불가능하다는 것이었다. 그럼에도 인사에 대한 장관의 공적 의견을 장관의 사적 이해관계로 보고 반반 물타기하는 것은 인사의 공평과는 아무런 상관없는 것이었다.

나민영 비서실장은 모든 탓을 장하리에게 뒤집어씌우면서도 2020년 여름에 있었던 검찰 인사에서 왜 반개혁 인사에 대한 보호가 있었는지의 과정에 대해 이렇게 털어놓았다. 그러면서 그때 대통령은 청와대 참모에게 법무부 장관과 검찰총장이 '서로 긴장하면 안 좋은 것'이라고 했다고 한다. 장하리는 아무리 생각해도 긴장하면 안좋다는 이유만으로 결과적으로 범죄 온상을 그대로 두게 했다는 것이 전혀 납득할 수 없었다.

그런데 그 후과는 참혹했다. 원고 용건석 측이 징계가 부당하다고 소송을 제기해 패소한 1심 소송의 항소심에서는 피고가 법무부 장관 하도훈이었다. 2023년 가을 항소심 법정에 증인으로 피고인이 된 소성준이 등장했다. 원고가 대통령이 되어 피고를 임명하고 그 피고는 감찰과 사법방해의 동기를 제공한 취재 기자의 뒷배이다. 그리고 증인은 판사사찰문건과 고발사주 문건으로 재판을 받는 피고인 신분으로 모두 개인적 이해관계로 얽혀 있다. 행정소송에서 공익을 옹호해야 할 피고 법무부 장관 하도훈은 공익을 배반하고 오로지 원고를 위한 사법세탁 목적의 소송을 수행했다. 이들은 사법 쿠데타 세력이자 법비였다. 이들의 법정 연출은 사법이 파괴되고 있는 사법쇼의 한 장면이었다. 더구나 용건석 대통령은 2023년 가을 인사에서 피고인 소성준을 검사장으로 승진시켰다.

그리고 또 하나의 인사실패는 대검차장 인사였다. 장하리가 2020년 여름 두 번째 정기인사 때 대검차장으로 양부식을 제청하려고 한다는 뜻을 전했다. 그러자 민정수석 김주언은 양부식 보다 조남북을 잡아야 한다는 취지로 전화했다. 그는 조남북이 장관 뜻에 한 번 거슬렀다고 해서 멀리하기보다 오히려 그를 중용하는 것이 검찰조직을 개혁 우군으로 하는데 도움이 될 것이라고 생각한다는 그럴듯한 주장을 했다. 장하리는 민정수석실이 대통령의 뜻을 전달하는 것인 만큼 자신의 의사를 접을 수밖에 없었다. 그러나 그때도 자신의 턱 밑에 양부식을 앉히는 것을 꺼려한 용건석의 의지가 청와대에 통하지 않았을까 하는 의구심이 들었다. 결국 대검에 나간 조남북은 검찰개혁을 잘 전파하고 이행해 달라는 장하리의 부탁을 외면하고 검찰주의자로서의 본색을 드러냈다.

인사 발표 직전 양부식이 사직을 했다. 가난한 농부의 아들로 공고를 졸업하고 지방대 법대를 나온 양부식은 서울 강남 또는 입시 명문고 출신으로 서울법대를 나온 검찰조직 내 주류를 형성한 특수 공안 검사들의 카르텔에서 보자면 보잘것없는 고독한 이단아였다.

"죄지은 사람을 보고 왜 죄를 지었는지를 알게 된다면 슬퍼하고 긍휼히 여겨야지 기뻐하지 말라'는 옛 선현의 말을 떠올리며 저의 수사로 필요 이상의 고통을 받은 사람이 있다면 그들의 아픔을 치유해 달라는 기도를 새벽마다 간절히 올립니다. 왜 그런 생각을 수사검사 시절에는 못했는지 후회합니다. 우리는 인간애가 사라진 수사를 뒤돌아 봐야 합니다." 그는 그런 글을 남기고 조용히 조직을 떠났다. 용건석이 표적을 대상으로 한 잔인한 수사를 즐겼다면 양부식은 외압에 흔들리지 않고 타협 없는 수사를 하는 것으로 알려졌다. 장하리는 한 사람의 인재를 놓치는 것을 아쉬워했다.

관리형 리더십과 돌파형 리더십이 있다. "이게 나라냐"라며 촛불을 들었던 국민들은 관리에 머물러서는 안 되고 돌파해내길 바랐다. 임시 방편적 미봉책이 아니라 궁극적 해결책을 기대했다. 그러나 그러한 국민의 기대에 어긋나고 말았다.

격앙된 격동의 시기에 역사는 한치도 숨 쉴 틈을 허용하지 않았다. 70년 친일세력에 뿌리를 둔 강고한 기득권의 방패 역할을 한 검찰과 언론의 협공을 한꺼번에 감당할 수 없다고 판단한 듯했다. 적당히 상황관리만 하다가 개혁의 의지가 약해지고 시기도 놓치고 말았다. 애타게 기다리던 국민들 사이에서는 정치에 대한 효능감을 잃고 허무주의가 커졌다. 뿌리 깊은 제약 앞에 머뭇거리다가 장애물을 뛰어넘지 않았다.

광휘의 조명을 온몸으로 받았으나 오류로 끝났다.

46

'중대흠결' 보고에도 불구하고 '속았다'

대통령은 후보시절 용건석이 국정원 댓글 공작 사건을 수사했다는 이유로 박근혜 정권의 미움을 사 좌천당한 것을 높이 평가했다고 한다. 대통령이 집권 초반 검찰 인사를 할 때 그를 바로 검찰총장으로 중용하고자 했다고 한다. 그리고 그를 견제할 만한 상대로 강골 검사 양부식을 중앙지검장에, 박근택을 차관에 기용하려고 했다. 그런데 용건석 자신이 양부식을 반대했다고 한다. 강골이자 자신을 반대하는 양부식이 수사 실권을 장악한 중앙지검장이 된다면 자신은 식물총장에 불과할 것이기 때문이다. 그리고 용건석을 평검사에서 일약 검찰총장으로 발탁하는 데 대해 검찰조직 내부에서도 반대가 많았는데, 기수와 서열을 파괴함으로써 검찰조직의 안정성을 해친다는 이유였다. 대통령은 아쉬워하며 용건석을 중앙지검장에 앉히는 것으로 물러섰다고 한다. 그러자 용건석은 하도훈을 중앙지검 차장으로 요구했다. 청와대 민정라인에서는 특수사건을 수사해온 검찰들로 요직을 채우는 것에 대해 용건석 중심의 검찰 사조직화와 검찰권 남용 등을 우려하는 목소리가 있었으나 배제되고 말았다. 대통령의 검찰 인사의 중심에 오로지 용건석만 보였다. 대통령은 '용건석이 원하는 대로 해 줘라'고 했다. 그 이유는 그들이 적폐수사를 제대로 해야 하기 때문이라는 것이었다. 결국 용건석과 하도훈은 중앙지검장과 3차장 검사로 라인 업이 되었다. 그런데 2년후 용건석은 명성이 장관으로 지명되자 그를 겨냥해 수십 번 압수수색을 하고 그의 부인을 기소하고 장관후보를 사퇴하라고 대통령을 압박했다.

특수통 검찰주의자 용건석에게 철석같은 믿음을 주고 권한을 집중시킨 것이 큰 실수였다. 70년간 권력과 조직을 키워온 검찰을 개혁하려면 '분권과 견제'라는 민주적 원리를 검찰 조직에 이식시켜야 한다는 가장 기본 명제를 망각한 것이 패착이었다.

검찰총장 후보자들을 검증하던 일을 맡았던 청와대 민정실의 공직기강 비서관 최선욱은 당시 대통령께 4번이나 용건석은 '중대흠결'이 있어 부적격하다고 보고했다. 그는 한 언론과의 인터뷰에서 당시 상황을 소상하게 밝혔다.

"공직자 검증은 '흠결없음' '일부흠결' '상당흠결' '중대흠결' 등 4등급으로 분류해 대통령에게 보고하는데, 용건석에 대해서는 '중대흠결"로 보고서를 올렸다. 3차 보고서부터 80쪽이 넘도록 두터웠다. 2012년 이명박 정부 시절 한위대 검찰총장을 몰아낼 때 언론 홍보도 하는 등 주역이기도 했다. 그동안 수사하면서 보여왔던 잔혹한 모습, 사냥식 수사의 원조로 불렸다. 그의 사생활 문제는 차치하고서라도, 공적인 활동에서 보여준 여러 가지 모습이 우리 정부의 검찰총장으로서는 근본적인 문제가 있다고 저는 판단했다. 제가 주재한 공직기강 비서관실 전원회의에서도 용건석에 대해 검찰의 잘못된 폐습을 너무 많이 갖고 있어서 거기서 벗어나기 힘든 사람이라는 데 의견이 모아졌다. 용건석 후보는 검사가 가장 정의롭고, 특수부가 제일이고, 그래서 검사의 권한 극대화를 통해서만 세상이 좋아질 수 있다고 착각하는 '검사제일주의'의 오도된 자부심을 갖고 있는 대표적 인물이고, 때문에 굉장히 위험하다고 봤다."

또 최선욱은 검찰총장 임명과정에서 용건석이 대통령을 철저히 속였다고 말했다.

"용건석은 박근혜 대통령 탄핵의 기초가 된 수사를 한 사람이니 그쪽이 미워할 것이라는 논리를 내세우며 '이 정권과 운명을 같이 할 수밖에 없고, 절대로 배신할 수 없는 사람이 바로 자신이다'라고 하며 충성을 맹세했다. 또한 '검찰이 가진 수사권을 폐지하고, 고위공직자수사처 기능을 더 강화해야 한다'며 정권의 검찰개혁의 방향에 억지로 주파수를 꿰맞추는 연기를 했다."

"용건석 대통령 만들기로 알려진 일명 대호(大虎)프로젝트의 전반을 알 수는 없었으나 제보가 있었고 실제 행적에 비추어 사실일 가능성이 높다고 대통령께 말씀드렸다. 대통령은 놀라는 표정으로 듣고 추가로 확인되는 사실이 있는지도 파악해보라고 했다."

그런데 명성이 퇴임하고 얼마 지나지 않았을 때 "대통령이 비서관들과의 식사자리에서 '용건석을 검찰총장으로 임명한 것을 후회한다'고 말했다"는 것이다.

그리고 최선욱은 이렇게 단정했다.

"교활한 정치인"이 된 용건석 총장에게 "청와대가 끌려다녔다."

용건석의 대망인 대호프로젝트에 대해서는 장하리도 장관 부임한 한 달이 지난 무렵 전직 국회의원으로부터 들었다. 그가 부산의 어느 역학자에게 국회의원보다 큰 정치적 야심을 비치며 정치 운을 물어봤다고도 했다. 그가 서울 중앙지검장일 때인 2018년 11월 J일보사와 J방송사의 실질적 사주 홍석모 회장을 만났고 그때 유명 관상가가 동석했다고 하는 보도도 있었다. 회동 전후로 삼성 바이오로직스 분식 회계 사건 고발장이 검찰에 접수됐고 서울중앙지검 특수2부에 배당이 됐었다. 장하리는 언론사주와 부적절한 접촉을 징계 사유에 포함시켰다. 그러나 징계위원회가 '부적절한 만남이지만 징계사유로는 미흡'하다고 판단했다.

술자리에 동석한 관상가의 실체는 용건석이 대통령이 되고 나서 1년이 지난 무렵 드러났다. 용산으로 대통령실을 옮기는데 천공이 배후라는 의혹을 수사하던 경찰이 사전 용산에 다녀간 사람은 천공이 아닌 풍수전문가 백현재였었다고 밝혔다. 그는 풍수가보다는 관상가로 유명했다. 관상가 백현재가 중앙지검장 용건석에게 '세상과 시대가 부른 악어상'이라고 호평을 했다고 한다. 그후 검찰총장 후보로 거론될 때는 '합리적 사고를 지녔으며 명석해 어설픈 짓은 안 통한다. 이 정부가 악어를 앞세우면 국정동력을 잃지 않고 추진하는 일에 버팀목이 될 수 있다.'라고 J일보의 고정 칼럼에서 언급했다. 2021년

3월, 용건석이 검찰총장을 사표내고 대권후보로 오르내리자 J 일보가 발행하는 시사 월간지를 통해 '난세, 물이 혼탁한 세상에서는 이런 인물이 필요하다. 극도로 희귀한 악어상이다. 대선 링에 오른다면 파괴력이 가장 강하고 판을 뒤집을 수 있다.'고 했다.

관상가의 관상평으로 특정 인물을 적극 홍보하고 호감있게 만들어가는데도 검언유착이 작용했던 것이다. 21세기 대한민국의 민주주의 아래에서 합리적 사고와 비판적 사고를 마비시키는데 언론이 앞장 선 것이다.

또 2021년에는 대검찰청 청사 뒷편 웅덩이 근처에 용(龍)자 부적이 뿌려져 있었다. 한자 용(龍)자 왼쪽에 세로로 한 획이 더 그어진 특이한 붓글씨의 부적이었다. 기괴한 일이지만 누가 그랬는지 알 수는 없었다. 누구나 아는 대로 용은 대권을 상징하는 상상 속의 동물이다.

최선욱의 기억은 계속됐다. 2019년 8월 9일 명성을 법무부장관으로 지명하자 용건석은 그에 대해 수사에 착수했다. 8월 27일 30곳을 압수수색하면서 당시의 법무부장관 박기상에게 보고조차 하지 않았다. 9월 6일 밤늦게 명성의 부인을 지방의 대학교명의의 표창장을 위조했다는 이유로 기소했다. 그러자 다음날 용건석이 민정수석 김주언에게 전화를 했다. 다짜고짜 그는 '내가 이렇게까지 했는데 명성을 지명 철회하지 않고 그냥 두느냐?'고 했다. 깜짝 놀란 민정수석이 "지금 무슨 얘기냐? 경거망동하지 마라!" 라고 경고했다. 그러자 그는 "이런 식으로 하면 내가 사표를 내겠다."고 도리어 큰 소리를 쳤다. 김주언 수석이 "그럼 대통령께 보고하겠다."라고 맞받았다. 그후 김 수석으로부터 보고받은 대통령은 '검찰총장의 사표를 받으라'고 했다. 그런데 막상 다음날까지 아무런 기척이 없자 청와대가 사표를 가져오라고 연락을 하니 그는 "순간적으로 격분해서 그런거지 진심으로 꼭 사직하겠다는 것은 아니었다"라고 물러섰다. 사실은 그 무렵 당청 내에는 명성을 법무부장관에 임명하는 것에 대해 여론을 우려하는 반대 의견도 있었으나 그런 소동이 있고 난 후 대통령의 인사권에 대한 개입이라고 판단하고 임명을 강행하는 게 맞다고 돌아섰다. 그리고 대통령은 다음날 바로 명성을 법무부장관에 임명했다.

47

딴 마음

용건석의 두 얼굴에 대한 최선욱의 회상은 놀라운 것이었다.

용건석은 검찰총장 임명장 받던 그 날 청와대에 처음 들어와 보고 신기해 하면서 붕 떠 있고 좀 흥분돼 보였다. 그는 임명장을 받고 난 후 검찰 선배들로부터 축하를 받는 자리를 가졌다. 그 자리에서 방금 전 임명장을 받아들던 겸손한 모습과는 달리 호칭도 없이 대통령 이름을 그냥 불렀다고 전해졌다.

그 후로도 그는 '솔직히 말해서 대통령 어떻게 됐겠어, 내가 박근혜 수사를 안 했더라면 대통령이 됐겠어?' 라는 말을 무용담처럼 했다고 전해졌다.

최선욱은 인터뷰에서 '두 얼굴'이라고 표현했으나 장하리는 '딴 마음'이라는 생각이 들었다. 전직 검찰 고위 간부는 이렇게 말했다.

"검사들은 인사 직전까지만 충성합니다. 막상 인사를 하고 나면 자기 실력으로 올라간 것이라고 생각합니다"

용건석이 임명장 받고 난 후 바로 그 같은 마음이었을 것이라고 생각했다.

더구나 1700만 명의 국민이 6개월 간 촛불을 들어 혼용무도(昏庸無道)[16]한 정권을 물리치고 탄핵을 요구하고 탄핵 심판으로 파면시킨 민주주의의 성취를 일개 검찰 공무원이 자신의 공적으로 내세우다니 기가 막혔다.

장하리는 그것이 단순한 공치사나 자기 자랑만은 아닐 것이라고 의심했다.

"태블릿 PC 같은 것이야!"

채널A기자 이덕조가 유민주의 비리를 캐기 위해 이욱 대표에게 네 차례의 협박 편지를 보낸 이후 제보자 X가 더 이상 협박하지 않는다면 만남을 거절하겠다고 했다. 이런 상황을 보고받은 하도훈이 이덕조에게 만나라고 재촉하면서 했던 말이 생각났다.

하도훈은 수사도 정치도 언론플레이였다.

"쟤네 (언론)플레이 못해" 하도훈의 말이 귓가에 맴돌았다. 장하리 같은 정치인도, 대통령도 언론플레이를 모른다. 그런데 자신들은 언론 플레이를 잘한다는 말이다. 자신들의 범죄는 언론 플레이로 비본질적인 것으로 본질을 덮으며 수사를 회피하고 죄상을 덮는 데 성공했다. 채널A 검언유착 수사도 감찰방해와 수사방해의 본질은 휘발되고 심지어 용병 이덕조 기자도 무죄로 끝났다.

---

16 — 어리석고 무능한 군주가 세상을 어지럽고 무도하게 만든다는 뜻

그날 용건석은 임명장을 받으면서도 그는 자신의 자리가 바로 저 자리여야 한다고 생각했을 것이다. 임명장을 주는 상대방의 자리가 자신이 마땅히 가져야 할 자리라고 생각을 했을 것이다.

국민의, 국민에 의한, 국민을 위한 민주정부를 능멸하고 검찰의, 검찰에 의한, 검찰을 위한 정권을 꿈꾸었던 것이다.

48

한 경찰의 양심이 쏘아 올린 작은 공

'역사는 우연인가, 필연인가'를 따지지만 긴 안목으로 보면 우연인 것은 없다. 단기간에는 비본질적인 것에 휘둘리는 듯이 보이더라도 언젠가는 본질적인 것으로 돌아오게 된다.

어느 날 경찰관 송 씨는 금융 수사분야 공부에 참고하기 위해 친구 황 경위로부터 보고서 하나를 건네받았다. 황 경위는 몇 년 전 시중에 풍문이 돌던 주가조작 사건을 내사했던 담당 수사 경찰이었다. 황 경위는 내사 종료된 그 자료를 건네준 것이었다. 그런데 그 자료를 읽어보던 송 씨는 '김신명'이라는 낯익은 이름을 보게 되었고 그 자료에는 김신명에 대한 언급과 함께 도이치모터스 주가 변동과 일일 거래내역 거래량과 거래대금이 기재되어 있었다.

기사를 검색해 2019년 7월에 취임한 당시 검찰총장의 배우자라는 사실을 알게 됐다. 그런데 주가조작 의혹은 이미 총장 인사청문 회장에서 야당 국회의원이 의문을 제기했었던 것이다. 그러나 총장이 의혹 해명을 위한 자료를 충분히 제출하지 않은 데다가 관련 사건 내사가 사실상 중단된 상태라 송 씨는 고위공직자의 도덕성 검증을 위해서라도 언론에 제보하는 것이 불가피하다고 생각했다. 이렇게 해서 그는 2019년 10월에서 12월 사이에 탐사보도 매체 뉴스타파에 2013년 작성된 '도이치모터스 주가조작사건 내사자료'를 제보했다.

송 씨는 자신이 직접 다룬 공무상 기밀도 아니었고 도청하거나 훔친 불법으로 알게 된 정보도 아니었다. 내사가 종결돼 공부자료로 활용하려다가 우연히 발견했고 법을 집행하는 최고 수장이라면 고도의 도덕성을 갖추어야할 것이라는 판단에 따른 정의감과 법 감정에서 공익 제보를 한 것일 뿐이었다. 그럼에도 화들짝 놀란 검찰이 그를 공무상 기밀 누설혐의로 기소하고 징역 1년을 구형했다. 송 씨는 "경찰관으로서 불의를 보면 눈 감지 말고 진실되게 살라고 배웠다. 저의 그런 가치관에 대해 변함은 없다"고 담담하게 최후변론을 마쳤다. 2022년 4월, 법원은 내사가 중지되어 있던 사안에 대해 새로이 수사가 개시돼 관련자들이 구속 기소되는 등 그의 행위가 결과적으로 공익에 기여했다고 인정하면서 징역 4월의 형을 선고유예했다. 그러나 일개 경찰이 쏘아 올린 작은 공의 파장과 그 폭발력이 어디까지 갈지 어떻게 커질지 아무도 모를 것이다.

송 씨의 제보를 받은 뉴스타파는 2020년 2월 17일에 도이치모터스 주가조작에 김신명이 연루된 의혹이 있다고 보도했다. 그러자 이 의혹 보도에 대응해 이른바 '고발사주'가 있었던 것이다. 그러니까 한 달 보름이 지나 총선을 코앞에 둔 시점인 4월 3일 뉴스타파의 용건석 배우자 김신명이 주가조작에 연루됐다는 의혹 보도가 사실이 아니며, MBC의 검언유착 의혹 보도도 가짜뉴스이므로 이 보도들로 인해 용건석과 김신명, 하도훈의 명예가 훼손됐다는 내용의 고발장을 작성해 용건석의 지휘를 받는 수사정보정책관 소성준 검사에서 소성준의 친구 검사였던 김묵으로, 김묵에서 조은서에게로 차례로 전달되었던 것이다. 고발장에 적시된 피고발인은 열린민의당의 최선욱, 황한석 등과 검언유착을 보도한 MBC의 장 기자, 주가조작을 보도한 뉴스타파의 심 기자로 이들이 공모해 허위사실을 보도한 것이라는 주장이었다. 그러나 그 고발장은 1년이 더 지나 세상에 드러나 당시의 음흉한 계획이 알려지게 되었다. 그리고 이 사건을 수사한 고위공직자범죄수사처는 총선에 개입하기 위해 검찰 권력을 사유화한 사건으로 판단하고 고발장 문건을 최초 전달한 총장 직속의 수사정보정책관 소성준 검사를 미래통한당 김묵에게 고발을 사주한 혐의로 일단 먼저 기소했다.

그런데 아무런 이해관계가 없는 소성준이 알아서 독자적으로 고발 사주를 기획했을 것이라고 믿는 사람은 거의 없을 것이다. 당연히 이해관계 있는 자들의 모의와 기획일 것이다. 장하리도 뻔뻔하고 무모하기 짝이 없는 위험한 일을 기획할 정도로 용건석 측이 당시 주가조작 의혹이라는 '판도라의 상자'가 열리는 것을 극구 막아야 한다는 절박함이 강했다는 방증일 것이라고 생각했다.

뉴스타파의 김신명의 주가조작 연루 의혹 보도 이후 4월 7일 열린민의당의 최선욱과 황한석은 김신명을 주가조작 혐의로 고발했다.

그러나 용건석의 눈치만 보고 있던 검찰은 아무런 수사 기미를 보이지 않았다. 그러자 9월에 교수 등 시민 4만여 명이 진정서를 제출하기도 했다.

이에 장하리는 2020년 10월 19일 총장의 지휘를 받지 말고 주가조작 사건을 수사하라는 지휘권을 발동했다. 장하리의 수사 지휘는 캐비닛에 처박혀 공소시효가 끝나기만 노리고 있던 도이치모터스 주가조작 사건을 세상 밖으로 나오게 만들었다. 그런데 이윤도 중앙지검장의 휘하의 반부패 2부장이 용건석의 처가가 관련된 수사를 못 맡겠다고 반발하는 일이 벌어지기기도 했다. 일선 검사들이 직속 상관인 검사장보다 검찰총장 용건석의 눈치를 보고 슬슬 기는 형편이었다.

그가 2021년 3월 4일 총장직을 물러난 이후 2021년 6월 새로운 총장이 취임하고 나서야 비로소 공범들에 대한 수사가 진행되기 시작했다. 7월에 금융범죄 전문검사가 배치되고 뒤늦게 도이치모터스에 대한 압수수색이 이루어질 수 있었다. 11월에 도이치모터스 권 모 회장에 대한 1차 피의자 조사가 이루어졌다. 검찰은 12월이 되어 고발된 지 1년 8개월 만에 권 모 회장과 주가조작 선수 이 모, 김 모 등을 함께 기소했다. 다만 김신명과 김신명의 어머니 최 씨에 대해서는 계속 수사한다고 밝혔다. 그러나 그것은 말뿐이었고 실제로는 김신명에 대한 소환조사는 단 한 차례도 이뤄지지 않았다.

검사들이 인사권자가 있는 청와대에 영장들고 들어가는 것에 전혀 움츠려들지 않으면서도 '살아있는 권력 수사'를 한다고 갖은 폼을 다 잡았다. 그러나 용건석이 물러난 이후에도 여전히 그들에게 무서운 권력은 바로 용건석이었다.

49

'이게 바로 독재국가입니다!'

장하리 장관이 2020년 10월 수사하라고 지휘한 주가조작 사건은 2023년 10월 공범들에 대한 1심 재판이 다 이루어졌다. 공범들 중 마지막으로 이루어진 B 인베스트 민 이사에 대한 1심 재판부는 김신명 여사의 계좌 일부가 주가조작에 활용됐다고 판단했다. 그러나 김신명 여사 어머니 최 씨의 계좌를 활용한 민 이사의 주가조작행위에 대해서 재판부는 검사의 입증이 부족하다고 판단했다. 수사팀 검사들이 김신명 모녀 계좌이니만큼 제대로 충실하게 수사할 수가 없었으리라는 것을 능히 짐작할 수 있었다.

"공범들의 1심 재판도 끝났습니다. 그런데 진짜 궁금한 것은 검찰이 수사한다고 한 지가 3년이나 됐는데 계좌주인에게는 어찌됐는지 왜 못 물어보는지, 법과 권력이 누구에게는 엄격하고 누구에게는 관대하면 그게 바로 독재국가입니다!"

공범의 주가조작 재판에 김신명 모녀 계좌가 이용됐다고 했음에도 수사가 이루어지지 않는 것에 대해 KBS 홍사훈 기자가 날린 방송멘트였다.

그런데 김신명이 감추고 싶어하는 진실이 수사기록 속에 들어있다가 공범들의 법정에서 하나씩 건져 올려져 나왔다.

장하리가 보도를 통해 이 재판을 지켜볼 때 가장 결정적 장면은 2022년 12월 2일 재판에서였다. 그 무렵 해외에서 자진 귀국해 구속된 B 인베스트 투자자문사(당시는 T 증권) 이사 민 모씨를 증인 신문했을 때였다. 세 가지의 신문 장면이 압권이었다. 그는 2021년 늦가을 용건석이 당내의 대선후보 경선 토론에서 도이치모터스 주가조작 의혹으로 곤욕을 치르고 있을 때 미국으로 도피했다가 2022년 11월 29일 돌연 귀국을 했다. 대선 정국에 한창 후보 검증과 맞물린 민감한 시기에 사라졌다가 거의 1년 만에 나타난 것이다.

검사 : 2010년 10월 28일 문자메시지로 김○○이 '12시에 3,300에 8만 개 때려달라고 해 주셈'이라고 보냈고 증인은 '네 준비시킬게요'라고 보낸 것 맞나요?

민 이사 : 네

검사 : 11시 44분 문자로 김○○으로부터 '매도하라 하셈' 문자가 온 뒤 7초 뒤 김신명 여사 명의 계좌에서 3300에 8만 주 정확히 매도 주문 나오고 증인(민 이사) 명의의 계좌등으로 매수됐죠?

민 이사 : 네

검사 : 그럼 여기서 증인이 '준비시킬게요' 한 대상자는 누구죠?

민 이사 : (오래된 일이라) 저것도 추정할 수 밖에 없는데요, (…) 아까

와 같이 (B 인베스트) 이 대표일 가능성이 있다고 보입니다.

검사 : 하나만 추가로 물어볼게요. 당시에 김신명 여사 명의의 대신증권 계좌는 김신명 여사가 영업점 단말로 증권사 직원에게 직접 전화해서 거래한 것입니다. 그럼 저 문자를 봤을 때 누군가 김신명한테 전화해서 팔라고 했다는 건데요. 증인은 B의 이 대표인 것 같다고 했는데 그럼 이 대표가 김신명한테 직접 연락해서 주문내라고 할 수 있는 관계인가요?

민 이사 : 그건 제가 잘 모릅니다. (B 인베스트) 이 대표하고 김신명은 제가 알기로는 도이치모터스 권 회장과는 다른 채널로 알게 된 걸로 압니다.

검사 : 내가 묻는 건, 저 상대방이 B 인베스트 이 대표라고 했는데 이 대표가 도이치모터스 권 회장한데 연락해서 권 회장이 김신명한테 연락하는 건가요? B 인베스트 이 대표가 김신명한테 바로 연락하는 건가요?

민 이사 : 전자가 맞는 것 같은데요.

검사 : 〈B 이 대표 - 도이치모터스 권 회장 - 김신명〉의 연락구조라는 거지요?

민 이사 : 네, 근데 제가 추정을 함부로 할 수 없는데…

검사 : 이때 사실관계를 가장 잘 아는 게 증인입니다.

공판 검사가 3,300원에 도이치모터스 주식 8만 주를 매도한 게 김신명 여사 본인이라고 밝힌 것이다. 그리고 주가조작 거래를 주도한 핵심 공범들의 연락 구조에 김신명이 들어 있고 실제 직접 거래를 실행하기까지 했다는 것을 의미하는 것이다.

그런데 2022년 2월 권 회장을 비롯한 공범들의 주가조작을 인정한 법원의 판결이 선고되고 난 후 증권사 직원이 계좌 주인인 김신명에게 거래내역을 보고하는 내용의 통화 녹음 파일을 확보한 것이 확인 됐다는 보도가 나왔다. SBS 보도에 의하면, 증권사 직원이 주문대로 매매가 체결됐다고 보고하자 김 여사가 '알았다'라는 취지로 답했다고 한다. 김 여사가 2차 작전세력의 작전계획을 충실히 실행한 공범이라는 의미다. 증권 전문가들은 고객이 영업점에 직접 전화 주문하면 증권사에 녹음파일이 자동으로 남아 있게 된다고 했다. 상식적으로도 김 여사의 통정거래 혐의를 밝힐 수 있는 증거가 이렇게 남아 있음에도 검사가 김 여사에 대한 수사 접근조차 하지 못하고 있었다는 것이 도저히 납득이 안 된다는 지적이었다. 겨우 법정에서 증인신문을 통해 김 여사의 통정거래 녹취록이 있음을 시사할 정도로 검사도 수사 봉쇄를 당하는 것이 답답했던 것 같았다. 공판 검사들은 돌아가면서 차례로 마치 검피아(검찰 마피아) 조직의 내부고발자들처럼 차례로 폭로성 신문을 했다. 그러나 어느 언론도 입을 다물고 이를 받아 써 주지 않았다. 겨우 1심 재판이 끝난 후에야 SBS가 김 여사의 통정거래를 시사하는 녹취록이 있음을 단독보도했을 뿐이다.

김신명 여사의 시세조종 공모 범행 행각의 흔적은 이뿐만이 아니었다.

2010년 10월 19일 T 증권 김모 지점장은 B 인베스트먼트 민 모 이사에게 문자메시지를 보냈다.

"내일 도이치모터스 권 회장 만나고요, 3천 5백 원에 자전 10만 개 받을 테니 주식 수배해달라고 시치미 떼고 던져 볼랍니다."

자전거래란 작전세력끼리 주식을 주고받으며 거래하겠다는 뜻이다. 그날 도이치모터스는 종가 기준 2,915원이었는데 3,500원까지 끌어올리기 위해 자신이 10만 주를 매수할 테니 도이치모터스 권 대표에게 10만 주를 내놓을 사람을 찾아달라고 하겠다는 뜻이었다.

그리고 9일 뒤 10월 28일, 민 이사는 T 증권 김 지점장에게 문자메시지를 보냈다.

"잠만 계세요. 지금 처리하고 전화 주실 듯"

그리고 김신명 여사의 계좌는 작전세력의 계획을 충실히 이행했다. 민 이사와 김신명 여사 사이에 도이치모터스 권 회장이나 B 인베스트 이 모 대표가 전달하고 심신명 여사가 실행했을 가능성이 짙다. 작전세력이 9만 5천 주 매수주문을 내고 10초 뒤 김 여사 계좌에서 10만 주 매도 주문이 나와 주가는 3,100원까지 올라갔다. 11월 1일의 거래가 김 여사가 직접 한 것인 만큼 나흘 전 10월 28일의 거래도 같은 대신증권 계좌였고 주문방식도 똑같이 HTS가 아닌 '영업점 단말'을 통한 거래였으므로 김 여사가 직접 주문했을 가능성이 높다.

또 며칠 후인 11월 4일에는 2차 작전세력의 핵심인 B 인베스트가 김신명 여사의 미래에셋대우 계좌로 시세조종을 했다는 결정적 증거를 검사가 제시하기도 했다.

검사 : 2010년 11월 4일 문자메시지를 제시하도록 하겠습니다.
여기 12시 30분에 계약이 체결된 직후에 증인이 T 증권 김 지점장

에게 "십만 주 받았음" " 두 사람한테 오만 주 뺏었음" 이렇게 문자를 보냈습니다. 맞습니까?

B 인베스트 민 모 이사 : 네, 문자메시지는 그렇게 돼 있습니다.

공범들은 다른 고객이 끼어들어 자기들끼리의 작전이 흐트러지는 것을 피하기 위해 고객 주문이 뜸한 점심시간을 주로 이용했다. 12시 8분 8초에 도이치모터스 주주 김 모가 5만 주 매도 주문을 내자 45초 뒤에 김 여사의 미래에셋대우 계좌로 6만 주 매수 주문을 내 모두 사들였다. 또 비슷한 시각 김 모의 남편 백 모 명의로 4만 주 매도 주문이 나온 후 28초 뒤 4만 주 매수 주문을 내 모두 사들였다. 김 여사는 이 부부의 9만 주를 포함해 모두 10만 주를 사들였고, 모두 HTS로 이루어졌다.

이 주문이 체결되자마자 바로 민 모 이사는 "10만 주 받았음" "5만 주씩 뺏어 왔음"이라는 문자메시지를 보냈다. 실제로는 부부에게 각 5만 주와 4만 주 샀지만 모두 10만 주를 다 확보했다는 뜻이었다.

검사 : 증인 또는 B 인베스트가 김신명 여사 명의의 미래에셋대우 계좌를 사용했기 때문에 5만 주 씩 뺏었다고 문자메시지를 보낸 것 아닙니까?

B 인베스트 민 모 이사 : 문자메시지는 그렇게 되어 있는데 제가 김신명 여사 계좌를 B 인베스트에서 사용해 매매했다는 것에 대해서는 기억도 없고 모르는 일입니다.

이렇게 검사의 추궁에 증인은 부인했다. 이미 대통령 부부가 된 김

신명에게 안 좋은 것은 재판을 받고 있는 공범 자신들에게도 불리할 것이 뻔했기 때문이다

그러자 일주일 뒤 12월 9일 공판에서 검사는 "김신명 파일"을 들고 나왔다. 부인하기만 하는 권 대표 등 공범과 민 이사 등의 주장을 뒤집기 위해서였다.

"김신명 파일"의 존재를 이미 검사는 용건석의 당선자 시절인 8개월 전 법정에서 처음으로 공개했었다. 그러나 그때는 언론이 거의 주목하지 않았다. 아마도 "성공한 쿠데타는 처벌받지 않는다"는 검찰 방정식을 따른 언론이 이미 대통령에 당선된 부부에게 별로 충격을 주지 않을 것이라고 봤을 것이다.

용건석 권력과 관련한 소송에서는 대다수 언론이 법정 소식을 제대로 취재하거나 전달하지 않았다. 이 사회 속에서 법정이 마치 고립된 외딴섬과도 같았다. 때문에 그 속에서 엄청난 진실이 드러나고 있어도 여론의 메아리가 없었다.

그러나 장하리는 이렇게 공개된 재판을 통해 김신명의 주가조작 실행과 가담이 들추어진 이상 어느 누구도 인멸할 수 없게 된 시한폭탄이라는 점에 주목했다. 사실 수사만 제대로 되었더라도 야당의 유력 대선 후보인 용건석에게 김신명의 주가조작 혐의는 대선판을 흔드는 뇌관이 될 수 있었다. 때문에 용건석은 경쟁 후보로부터 1차 주가조작 혐의를 추궁당하자 '주가조작 선수 이 모를 증권전문가로 알게 돼 그에게 위탁관리 시켰다가 손실이 나서 회수했고 그 후부터는 처가 직접 관리했다'고 호언장담하며 반박했었다. 용건석은 1차 주가조작에 대해서 일임매매를 시인했지만 그것도 설령 문제를 삼는다고

285

하더라도 공소시효가 이미 지났다는 계산을 염두에 둔 것이었다. 반면 도이치모터스의 2차 주가조작 의혹에 대해서는 철저하게 전면 부인으로 일관했다.

이에 따라 용건석 후보 캠프 수석 대변인도 2021년 2월 21일 입장문에서 "어느 누구에게도 계좌를 빌려준 사실이 없습니다."고 장담했다. 그런데 김신명의 전용 관리 파일의 존재로 용건석 측이 거짓말한 것이 드러나 충격적이었다. 그것도 용건석이 당선되고 한 달 만에 열린 2022년 4월 8일 재판에서 검사가 주가조작 공범 사무실을 압수수색하면서 발견했던 '김신명 파일'을 전격 공개했기 때문이다. 그것은 B 인베스트 투자자문사 노트북에서 나온 2011년 1월 13일 작성된 김신명 명의의 엑셀파일이었다. 그 파일에는 김신명 명의의 증권 계좌의 인출과 잔액, 매각주식 수량 등이 자세히 기록되어 있었다. 김신명 계좌를 공범들이 운영한 것임을 증명하는 것인데도 공범 재판에서 공개되기 전까지 수사팀 외에는 아무도 몰랐던 것이다.

그런데 도피했다가 1년 만에 나타난 B 인베스트 민 이사는 '김신명 파일'을 작성하지 않았고 모른다고 잡아뗐다. "(주가조작 선수) 김 씨가 사무실을 방문해 수기로 적은 내용을 주고 엑셀로 정리해 달라고 해서 정리한 것일 뿐이다. 나와 커피마시고 (파일을) 프린트한 것은 기억이 있다"라고 했다.

그는 자신의 말이 정확하다는 것을 강조하기 위해 커피와 프린트 기억을 내세웠으나 검사는 "커피 마시고 프린트 한 건 기억하느냐"고 선택적 기억을 일부러 꼬집었다.

2023년 2월 9일 용건석이 대선 당선 1주년을 한 달 앞둔 시점에서 법원은 "지연된 정의"를 선고했다. 판사는 "김신명 엑셀 파일"도 인정하고 시세조종에 김신명 계좌가 이용된 것도 인정했다. 이로써 김여사 계좌를 빌려 준 적 없다던 용건석의 주장이 엎어진 것이다.

판사는 판결문에 이렇게 썼다.

"B 인베스트 직원이 사용하던 PC에 저장되어 있던 "김신명"이라는 제목의 엑셀 파일에 해당 계좌(당시 증권사명인 T 증권으로 기재)의 잔고 및 인출 내역이 기재 되어 있는 점, 앞서 본 정황들을 종합하면 해당 계좌는 B 인베스트 측에서 관리하며 민 이사 또는 피고인 이 대표(T 증권 대표)가 직접 운용하여 시세조종에 이용한 계좌로 인정된다."

판사가 김여사의 계좌가 통정매매 계좌라고 판단을 내린 만큼 검찰은 신속히 수사를 해야하는 것이다. 민·형사상 특권을 누리는 대통령과 달리 대통령 부인은 민간인으로서 수사대상인 것이다.

50

법정 폭로 후 사라진 검사

주가조작 공범들에 관한 1심 판결이 선고되고 며칠 지나지 않아 시중에는 여기저기 유행가가 울려퍼졌다. 김신명 여사와 어머니 최 씨 두 모녀를 묘사한 패러디였다.

"12시에 만나요 3천 3백, 둘이서 만납시다 팔만 주, 살짝쿵 데이트 도이치 모녀스~"

하늘 무서운 줄 모르는 모녀의 물욕이 어떠했는지 도이치모터스 주가조작 사건의 판결문에 적나라하게 공개되자 도이치모터스를 "도이치 모녀스"로 살짝 바꾼 것이다.

판사는 김신명 여사와 최 씨가 도이치모터스 주식 상장 전부터 그 회사 주식을 보유하고 있던 투자자이고 회사 대표 권 회장의 지인이 라고 판단했다. 판결문이 인정한 사실에 의하면 김 여사 계좌는 불법 통정거래, 가장거래에 48건이나 등장했다. 공소시효가 지난 것은 빼 고 남은 것 중에서만 48건으로 김 여사 계좌가 기소된 공범들보다 더 많았다. 검찰 조사 한 번 받지 않은 김 여사의 이름이 판결문에 모두 37번 언급됐다.

어머니 최 씨에 대해서도 판사는 내부 정보를 이용한 직접 거래도 있었고, 공범을 통한 시세조종 계좌도 있다고 판단했다.

최 씨에 대해서도 검사는 재판 과정에서 스모킹 건을 쥐고 있었으으나 대통령의 장모인 그녀에 대해 수사도 기소도 하지 못한 채 어쩌지 못하고 있는 모습을 드러냈다. 2022년 10월 28일 재판에서 검사는 김 여사의 어머니 최 씨가 도이치모터스 권 모 대표로부터 직접 회사내부 정보를 수시로 공유받았다는 것을 알 수 있는 녹취록을 공개했다. 주식을 독자적으로 주문 거래했다는 그간의 변명과 어긋나는 것이었다.

녹취록은 2011년 6월 10일 장모 최 씨와 신한증권 직원 사이의 통화였다.

최 씨 : 지금 외국에서 바이어가 왔어. 그래서 오늘 내가 물어보니까 두어달 걸린다는 거야. 그래서 이거는 지속이 안되겠다 싶어서 빨리 팔아라 그랬어

직원 : 오늘 장이 안 좋아요.

최 씨 : 오늘도 떨어졌어?

직원 : 아침에 저랑 통화하실 때만 해도 지수 1%가 오르고 있었어요. 그런데 지금 마이너스 1.2%로 끝났거든요. 도이치모터스 사장님하고 어떻게…얘기해 보셨어요?

최 씨 : 아침에 통화했다니까.

최 씨는 '외국에서 바이어가 왔다는 호재가 있더라도 두어 달 걸린다'는 도이치모터스 권 회장이 알려준 정보를 가지고 팔아야 할 때라고 판단한 것이다. 2주 동안 가파르게 상승하던 주가가 이날을 기점으로 하락하기 시작했고 덕분에 최 씨는 손실을 회피할 수 있었다.

녹취록을 공개한 검사는 외국 바이어가 왔다는 최 씨의 정보가 사실인지에 관해 정보를 알려 준 도이치모터스 권 회장을 이어서 추궁해 들어갔다.

검사 : 증인! 오펜하이머에서 실사 나왔었죠? 도이치모터스에 2011년 6월경 외국에서 바이어들이 와가지고…, 증인은 최 씨하고 통화하면서 회사 정보들을 알려준 것 같은데 어떠세요?

도이치모터스 권 회장 : 최 씨하고는 전화 그렇게 많이 하는 건 아닙니다. 가끔하는 …

검사 : 통화를 자주 했다는 것이 핵심이 아니고 최 씨한테 통화하면서 도이치모터스 내부상황을 알려 준 것 같은데, 어때요?

도이치모터스 권 회장 : 저거는 제가 알려줄 이유는 없는데 …

저 얘기에 대해서는 제가 이야기했다고 할 수가 없는 것 같은데 …

그러자 검사는 녹취록을 하나 더 꺼냈다. 이것은 자주 통화하지 않고 정보 제공을 부인했던 권 회장 증언의 신빙성을 깨기 것이었다.

신한증권 담당자 : 신한투자 과장입니다.

최 씨 : 응, 거기서 내 꺼 그냥 다 팔아. 싹 팔아.

신한증권담당자 : 네?

최 씨 : 혼자만 알고 있어.

이거 3,500원 밑으로 회장이 딜해놓았대.

이거 주식을 어차피 떨어뜨리지 않으면 성사가 안 된대.

신한증권담당자 : 큰일 난대요?

최 씨 : 그래서 이거 주식을 떨어뜨릴 …그것을 할라고 하나봐.

어떤 방법이 됐든지 떨어뜨릴 그걸 하고 있대. 고민을 하고 있대.

그래서 인제 우리 아는 사람에게는 팔라고 하고, 미운, 알미운 사람 있잖아, 엿 먹으라고 하고 내버려 둔대.

신한증권담당자 : 그럼 일단 4천 원 선에서 저기 뭐야… 될 수 있으면 어떻게 해볼게요. 전화 드릴게요.

통화 시점은 검사가 언급하지 않아 알 수 없으나 녹취록 상으로 볼 때 미공개정보를 이용한 시세조종에 해당되는 것이었다.

그럼에도 도이치모터스 권 회장은 "최 씨에게 도움을 주려고 했을 뿐이라며 일년에 한두 번 있을까 말까 한 극히 드문 일"이라고 했다. 그때 검사가 더 엄청난 말을 했다. 도이치모터스 권 회장이 김신명 여사에게도 자주 내부 정보를 알려줬다고 한 것이다.

검사 : 제가 나중에 또 제시할 테지만 증인은 김신명 씨나 어머니 최 씨에게 회사 사정들을 자주 얘기해주고 그 사정들이 녹취록에 남아 있는 게 많이 있어요. 어쩌다 한번이 맞나요?

도이치모터스 권 회장 : 13년 전 일이라 정확히 얘기한다는 게…

검사의 녹취록 증거가 있다는 추궁에 도이치모터스 권 회장은 말을 얼버무렸다. 김 신명 여사가 도이치모터스 권 회장과 공범관계일 가능성이 커지게 된 것이다.

또한 김신명 여사와 어머니 최 씨의 모녀 사이에 주식을 주고받기도 했다. 모녀지간의 통정거래는 2010년 11월 3일 최 씨 계좌에서 호가 상으로 6단계나 비싸게 나온 매도 물량을 32초 후 정확히 같은 가격에 매수 주문을 낸 김신명 계좌가 매입했다. 어머니가 던진 것을 딸이 받은 통정매매였다.

도이치모터스 권 회장이 최 씨의 공인인증서를 USB에 담아 직접 관리했고 최 씨 계좌와 도이치모터스 임원의 계좌가 같은 IP에서 246차례나 거래된 사실도 재판에서 드러났다.

판결문에도 모녀지간의 시세조종 통정매매가 그대로 인정됐다. 그렇다면 최 씨 역시 주가조작 사건의 공범으로서의 혐의를 수사받아야 하는데도 최 씨는 수사대상에서 빠졌다.

검사가 2022년 12월 9일 공판에서 민 모 이사를 신문하던 중 T 증권 김 지점장과 주고받은 문자를 공개했다. 때는 도이치모터스 2차 주가조작이 한창 진행되던 2011년 1월 13일이었다. 또한 "김신명 파일"이 작성된 날이기도 했다.

B 인베스트 민 모 이사 : 대판했대요, 할인해서 넘겨줬다고, 먹은 것도 없는데. 도이치모터스 권 회장도 엄청 흥분하고. 김(김신명 여사를 줄여서 김이라고 함)은 그 앞에서 대우 지점장한테 전화해서 이런 법이 있냐고 지점장은 어쩌구 저쩌구, 하여간 정리는 하신 듯.

T 증권 김 모 지점장 : XX이구먼, 듣던 대로 ㅎㅎ

검사는 문자를 보여준 다음에 이렇게 물었다.

검사 : (위 문자메시지를) 누구한테 전달받았습니까?

B 인베스트 민 모 이사 : 제가 저런 얘기를 들을 수 있는 건 B 인베스트의 이 대표한테 들은…

검사 : B 인베스트의 이 대표 말고 없죠?

민 이사 : 네

검사 : '김'이 화를 냈다고 하지 않았습니까? 계좌주는 김신명 씨죠?

민 이사 : 네

검사 : 김신명의 미래에셋대우 계좌에서 주식이 팔려나간 상황일 텐데 김신명 씨가 화를 내는 거야 그렇다 치고 거기서 왜 도이치모터스 권 회장이 개입을 해서 화를 내는 겁니까?

민 이사 : 김신명 씨가 자기 주식을 너무 싸게 팔았다고 권 회장한테 항의를 강하게 했을 수도 있고 내용을 모르는 상태니까 화를 낼 수 있었다고 생각합니다.

검사 : 제가 묻는 취지는 왜 권 회장한테 화를 내냐구요? 이 계좌를 도이치모터스 권 회장이 B 인베스트 또는 T 증권 김 지점장한테 넘

겨줬기 때문에 권 회장한테 화내는 거잖아요?

민 모 이사 : 그것까지는 모르겠습니다.

바로 전날 2011년 1월 12일 김신명 여사의 T 증권 계좌로 도이치모터스 주식 11만 4천 주가, 그 이틀 전인 1월 10일에도 9만 2천 주가 대량의 장외 매도 거래가 이루어졌다. T 증권 김 지점장이 거래를 수행한 것으로 김 여사 계좌를 이용해 시세조종을 한 것이었다. 두 번의 거래가 각각 종가 기준으로 보면 시세보다 조금 싸게 팔렸지만 김 여사가 약 두어 달 전에 7억 5천여만 원에 다량으로 사들인 도이치모터스 주식을 약 10억 9천여만 원에 팔았으므로 약 3억 4천만 원의 수익을 올렸으니 수익률이 46%가 넘었다. 그런데도 "대판 화를 냈다"는 것은 더 많은 고수익을 기대했다는 것이다. 그런데 특단의 사정이 없는 한 작전세력의 작전 없이는 엄청난 수익 창출이 불가능하다. 그러므로 그녀는 주가조작을 알고 계좌 관리를 맡겼다고 추정하는 것이 합리적 의혹일 것이다. 뉴스타파의 심명보 기자의 날카로운 분석이었다.

도이치모터스 주가조작 사건을 수사했던 검사들이 공판에도 참여했다. 공판에 들어온 검사들 중 서너 명이 돌아가면서 김신명 여사와 어머니 최씨의 모녀에 대한 불리한 정황들을 얘기했다. 그런데 지난 공판에서 김 여사가 증권사에 직접 전화로 주문한 녹취록도 갖고 있다고 했던 검사가 다음 공판기일에 나오지 않았다. 알고 보니 새해 인사발령 명단에 김 여사의 주가조작 연루 의혹에 관해 증인 신문했던 검사 2명도 포함돼 있었다. 한 명은 해외파견으로, 한 명은 수도권의 다른 검찰청으로 발령을 받았다. 뉴스를 본 장하리는 아마도 그 검사들이 주가조작 공범 사건의 증인신문을 통해 이제 대통령 부인과 장모가 된 김 여사 모녀에게 감히 불리한 과거 범죄 사실을 들추어냈기 때문에 인사 불이익을 당한 것이 아닐까 생각했다. 그것을 감수하면서까지 '소환도, 기소도 못한 자괴감에서 법정에서나마 사실을 폭로했던 것이 아닐까' 추측했다. 그 검사들의 용기가 언젠가 세상에 드러나도록 진실의 단초를 남겨둔 것이었다.

1심 주가조작 공범 판결문이 공개되고 난 후 검사 출신으로 금감원장에 임명된 이구현을 상대로 국회의원들이 김신명 여사의 주가조작 의혹에 대해 왜 수사와 기소가 이뤄지지 않았는지를 추궁했다.

"수사팀이 엄청나게 기소하려고 노력했고 위에서 기소하라고 지시한 것도 들었다. 그런데 담당 실무자들이 도저히 기소할 증거가 안 된다고 해서 기소를 못 했다."

"김신명 여사 변호인단은 조사를 받고자 했는데 검찰에서 부르지 않았다. 그 이유는 조사를 하면 처분을 해야하는 데 검찰이 무혐의 처분을 해야 하는 상황을 면하고자 조사를 안 한 것이다"

"한 톨의 증거라도 있었으면 기소를 했을 텐데 증거가 없는 것"이라며 "거의 확신할 수 있다"고 말했다. 주가조작 증거도 없는데 공연히 수사를 착수했다가 무혐의 결론을 내린다면 검찰이 오해를 사게될까봐 수사를 착수하지 않았다는 것이다. 용건석 사단에 속하는 검사였던 그는 얼굴에 철판을 간 방패 답변을 했다.

그런데 2020년 10월 장하리 장관이 용건석의 처가 연루된 주가조작 의혹사건에 대해 독립적으로 수사하라고 지휘를 할 당시의 중앙지검을 이끌었던 이윤도는 이렇게 말했다. 공범의 주가조작 판결이 나오기 전에 그가 처음으로 한 공개 인터뷰에서 였다.

"언론보도를 종합해보니까 중앙지검 수사팀은 대선 전에 김 여사에 대해서 소환통보를 했고 김 여사가 소환에 불응했다고 한다. 김신명 여사 측이 대선 전에는 대선을 이유로, 대선 후에는 별다른 이유없이 소환에 불응했다고 한다."

용건석 측은 법원 판결이 있고 난 후 김 여사의 주가조작 연루 의혹과 관련해 매우 뻔뻔한 변명을 내놨다. '장하리 장관 시절 김 여사에 대해 탈탈 털어 수사하고도 기소하지 못한 건'이라고 주장했다.

이에 대해 이윤도 전 서울중앙지검장은 "실질적으로 수사할 수 있는 여건이 아니었습니다. 총장은 자기 측근이 관련된 수사를 하는 검사장에게도 전화해서 막말한 사람이었습니다. 심지어 대검에서 장모 관련 사건 대응 문건을 만들었다는 보도도 있었으니까요."라고 했다. 그러면서 "바로 제가 '눈에 뵈는 게 없냐'라고 총장으로부터 막말을 듣고 심한 모멸감을 느꼈던 사람입니다. 당시 총장이 현직으로 있는 상황에서 검사들이 총장 가족 수사에 엄청난 심리적 부담을 느꼈습니다."고 했다.

51

특별검사가 반드시 필요하다

도이치모터스 주가조작에서 기소된 부분은 주가가 오르던 시기였던 2010년 9월 24일부터 2011년 4월 18일 사이였을 뿐이다. 그런데 주가가 내려가던 시기에도 산업은행으로부터 수백억 원이 들어가 수상한 거래 흐름이 포착되었고 범죄수익의 저수지에 대한 수사가 전혀 이루어지지 않았다.

기소가 없으면 재판도 없다. 재판이 없다고 결백한 것은 아니다. 다만 수사를 안하고 기소를 안했을 뿐이다.

주가가 내려갈 때 김신명의 어머니 최씨가 신한증권 담당자에게 이렇게 말했다.

"내 꺼 그냥 다 팔아. 싹 팔아." "혼자만 알고 있어. 이거 3,500원 밑으로 회장이 딜해놓았대."

그녀의 말대로 주가가 실제로 3900원 가량으로 내려갔다 그것을 단순히 그녀가 도이치모터스의 내부정보를 알고 미리 주식을 팔아치워 손실을 회피한 것으로만 보았다. 검사도 판사도 통정매매, 가장 매매만 보았으나 그것이 전부가 아니었다.

그것은 범죄의 냄새를 강력하게 풍기는 실마리로 제대로 수사한다면 거대한 범죄은닉의 저수지에 이를 것이라는 추정이 가능한 사실들과 무관하지 않았다.

2011년 12월 19일 국책은행인 산업은행이 도이치모터스에 250억 원을 신주인수권을 담보로 대여했다. 도이치모터스는 외국 차를 사와서 파는 딜러회사일 뿐인데 어떻게 국책과제도 아닌 자동차판매 사업 회사에게 그 회사의 자본금에 버금가는 막대한 돈을 빌려줄 수가 있는지 의문이 제기되었다.

산업은행은 250억 원을 신주인수권이 담보로 제공된 사채형식으로 빌려 주었다. 이를 신주인수권부 사채라고 하는데 신주인수권만 분리하여 거래도 한다.

그런데 산업은행은 사채를 제공한 다음날 250억 원의 신주인수권 중 150억 원 상당의 신주인수권을 돈을 빌린 도이치모터스의 권 대표에게 도로 7억 5천만 원에 매각했다. 당시 적정가로는 30억 원 상당이었는데 돈을 빌린 회사 오너에게 헐값에 준 셈이었다.

권 대표는 신주인수권 매수대금 7억 5천만 원 중 김신명 여사로부터 5억 원을 빌렸다고 주장했다. 이상한 것은 약 1년 후 신주인수권 51만 주를 김신명에게 매각했다는 점이다. 그리고 이어서 B 인베스트 민 이사에게도 115만 주를 매각했다. 김신명 여사는 51만주의 적정가가 약 20억 원인데도 불과 약 1억 원에 샀다.

그 당시 작전세력들이 신주인수권에 리픽싱이라고 흔히 말하는 주가를 조정할 수 있는 권리를 약정해 주고 주가를 떨어뜨려 더 많은 주식을 살 수 있게 한 다음 팔 때는 막대한 매매차익을 실현할 수 있게 하는 불법적 작전을 동원한 것으로 보였다.

보통회사라며 쉽게 접근도 어렵고 꿈도 꿀 수 없는 명목으로 산업은행의 돈을 빌리고 담보권인 신주인수권을 헐값에 도로 사들이고 하는 것이 작은 섬유회사 사장이었던 권 대표의 힘만으로 가능하지 않았을 것이라는 게 합리적일 것이다.

2011년 10월부터 2011년 12월 사이의 산업은행의 수상한 자금 제공과 신주인수권의 흐름을 금융감독원도 제대로 조사하지 않았고 수사도 기소도 재판도 이루어지지 않았다. 신주인수권 가격 조정 수법으로 막대한 이익을 낚은 후 그 범죄수익의 행방을 찾는 것도 특별검사가 해야 할 일인 것이다.

52

진실보다 눈치가 대세

장하리가 재임 중에 지휘를 내렸던 용건석과 관련한 범죄 혐의에 대해서 용건석의 대선 승리 1주년을 앞두고 속속 결론이 나왔다. 2023년 3월 2일 김신명 여사가 운영한 하바나스킬 협찬 뇌물 의혹에 대해 검찰은 최종 무혐의 처분을 했다.

중앙지검 반부패부 부장 김동철은 '기업들이 협찬한 것은 통상적인 마케팅 목적이었고 해당 기업에는 협찬의 대가로 입장권이 제공되었으며 기업 내부 검토를 거쳐 공식적으로 추진된 것이어서 직무와 관련한 부정한 청탁이 오간 혐의가 없다'는 이유를 댔다.

김동철 부장은 하도훈 등과 함께 2016년 박근혜 최순실 국정농단 사건 수사팀에서 팀장 용건석 아래에 있었다. 그들 사이의 끈끈한 근무 인연으로 중앙지검 반부패부 부장에 발탁되었으니 수사 결론은 이미 뻔했던 것이었다.

김신명 여사는 2009년부터 전시공연 기획사 하바나스킬을 운영하기 시작했다. 이 부부의 공식 결혼식은 2012년에 있었지만 일부 언론은 김신명이 2009년 무렵부터 '현직 검사' 용건석과 내밀하게 지내기 시작한 것으로 추정했다. 하바나스킬은 거의 해마다 미술 공연 등 전시 행사를 열었다. 용건석이 2009년 대검 범죄정보 2담당관일 때 앤디워홀전, 2010년 대검 중수 2과장일 때는 샤갈전, 2011년 중수1과장일 때는 미스 사이공전이 열렸다. 2012년 대기업 수사를 전담하는 서울 중앙지검 특수 1부장일 때는 하바나스킬이 처음 주관한 사진전 마크 리뷰전과 특별 후원한 반 고호전이 각각 열렸다.

김신명 여사가 '현직 검사'의 지위를 십분 활용해 여러 기업들로부터 협찬을 받았고 기업은 보험용 뇌물성 협찬을 한 것이라는 소문이 파다했다. 이미 한 시민단체가 이들 부부에 대해 뇌물과 청탁금지법 위반 등의 공동정범 혐의로 고발도 했으나 1개월이 넘도록 배당도 이루어지지 않고 수사할 기미가 보이지 않았다. 2020년 10월 장하리가 공정한 수사를 하도록 지휘를 한 이후에도 10월 31일 중앙지검 반부패2부장이 검찰총장 가족 수사는 못 맡겠다고 반발하면서 이상한 조짐을 보이다가 11월 4일경에야 수사에 나섰다. 그로부터 일주일 뒤 검찰은 하바나스킬과 협찬 기업들에 대해 영장을 청구했다가 법원으로부터 몽땅 기각 당했다.

"주요 증거들을 임의제출할 가능성이 있고, 압수수색 영장 집행시 법익침해가 중대하다"는 것이 주된 기각 사유였다.

그런데 장하리의 지휘가 있은 지 두 달 가까이 될 무렵 12월 14일 MBC에서 처음으로 의미 있는 보도가 나왔다.

보도 내용은 이렇다. 2019년 6월 김 여사의 전시기획사 하바나스킬이 지난 2017년 말 국민일보 창간 기념 전시회를 기획했는데 유명 게임업체 웰컴스와 게임마을에서 이 행사에 협찬을 했다. 두 게임업체가 행사를 주최한 국민일보에 5천만 원을 협찬했지만 약간의 수수료를 뗀 대부분의 돈이 하바나스킬로 흘러간 정황이 포착됐고, 국민일보도 하바나스킬의 후원금 통로 역할을 한 것이라는 의심을 사고 있다고 했다.

그러나 이 보도를 다른 어느 언론 매체도 외면하고 후속 보도를 하지 않았다.

검찰로서는 이 보도야말로 현직 총장의 눈치를 보느라 미적거리던 수사를 비로소 진행할 수 있는 중요한 계기가 될 수 있었다. 그러나 고발사건에 대한 늑장 배당을 받고도 애초 수사 의욕이 없었던 중앙지검 수사팀은 당연히 다시 압수수색 영장을 청구했어야 함에도 불구하고 그렇게 하지 않았다. 사회의 감시자 역할을 해야 할 언론도 검찰도 '진실'보다 '눈치'를 선택했다.

한편, 이 무렵 청와대와 총리실, 여당은 모두 장하리 장관이 용건석 총장과 더 이상 갈등을 일으키는 것이 바람직하지 않고 하루빨리 검찰개혁 이슈의 피로감에서 벗어나 국면전환을 하는 것이 필요하다는 '정무적 판단'으로 가닥을 잡았다. 자연히 장하리를 쫓아낼 궁리를 하고 있을 때이니 정보가 빠른 언론과 검찰이 눈치껏 처세하며 감시의 역할을 거둔 것이다.

그런 한심한 일이 있은 후 그 다음해인 2021년 12월 6일 검찰은 낯 두꺼운 법기술로 협찬 비리 의혹 일부를 급하게 봉해 버렸다. 검찰은 공소시효가 지나기 전에 고발된 것을 공소시효가 지나기를 기다려 일부를 무혐의 처리했다. 즉 2016년 12월의 르 코르뷔지에 전시 관련 협찬은 청탁금지법 위반 공소시효 5년이 지났기 때문에 김 여사와 용건석, 협찬 기업들 모두 무혐의 처분을 했다.

2016년 12월부터 17년 3월까지 예술의 전당에서 열렸던 르 코르뷔지에 전은 도이치모터스 등 23곳이 협찬했다. 협찬 업체 중 도이치모터스의 대표는 김 여사와 주가조작을 공모한 혐의를 받고 있었고 또 실제 수사를 받거나 재판을 받는 업체들도 있었다.

그래서 고발한 시민단체 측은 뇌물죄가 충분히 가능하다고 믿었다. 그 근거는 용건석 특검수사팀이 이미 유죄를 받아낸 박근혜 전 대통령과 이재용 삼성그룹 부회장의 국정농단 뇌물 사건에서 적용 했던 논리였다. 즉 '뇌물공여자의 명시적인 청탁이 없더라도 암묵적인 청탁이 있었다면 뇌물죄는 성립된다. 개별 사건에 대한 청탁이 없더라도 포괄적인 직무 연관성 및 대가성이 인정되면 뇌물죄는 성립'되기 때문이다.

박근혜 정권의 적폐 수사의 칼자루를 쥔 칼잡이들의 특검팀장으로 용건석이 맹활약 중일 때 그 부인의 전시회에 기업들이 대거 거액을 협찬했는데도 검찰은 미리 수사대상에서 빼준 셈이다. 용건석 자신이 부당한 권력과 유착되어 온 재벌들의 적폐를 수사한다고 하던 시기에 정작 한편으로는 부인이 대기업도 포함된 업체들로부터 협찬을 받았다는 것은 범비에 해당하는 짓이었다.

53

대통령님! 뒤를 돌아보십시오

용건석이 2018년 서울 중앙지검장일 때 알베르토 자코메티전은 엘지전자, 희림, 게임빌, 컴투스 등 10곳이 후원을 했다. 특히 2019년 야수파 걸작전은 6월 13일부터 4곳이 후원해 열렸는데 용건석이 검찰총장 후보자로 17일 지명 발표되기 전후로 일주일 사이에 대기업을 포함해 12곳이 추가로 협찬 계약을 했다는 것이다. 검찰총장 인사청문회를 앞두고 당시 야당 의원 주덕광이 수상하다고 신랄하게 지적을 했다. 우리금융, 우리은행, 우리카드, 게임빌, 컴투스, 신안저축은행 등이 포함되어 있었다. 조선일보도 '통상 미술전시회 협찬사는 4~5개 수준인데 이례적으로 협찬사가 많다'고 하면서 주 의원의 의혹 제기에 힘을 실어주었다. 또 주덕광 의원은 인사청문회를 앞두고 김 여사의 전시기획사 측이 협찬 기업들에게 "국회 검찰총장 인사청문회에 관련 자료를 제출하면 법적 책임을 질 수 있다"고 전화와 문자메시지로 압박했다고 폭로했다.

기업협찬이 정상적이라면 계약서나 영수증으로 얼마든지 해명할 수 있어야 함에도 검찰총장 지명자의 위세를 이용해 자료를 내지 못하도록 협박을 하는 것은 떳떳하지 못함을 자인하는 꼴이었다. 조선일보도 '후원받는 입장인 전시기획사가 갑의 입장인 후원하는 협찬사에게 이렇게 행동하는 것은 통상적으로 상상할 수 없는 일'이라고 했다. 그러면서 "GS칼텍스는 대기오염 물질 측정치 조작 혐의로 수사받고 있고. LG는 계열사 공장들이 지난달 청주지검으로부터 압수수색을 받았다. 우리은행도 전 은행장이 채용 비리 혐의로 재판받고 있다. 서울중앙지검에서 수사받고 있는 모 대기업은 협찬 검토에 나섰다가 도중에 철회했다."라고 하며 협찬 기업의 수사와 관련 있음을 매우 구체적으로 보도했다.

그러나 언론과 야당의 비판과 반대에도 불구하고 여당의 엄호로 용건석은 청문회를 대충 얼버무리고 검찰총장 임명장을 받았다. 김여사는 2019년 7월 청와대에서 검찰총장을 임명하는 자리에 용건석과 함께 왔다. 임명장 수여식 후 환담하는 자리에서 마치 자신이 사회자인 양 갑자기 대통령에게 "뒤를 돌아보십시오"라고 했다. 대통령이 뒤돌아보자 "제가 선물을 가져왔습니다."라고 했다. 대통령이 찍힌 대형 사진 액자를 가져왔던 것이다. 그것은 하바나스킬이 2013년 주관한 '점핑 위드 러브' 전을 관람한 대통령이 아이들과 손잡고 점핑하는 모습을 찍은 것이었다. 대통령이 그녀가 가리키는대로 사진을 보자, 그녀는 당시 카메라 앞에서 하늘을 향해 펄쩍 뛰는 포즈를 취하는 모습을 보고 '대통령이 되실 것'이라고 예견했다며 수다스럽게 말했다. 배석한 청와대 참모들은 대통령을 함부로 품평하는 모습에 적잖이 놀랐다. 뒤이어 그녀는 자신의 사업에 관한 이야기로 상당히 길게 말했다. 자신을 위한 자리도 아닌데 분위기 파악도 없고 무례하고 건방진 그녀의 모습에 대통령 참모들이 우려했다고 했다. 그러나 적폐청산과 검찰개혁을 약속한 용건석과 밀월관계에 있던 때였기 때문에 참모들은 당시에는 침묵하고 가만있다가 2022년 2월 대선 정국에 가서야 그때의 일화를 솔직하게 털어놓았다

높은 공직 사회에 처음 공개된 김신명 여사의 모습에서 때와 장소를 가리지 않는 인정욕구가 강한 사람이라는 것을 알 수 있었다. 그러나 그때까지도 청와대 식구들은 이들 부부에 대한 맹목적 편애와 지지로 인해 제대로 그 실체를 알 수 없었다.

그런데 용건석이 검찰총장 후보자일 때는 그의 흠결 지적에 가장 앞장섰던 조선일보가 용건석이 임명장을 받고 한 달 만에 살아있는 권력을 수사한다며 자신을 발탁한 권력에 등을 돌리자 매사 그에 대한 칭찬일색으로 180도 돌변했다. 그리고 부인의 공연전시업체를 통한 뇌물성 협찬 의혹 사건에 대해 소환조사나 압수수색 한번 없이 검찰이 무혐의 처분을 한 것에 대해서도 과거의 비판을 불문에 부치고 언제 그랬냐는 듯 침묵을 지켰다.

동아일보도 조선일보에 결코 뒤지지 않았다. 2023년 3월 2일 최종 무혐의 처분이 있던 날 동아일보는 부인의 르 코르뷔지에 전을 홍보했던 용건석을 위해 매우 특별하게 한 지면을 제공했다. 협찬 뇌물 최종 무혐의에 대한 축하 선물을 안기겠다는 아부성 의도가 깔려 있었는지도 모른다. 작위적이고 어색한 냄새가 풀풀 났다. '르 코르뷔지

에와 용건석의 연설'이라고 제목을 뽑고, 용건석이 연설비서관에게 3·1절 기념사의 "연설문을 르 코르뷔지에의 건축물처럼 만들어 달라"고 주문했다고 했다. 사실 용건석은 3·1절 연설에서 일본의 반성 촉구나 해야 할 말은 하지 않고 일제의 강점을 '세계 정세 변화에 대한 준비 부족 탓'이라고 했다. 그는 나아가 '일본이 과거 군국주의 침략자에서 벗어나 안보, 경제, 글로벌 어젠다에서 협력하는 파트너로 변했다'는 칭송을 했다. 강제징용공이나 전시 위안부 문제 미해결 등에 대해 아무런 언급도 없었다. 일제의 주권 침탈과 무단 통치 압제에 항거했던 3.1정신을 짓밟고 일제에 면죄부를 안기며 3·1정신을 훼손한 친일사가 돼버렸다. 3·1운동 104주년에 국민이 우리나라 대통령으로부터 느닷없는 정신적 테러를 당한 것이다. 그럼에도 두어 개의 신문을 제외하고 제대로 지적하고 비판하는 언론도 없었다. 동아일보는 비판은커녕 협찬 의혹이 제대로 파헤쳐지지 않고 있는 전시회의 주제였던 르 코르뷔지에를 끌어와 미화와 찬사를 아끼지 않았다. 용건석이 한일 간에 '미래'와 '협력'이라는 큰 기둥을 세웠다는 것이다. 그러나 동아일보의 희망대로 역사적 의미를 남기지는 못할 것 같다. 일제 강점기 시대에 친일 부역자들이 보인 사고와 같기 때문이다.

3월 1일은 항일 자주독립의 역사에 대한 테러를 당한 날이었고 3월 2일은 적폐의 뿌리가 깊고 깊다는 것을 실감한 날이 되었다. 국민이 촛불로 탄핵했으나 문 정부는 썩은 박근혜 정부의 환부를 도려내지 못했다. 언론권력과 경제권력의 부패사슬은 그대로 용산 용 정부로 인수인계되었을 뿐이었다. 검찰권력까지 가진 용건석 권력의 물적 기반은 역대 정부 중 가장 강고하게 된 것이다.

홍영훈 씨는 "적폐를 무너뜨리고 개혁을 완성하려면 저들의 물질적 이데올로기적 기반을 없애야 한다. 언론지형과 불법적인 돈줄을 바꾸지 못한 민주당 정권은 그래서 개혁에 실패했다."며 지난 정권의 반성을 촉구했다.

용건석은 언론이 비판하지 않으므로 실수도 실패도 괘념치 않고 거칠 것 없었다. 운전미숙인지 모르고 나라의 운전대를 잡고 마구 돌진하고 있는 것이다.

역사학자 전우용은 '조선 민족이 나라를 잃은 것은 스스로 못나고 약했기 때문이니 일본을 탓할 일이 아니다. 지금 조선 민족의 과제는 일본과 협력하여 대동아공영권을 건설하는 것이다.'라는 친일파 주장을 상기시키며 "2023년 3·1절 대통령 기념사의 역사적 의미는 1940년대 친일파들의 주장을 공식적으로 복원시킨 데에 있다고 보아도 좋을 것"이라고 일갈했다.

장하리는 용건석이 민족의 역사적 자존을 감히 건드리는 것을 보면서 이들의 의도가 과연 무엇인지 우려했다. '용건석에 대해 청와대가 착각한 후과는 너무나 크다. 결국 사람보는 안목이 없었다. 보통 사람들에게 안목이 없으면 개인의 팔자를 바꾸는데 그치겠지만 공직에 있는 사람들의 안목이 실패하면 나라가 망한다. 용건석 집단이 나라를 회복탄력성을 잃어버리는 데까지 끌고 가게 해서는 절대 안될 것이다.

V

점화

54

장모님은 치외법권자

용건석에게 가장 큰 약점은 장모의 숱한 비리였다. 그것은 헤어날 수 없는 무덤 같은 것이었다. 때문에 자신의 눈과 귀 역할을 하는 부하검사인 수사정보정책관실 소성준이 용건석의 장모가 동업자들로부터 피해를 당하고도 오히려 모함을 받았다는 내용이 담긴 고발사주 문건을 정치권에 내보낸 것도 '치외법권자 사법 리스크'에 대비한 것이기도 했을 것이다.

장하리 장관이 2020년 10월 19일 용건석 장모의 요양병원 국가보조금 부정 횡령 의혹 사건에 대해 사위 용건석 총장의 수사 지휘를 받지 않도록 하라고 지휘권을 발동했다. 그러고 나자 수년간 법망을 피했던 장모에 대해 겨우 수사가 이루어지게 되었다.

거의 한 달이 지나 장하리가 징계 청구를 한 날, 중앙지검은 용건석의 장모에 대해 요양병원을 불법개설하고 국가보조금을 부정 수급한 혐의로 기소했다. 중앙지검장 이윤도의 지휘 아래 중앙지검 형

311

사부가 불구속 기소한 것이다. 관련 공범들은 이미 유죄 확정판결을 받고 징역 4년의 형의 복역한 사건임에도 유일하게 장모만 법망에서 빠져 있었다.

사건은 11년 전에 시작됐다. 2012년 공범 주씨 부부가 파주의 건물을 인수해 '사무장병원'을 운영하는 계획을 세웠다. 그러나 자금이 부족한 부부는 먼저 지방의원 출신 구 모 씨를 끌어들였다. 10억 원을 투자하는 대가로 이사장 직함을 주고 월 4억 원 정도의 매출 창출로 먼저 투자금 변제 후 수익금의 절반을 나눠주기로 하는 합의를 하여 구 씨는 10억 원을 투자했다. 그 다음 부부는 용건석의 장모 최 씨끌어들였다. '2억 원을 투자하면 병원 운영수익 5억 원을 보장해 주겠다'고 했다. 이에 최 씨도 2억 원을 제공했다. 그들은 바로 의료법인을 설립하고 구 씨와 최 씨의 이름을 한 글자씩 따서 '은승의료재단'이라고 짓고, 구 씨와 최 씨 두 사람이 초대 공동이사장에 취임했다. 주 씨 부부는 개인병원처럼 운영하며 불법 사무장병원을 운영해약 2년 동안 건보공단으로부터 22억 원 이상의 요양급여비를 타냈다. 이로 인해 2017년 대법원에서 공범 주씨 부부에 대해서는 남편이 징역 4년, 부인이 징역 2년 6월, 그리고 공동이사장 구씨가 징역 2년 6월의 형에 대한 집행유예 4년의 형이 확정됐다.

장모 최 씨는 은승의료재단이 재정난에 봉착할 때마다 여러 차례 돈을 송금했다. 병원 운영자금으로 2억 이상을 재단 계좌에 송금했다. 그러나 별도의 차용증이나 변제확인서 등을 받지도 않았다. 또 자신의 부동산을 담보로 상호저축은행으로부터 약 17억 원을 대출받아 15억 원을 재단에 빌려주고 2주 후 돌려받기도 했다.

요양병원은 적자 상태였는데 최 씨가 의료재단 개설 및 운영에 필요한 상당한 돈을 조달했다. 그런데 병원은 국민건강보험공단으로부터 요양급여비를 받는 것 외에 운영수익이 없었다. 공단으로부터 받은 요양급여비를 최 씨가 차용금 상환 명목으로 회수해 갔다. 그러나 같은 공동이사장 구 씨는 한 푼도 가져가지 못했음에도 처벌받았다.

그런데 최 씨는 이사장에서 물러나면서 2014년 5월 주 씨에게 '본인은 의료재단 및 병원 운영에 관여하지 않았으므로 민·형사적 사항에 대해 모든 책임을 묻지 않는다'는 내용의 책임 면제각서를 요구해 교부받았다.

경찰은 '사무장병원'으로 의심된다는 건강보험공단의 수사 의뢰에 따라 2014년 10월 수사에 착수했다. 의료인 또는 의료법인이 아니면 의료기관을 개설 운영할 수가 없고, 이를 위반하면 처벌된다. 비의료인의 불법 의료기관 개설 운영을 '사무장병원'이라 한다. 그런데 검찰은 2015년 7월 다른 공범들은 기소하면서 최 씨만 책임면제각서를 근거로 기소하지 않았던 것이다. 그러고도 5년이 더 지나 장하리 장관이 지휘권을 발동한 후에야 겨우 기소가 이뤄졌다.

법정에 넘어간 장모 최씨의 요양병원 관여 사건은 최 씨가 은승의료재단의 개설 및 운영에 관여했는지가 쟁점이었다.

용건석이 검찰총장직을 던지고 정치권에 진입한 후인 2021년 7월, 1심 판결이 나왔다. 1심 법원 판사는 최씨가 단순히 돈을 투자하는 것을 넘어 의료법인 설립 존속 및 운영에 관여했다고 판단하면서 징역 2년의 형을 선고하고 법정 구속했다. 그러자 대권 도전을 선언한 사위 용건석이 정치권 인사에게 "내 장모는 남한테 십 원 한 장 피해준 적 없는 사람"이라고 했다는 것이 알려졌다. 장하리는 '장모님 사법리스크 차단'용 발언이라 생각했다.

1심 법원은 장모를 공범으로 보는 이유를 매우 합리적으로 댔다. 최 씨가 공범들과 함께 요양병원의 개설 초기 인력 및 시설을 구비하는 데 결정적인 역할을 했고 채용절차를 거치지 않은 채 자신의 사위를 행정원장으로 근무하도록 했으며 요양병원에 필요한 X-ray도입 회의에도 참석해 장비구입에 관여하는 등 요양병원에 깊숙이 관여했다고 판단했다. 특히 1심은 최 씨가 형사책임 면제각서를 받아 두었다고 하더라도 그것으로 마땅히 자신이 져야 할 형사책임에는 아무런 영향을 미칠 수가 없으며 오히려 그런 것을 굳이 받았다는 것은 의료재단 및 요양병원 설립 운영에 관여했다는 점을 추단하게 하는 것이라고 꼬집었다.

그런데 대통령 선거를 약 두 달 앞두고 2심 법원은 1심 판단을 180도 뒤집고 무죄를 선고했다. 항소심 재판장은 용건석의 사법연수원 동기였다. 무죄 이유는 검사의 증명이 부족하다는 것이었다. 책임면제각서도 병원 설립 운영에 관여했다는 것이 추단되지 않는다고 1심과 정반대로 판단했다.

그러나 장하리는 오히려 돈을 단순 대여만 한 경영의 외부인이라면 형사책임 면제각서가 필요하지 않았을 터이고 차용증이나 대여확인서를 받았을 것인데 이례적으로 형사책임면제각서를 받았다는 것은 최 씨의 적극 관여를 증명하는 자료라고 보는 것이 합리적일 것이라고 생각했다.

그런데 유감스럽게도 용건석 대통령 아래의 대법원도 2022년 12월 15일 대통령 장모에 대해 무죄를 최종적으로 확정했다.

대법원은 '최 씨의 주장이나 변명이 모순되거나 석연치 않은 면이 있어 유죄의 의심이 간다'고 하면서도 '검찰이 확신에 이를 만큼 증명을 하지 못했다'는 것이었다.

1심의 3년 징역형 법정 구속이 항소심에서 무죄로 번복되고, 용건석이 집권한 후 용건석이 임명할 새 대법원장을 향한 경쟁이 있는 가운데서 대법원은 무죄 확정을 내렸다. 그러나 장하리가 볼 때, 과거 공범들 재판에서 장모 최 씨가 경영 참여를 했다고 스스로 시인했던 진술에도 어긋나는 명백한 봐주기 재판이었다. 2015년 일찍이 최 씨는 공범들의 재판에서 증인으로 출석해 '2억만 주면 손 떼겠다고 했는데, 돈을 안 주니까 내가 제대로 운영해봐야겠다는 생각이 나서 큰 사위를 병원에 보내본 거'라고 직접 시인하는 증언을 했기 때문이다. 그러니까 '의심의 여지없는 확신'을 갖지 못한 것은 증거 부족 탓이라기보다는 권력을 향해 기우는 사법 해바라기, '법바라기"가 된 일부 사법세력의 하기 좋은 핑계라고 장하리는 분개했다.

그후로도 법바라기들의 도움으로 또 다른 특권을 누리고 있는 장모님에 관한 얘기가 때때로 흘러 나왔다. 이에 2023년 6월, KBS 기자 홍사훈은 절절이 토로했다.

"지난 2월 곽상도 전 의원의 아들 50억 퇴직금에 대해서 법원은 사회 통념상 과다하지만 검찰이 제시한 증거만으로 뇌물로 판단하기 어렵다며 무죄판결했다. 지난해 12월 대통령 장모 최 씨가 요양급여

23억 원을 부정하게 챙겼다는 재판에서도 법원은 최 씨의 주장이 모순되고 석연치 않지만 검찰이 죄를 입증하지 못해 무죄라고 판결했다. 장모 최 씨는 또 잔고증명위조로 재판 중인 성남시 도촌동 땅에 부과된 억대의 취득세가 부당하다며 소송제기했는데 지난주 법원은 최 씨의 손을 들어주었다. 과세의 근거를 제시해야 할 성남시 중원구청이 아무 자료도 제출하지 않았기 때문이라고 이유를 밝혔다. 그러나 구청은 자료를 제출했다고 한다. 그래서 구청 측에 어떤 자료를 제출했는지 하다못해 제목이라도 알려달라고 했으나 알려줄 수 없다고 답변이 왔다. 법과 권력이 평등하게 집행된다는 믿음을 줄 때 정의로운 경제도 가능해 진다."

'검찰총장 장모님으로서 누렸던 치외법권의 특권이 이제 대통령의 장모가 돼 치외법권의 성역을 누리시는구나!'이렇게 장하리도 되내었다. 용건석 사단의 오장육부를 들여다 본 장하리는 그들에게 사람의 향기를 맡을 수가 없었다. 거짓말은 기본 무기이고 법은 도구에 불과했다. '죄는 미워하되 사람은 미워하지 말라'는 것을 정반대로 했다. 자신들과 돈과 권력을 나누는 내부자는 죄가 아무리 크더라도 수사도 기소도 봐주고 카르텔 바깥에 있는 사람은 아무리 사소한 것도 털어내서 사냥하듯 모욕주고 짓밟았다. 그 거대한 아수라를 혁파하기에는 함께 나서는 검사들의 수가 너무 부족했다. 고시 한번 붙었다고 출세를 보장받고 관직에서 물러나서는 돈을 끌어모으는 것을 당연시 여기는 달콤한 악습을 박탈하는 것에 저항감을 가졌다.

55

인간성이 없는 겁니다

함세웅 원로 신부는 인터뷰에서 이렇게 말했다.

그는 윤석열에 대해 "위장술이 대단한 사람"이라며 대통령이 속았듯 자신도 속았다고 분노를 토로했다.

그는 처음에 좋은 인연으로 알게 됐다고 말했다.

2007년 삼성그룹 구조본부 법무팀장 김용철 변호사가 삼성 비자금 사건을 폭로했다. 장하리도 잘 기억하고 있다. 그때 김용철 변호사는 삼성 회장의 지시로 정관계에 막대한 로비자금을 뿌렸다고 했다. 그런데 '유일하게 돈을 받지 않는 정치인 장하리에게는 와인을 갖다 줘라'고 한 삼성 회장의 지시사항도 공개됐다.

그 폭로 기자 회견 무렵 천주교 정의구현사제단 고문이던 함 신부가 그를 성당 내에 머물게 하며 보호했다. 그러고 나서 검찰에 가서 직접 제보 진술을 하자는 의견이 모아져 검찰에 연락했을 때 검찰로 안내한 검사 중 한 명이 바로 '검사 용건석'이었다고 한다. 그후 박근혜 부패 비리를 조사하는 특검활동으로 좋게 평가하고 기대를 가졌으나 너무 다르게 가서 놀랍고 아픔과 상처가 크다고 했다. 특별한 인연으로 인해 함 신부는 용건석에 대해 좋은 인상을 가졌으므로 명성 사태를 통해 용건석이 벌인 수사의 전 과정을 보면서도 용건석이 그후 대통령 후보가 되고 드디어 대통령이 되었을 때만 해도 어느 정도 기대를 가졌던 것 같다.

"늘 말하는 게 법과 상식이었으니 대통령에 취임했을 때는 상식적으로 하리라고 기대했었지요. 그런데 이분은 '인간성이 상실됐구나!'라고 깨달았습니다. '검사이기 이전에 사람이 되시오'라고 말했었고, '대통령 이전에 사람이 되시오'라고 말했었습니다. 그런데 인간성이 없는 겁니다. 정치가 망가지는 건 인간성 상실이지요. 그건 자기 포기일 뿐만 아니라 공동체를 파괴시키는 겁니다. 이 부분이 가장 마음이 아픕니다."라고 탄식했다.

함 신부는 조직적 구조적 범죄를 저지르는 검찰과 언론을 통렬하게 비판했다. "남의 눈에 티끌은 보면서 자기 눈의 들보는 안 보는 위선이 인간성 상실을 대표적으로 드러내는 것입니다. 명성 가족은 파탄이 나도록 조사하면서 자기 부인과 장모는 조사도 하지 않았어요. 그런 위선을 행사하는 사람들이 오늘의 한국 검찰이고, 용건석 대통령입니다. 이런 범죄 사실을 언론도 알면서 보도를 안 하고 지적을 안 하니 더 큰 범죄자라 할 수 있습니다."

민주당은 용건석을 '악 소리 나게 한 방에 처리하지 못하고 시끄럽게 했다'며 장하리에게 불만이 많다고 했다. 사실 한 방에 처리하지 않았던 것은 검찰총장에 대한 인사권을 가진 대통령이었다. 두 명의 법무부 장관 때에 네 번의 기회가 있었다. 명성 때 한 번, 장하리 때 세 번의 기회가 있었다.

용건석이 명성을 법무부 장관에 임명하지 마라, 그러면 자신이 물러나겠다고 민정수석을 통해 엄포를 놓았다. 그러나 인사권자에 대한 노골적 항명을 그냥 눈감아주었다. 장하리가 채널A 검언유착 사건으로 측근을 감싸기 위해 감찰방해와 수사방해를 한 이유로 1차 수사지휘를 했을 때 지휘를 불수용하고 검사장 회의를 소집하는 난동을 부렸을 때 두 번째 해임할 기회가 있었다. 그러나 놓쳤다. 그 다음으로, 용건석 총장 본인과 부인, 장모의 비리를 한데 묶어서 이른바 '본부장 비리'라고 하는데 장하리가 이를 수사하도록 두 번째의 수사지휘를 했을 때가 세 번째의 해임 기회였다. 그러나 아무 일 없이 지나갔다. 그리고 마지막으로, 장하리가 감찰결과 확인된 비위로 대통령이 징계 의결을 재가하면서도 검찰총장의 거취를 봐주었다. 오히려 장하리를 물러나게 함으로써 용건석의 간을 더 키웠다. 그것이 네 번째 놓친 기회였다. 이런 복기만으로도 장하리는 예리한 면도날로 가슴을 도려내는 것처럼 아팠다.

가을 바람이 제법 쌀쌀해질 무렵 정의구현사제단이 전국 순회 시국미사를 다시 열었다.

"언론개혁 검찰개혁을 아무리 열망하며 국회의원을 뽑아놔도 결국은 정치 엘리트와 금권세력이 지배하는 소수 기득권 체제가 유지된다는 것이 분명해졌습니다.""민주주의를 가장하고 참칭하여 권력

게임을 주도하는 자들에게 속지 말아야 합니다.""오늘날 우리 삶이 몹시 불안한 지경이 된 것은 너와 내가 어떤 형태로든 가담하고 용납한 결과라는 사실을 깨달아야 합니다. 특히 종교인들부터 정치적 무관심, 무감각, 냉소주의의 형태로 가짜 민주주의의 작동에 공모하고 공조해온 잘못을 반성해야 합니다." 깜깜한 어둠 속에 등불을 밝히는 듯한 신부님의 말씀을 들으며 장하리는 생각했다.

'지독하게 아픔을 겪기 전까지 그 통증을 미리 가늠하지 못하는 것이 인간의 약점이고 한계일 것이다. 각자에게 해가 되는 선택을 하는 것도 겪어보기 전에는 알기 힘들기 때문이다. 그런데 그걸 깨닫는 순간 용수철처럼 다시 튀어 오를 수 있는 것도 사람이 가진 지혜다.' 장하리는 답답하고 막막했던 가슴이 조금씩 누그러지고 있음을 느꼈다.

56

사람의 향기

택시기사가 택시에 오른 승객을 쳐다보지도 않고 라디오 뉴스를 듣고 있었다. 민주딩 대표의 구속영장이 새벽에 기각됐나는 뉴스가 흘러나왔다.

"자기네는 고속도로도 장모 땅 앞으로 지나가게 구부리겠다고 하고, 남들에게는 아파트도 못 짓게 하면서 장모한테는 허가 내주고 개발이익도 떼먹다가 겨우 처남 하나 기소해서 적당히 떼우고 아닌 말로 그런 걸 제대로 파헤치는 수사를 해야지 그런 건 제대로 안하면서 야당 대표를 탈탈 털어도 나온 게 없는데도 어거지로 감옥에 가두겠다고, 끝까지 죽이겠다고 하는 게 말이 됩니까? 안 그래요? 손님!" 택시기사는 자기 말을 속 시원하게 뱉고 나서야 승객을 힐긋 돌아보았다.

"네, 그렇군요" 하고 장하리는 짧게 대꾸했다. 목적지가 이미 예약되었으므로 가는 동안 눈을 붙이고 쉬려다가 수다스런 택시기사로 인해 다 틀렸다고 생각했다.

"그리고 자기네 편은 온갖 못된 짓을 하고 대법원 재판으로 끝난 것도 바로 사면시켜서 지 잘못으로 다시 치루는 선거에 그자를 또 내보내고 한다는 게 말이 됩니까? 국정이 무슨 장난입니까? 국민을 상대로 오기를 부리는 거냐고요?"

"기사님은 시사에 참 관심이 많으시네요" 장하리는 그렇게만 대답하면서 말참견을 삼갔다.

"당장 비교가 되잖아요. 누구는 대법원이 심판을 끝냈어도 바로 나오고 누구한테는 끝까지 감옥에 처넣겠다고 벼르고 하는 게 눈에 다 보이잖아요? 전에는 그렇게까지 심각한지 몰랐었는데, 이제 나처럼 몰랐던 국민도 다 알게 됐습니다. 국민을 더 이상 속일 수는 없어요!"

명절 연휴가 시작된 오후여서 정체가 심했다.

"그날그날 먹고 살기가 바쁘니까 명절도 겁나네요. 전에는 정치가 나랑 무슨 상관이냐고 관심도 없었고 서민들 좀 편하게 살게 해주지 못하냐고 원망만 했었지요. 그런데 관심을 끄니까 더 엉망으로 지들 맘대로 해버리잖아요. 그래서 똑 바로 할 생각 없으면 내려 와라고 저라도 막 소리치고 싶네요!"

"명절에 가족분들과 쉬셔야 하는데 이렇게 수고를 하시는군요"

"그러게요, 가족이래야 아들 하나가 있는데 속을 썩이네요"

화제를 바꾸려고 했더니 가족 이야기로 전환돼버렸다.

"마누라 죽고 나 혼자 아들을 키웠는데 걔가 실수해서 저어기 학교에 가 있어요. 명절에도 집에 못 오는 학교지요."

장하리는 소년원일 거라 짐작했다.

"아이들은 커가면서 실수도 하고 그러지요. 그런 얘가 나중에 효도 한다고 해요." 장하리는 위로의 말을 보탰다.

2020년 장하리가 장관으로서 처음 맞이한 설날 명절 이른 아침에 법무부 직원들이 마련해준 햄버거를 가지고 소년원 원생들을 찾아 간 일이 생각났다.

실수를 깨달아가면서 더 크게 성장하려고 노력하는 사춘기의 소 년들을 격려해주고 싶었다. 그때 만난 한 소년은 사회에 나가면 작은 식당을 차려서 고생하는 부모를 대접하고 싶다고 요리사가 될 준비 를 차근히 하고 있다고 했다.

부모의 사랑이 기다리고 있는 소년은 실수를 바로 깨닫고 자존감 회복도 빨랐다. 그러나 주로 아버지의 상습 폭력 도박 음주 등으로 파탄난 가정에서 보호를 받지 못하고 아동기를 보낸 소년들은 자존 감 회복이 그만큼 어려웠다. 부모로부터도 사회로부터도 버림받았다 고 여기는 상처 난 외로운 영혼을 누구도 메워줄 수가 없었다. 자존 감이 없으니 자신의 범죄로 인해 피해자가 겪는 고통에 대한 공감과 배려도 없고 미안함도 가지기 어려웠다. 그래서 장하리는 사회가 그 들을 귀한 존재로 여기고 사랑으로 돌보고 있다는 믿음을 전하고 자 존감 회복을 위한 정책을 고민하기도 했다.

"이곳은 여러분들을 '보호'하는 곳입니다. 여러분들은 아직 보호받 아야 합니다. 불안정한 청소년기에는 누구나 실수를 하기 마련인데 실수를 잘 극복하는 사람이 진정한 영웅이고, 포기를 하면 포로가 되 는 겁니다." 장하리가 이렇게 말하자 한 소년이 눈을 동그랗게 모으며 바라보고 있었다.

보름 후 소년원에서 만난 유현서가 편지를 보내왔다.

"저는 '보호받아야 한다'는 따뜻한 말을 그때 처음 들었습니다. 포기하지 않고 앞으로 제가 인생을 살아가면서 힘들 때마다 제게 해 주신 말씀을 떠 올리며 희망을 잃지 않도록 하겠습니다. 추운 날씨에 감기에 걸리지 않도록 옷 따뜻하게 입고 다니세요!"

그렇게 또박또박 쓴 글씨의 편지를 읽으니 유현서는 이미 사랑의 언어를 제대로 표현할 줄 아는 소년이었다.

그날 소년원에 동행했던 강성호 범죄예방정책 국장이 밝게 웃으며 편지를 들고 와 장하리에게 전달했다.

"검찰 업무는 법무부가 하는 일 가운데 하나에 불과합니다. 그럼에도 검찰의 법무부로 잘못 인식되어 있습니다. 법무부 개혁은 인권부로 제자리를 찾는 것입니다." 이렇게 장하리 장관이 소신을 피력했을 때 교도소를 관장하는 교정본부와 소년원을 관장하는 범죄예방정책국이 가장 환영했다. 두 기관은 검찰로부터 가장 따돌림을 받아왔다.

한 사람이 태어나 출생에서 사망까지 국민으로서 누리는 권리와 의무를 인권적으로 보살피는 일을 하는 데가 법무부다. 범죄자 처벌만이 능사가 아니다. 죄를 지어 수사를 받고 기소되어 재판을 거치고 수감되더라도 사회복귀를 정상적으로 할 수 있게 제대로 관여해야 한다. 강성호 범죄예방정책 국장은 범죄 예방과 범죄자의 사회복귀에 대한 장하리의 법무부 개혁 소신을 잘 이해하면서 자신의 전문성을 발휘해 적극적으로 협력했다.

장하리가 전국의 소년원을 거의 다녀보고 난 후 이렇게 말했다.

"제가 현장에서 느낀 것은 아이들이 자기가 버려졌다는 느낌에서 빠져나오지 못하는 것입니다. 아이들이 실수로부터 포기하거나 좌절하지 않고 자기 극복을 하도록 돕는 확실한 처방은 사랑의 지지를 보여주는 것이 무엇보다 중요한 것 같습니다"

"장관님! 그걸 회복탄력성이라고 합니다.!"

"그렇군요! 사랑의 지지가 많을수록 회복탄력성이 커진다고 생각하면 되겠습니다!" 장하리는 밑바닥으로 미끄러진 인생을 다시 더 높이 튀어 오르도록 하는 일이 무엇인지 손에 잡히는 것 같았다.

"국장님! 소년원 학교 수업내용에 직업교육만으로는 부족해요. 사람과 사회와의 관계 속에 나란 존재가 무엇인지 아이들이 깨달을 수 있도록 자기를 세워가는 과정을 가르치면 좋겠습니다." 장하리는 강성호 범죄예방정책 국장을 바라보며 진지하게 당부했다. 강성호 국장은 어깨를 들썩이며 신이 난 표정을 지었다.

어느덧 택시는 정체 구간을 벗어나 속도를 내고 달리고 있었다. 장하리는 다시 눈을 감은 채 소년원에서 맞이한 설날 아침 소년들과 마주 앉아 떡국을 먹으면서 보았던 반짝거리던 소년들의 눈빛을 상기했다. 그때 자신을 극복하고 다시 일어서겠다는 새해 결심을 확인할 수 있었다. 그 흐뭇했던 순간을 그려보던 장하리는 복도까지 나와 작별인사를 하는 그들에게서 사람의 향기를 느꼈었다. 그때의 추억을 불러내자 그 향기가 택시 안에도 가득했다.

"손님! 목적지에 다 와 가는데요!" 택시기사의 소리가 과거 생각에 잠겼던 장하리를 일깨웠다. 장하리는 주섬주섬 짐을 챙기며 내릴 준비를 했다.

"추석 명절 잘 보내세요!"

"손님도요!, 추석 잘 쉬고 난 다음 나는 촛불광장에도 다시 나가볼라고 합니다." 택시기사가 건넨 의외의 명절 인사는 장하리의 엔돌핀을 자극했다.

"아! 네, 아드님은 잘 커나갈 겁니다. 아버지가 열심히 사시고 훌륭하시니!" 장하리는 흐뭇한 마음으로 덕담을 해주고 택시에서 내렸다.

'나라가 우리와 상관없이 이 모양이 된 것이 아니다. 알았건 몰랐건 속았건 속였건 선택한 결과다. 그들만의 권력 게임이 나랑 무슨 상관이야 하고 무관심할수록 암흑기가 길어지고 사람들이 배제되며 고통이 확산된다. 그렇기에 이 땅에서 숨 쉬고 있는 한 사람 한 사람이 통치의 권리와 책임을 나누어 져야 하는 것이다.' 걸어가는 동안 장하리의 마음도 든든해졌다. 용건석이 대통령이 되고 탐욕에 대한 부끄러움도 염치도 사라지고 힘없는 사람들이 배제되면서 점점 황폐해져 가는 세태를 사람들이 더 이상 참고 있지 않겠다는 의지가 보이기 시작했기 때문이다.

상쾌한 가을 바람이 볼에 스쳤다.

57

짐이 곧 국가다

2023년 여름에 닉슨 행정부가 미국에서 가장 위험한 인물로 찍었던 반전 평화운동가 다니엘 엘스버그가 사망했다. 그는 1971년 자신도 직접 작성에 참여했던 랜드연구소에서 보관 중인 '베트남전 관련 국방부 보고서'를 몰래 복사했다. 그리고 '미국이 베트남전을 이길 전망이 없다'는 내용이 담긴 수천 쪽의 기밀문건을 뉴욕 타임즈에 제보했다. 그 문건에는 역대 대통령들이 진실을 감추고 거짓말로 의회와 국민을 속이고 오도하며 전쟁을 지속적으로 확대해온 과정이 적나라하게 담겨 있었다. 닉슨 대통령은 보도금지를 명했다. 그럼에도 보도를 강행한 뉴욕 타임즈와 내부고발자 다니엘 엘스버그는 간첩법 위반 등 혐의로 기소됐다.

"대통령 혼자서 나라를 운영하게 둘 형편이 아닙니다. 국내문제나 특히 외교문제에 의회의 도움을 받아야 합니다. 저의 폭로를 닉슨 대통령이 반역이라고 반응하는 데 대해서 저는 큰 충격을 받았습니다.

행정부나 대통령 개인에 대한 명성을 손상하는 것 그 자체가 반역이라고 하는 것은 '짐이 곧 국가다' 하는 것과 유사하기 때문입니다. 그런 태도는 헌법이 정한 삼권 분립과 자치의 원칙에 어긋나는 것입니다." 다니엘 엘스버그가 폭로의 동기를 이렇게 말했다. 감옥에 갈 각오를 한 지식인의 단호한 경고였다. 이 사건은 엄청난 사회적 반향을 일으켰고, 반전 평화운동에 큰 활력을 불어넣었다. 마침내 미국 법원은 공익제보자 다니엘 엘스버그와 이를 보도한 뉴욕 타임즈에 대한 기소를 모두 기각했다.

"언론의 자유는 민주주의에 필수적인 역할을 다하기 위해 있는 것이고, 언론은 국민을 섬기는 것이지 통치자를 섬기는 것이 아니다."라고 하며 미국 대법원은 언론의 자유에 손을 들어주었다.

뉴욕 타임즈에 이어 국방부 보고서를 입수한 워싱턴 포스트도 보도를 할지 말지를 놓고 고민했다. 사주인 그레이엄 여사는 베트남전 보고서를 만들도록 지휘한 로버트 맥나마라 국방부 장관과 절친이었다. 경영 이익을 우선시하는 사내이사들은 은행이 투자금 반환을 촉구할 것이고 회사가 망할 것이라고 겁박했다. 그러나 그녀는 맥나마라 장관과의 사적 인연이나 회사의 이익보다 국가가 젊은 병사들을 더 이상 사지로 내몰아서는 안 된다는 것이 국가의 사명이고 이를 제대로 말하는 것이 언론의 사명이며 이를 위해 언론의 자유가 있는 것이라고 설득하고 보도하기로 결단했다. 분노가 폭발한 닉슨은 워싱턴 포스트 소속 기자들에 대해 백악관 출입 금지를 명했다. 그러나 워싱턴 포스트의 보도 이후 숨죽이고 있던 미국 내 거의 모든 언론들이 일제히 보도에 가세했다. 미국 언론의 연대의 힘은 국민을 속이는 막강한 정부를 견제하는 데 큰 역할을 했다. 그후 닉슨은 워터게이트 도청 사건[17]으로 1974년 의회로부터 탄핵을 당하고 끝내 불명예 사퇴를 했다. 도청 사건은 FBI 부국장 마크 펠트가 닉슨으로부터 백악관 출입 금지를 당했던 워싱턴 포스트 소속의 밥 우드워드 기자에게 전모를 알려줌으로써 세상에 드러났다. 역설적으로 닉슨은 시민적 연대가 반전 평화와 민주주의를 다시 회복시킬 수 있는 힘이라는 교훈을 준 대통령이 됐다.

이렇게 약 50년 전 미국에서는 부당한 행정 권력에 맞서 언론과 사법부, 지식인들이 원칙에 따라 각자의 역할을 다 함으로써 민주주의에 대한 도전을 잘 극복해 냈다. 당시 닉슨 대통령은 평화와 민주주의를 지키려는 양심 세력을 국가 안보에 대한 위협이고 적대세력이라고 겁박했다. 그들은 결코 비굴하지 않았고 민주주의의 원칙을 더 단단하게 다지는 데 공헌했다.

그런데 약 50년 후 친미주의자가 이끄는 대한민국 검찰 정권 아래에서 언론과 법원, 민주주의 교육을 받은 기득권은 미국과 극명한 대조를 보였다. 용건석 대통령은 민주화 세력, 평화, 인권운동가들을 싸잡아 '공산전체주의'라고 사전에도 없는 신조어를 만들어 혐오발언을 했다. 기후, 환경과 불평등을 고민하고 대안을 촉구하는 진보세력

---

17 — 1972년 닉슨의 재선을 위하여 비밀공작반이 워터게이트빌딩에 있는 민주당 전국위원회 본부에 침입하여 도청장치를 설치하려다가 발각되어 체포된 사건. 이로 인해 닉슨은 1974년 하원 법사위에서 탄핵 가결되었다.

을 매도하고 사회적 매장을 시도하고 국민으로부터 분리시키고 있다. '바이든 날리면'이라는 용건석 대통령실의 홍보지침을 따르지 않은 방송사는 대통령 전용기 탑승 금지를 당해도 다른 언론들은 모른 채 외면하고 언론사가 압수수색을 당해도 남의 일 보듯이 했다. 언론의 연대는 찾아볼 수 없고 비판 언론의 고립이 심화됐다. 민주주의 교육을 받은 기득권은 국민을 보호하는 장치가 되어야 할 법을 자신들의 신분과 이익을 지키기 위한 도구로 잘 활용할 뿐이다. 법원은 그들과 같은 편에 서서 그들의 이익을 옹호하며 피해자의 고통과 눈물을 제대로 돌보지 않는다. 민주주의의 필수인 언론은 국민의 알 권리를 무시하고 통치자의 눈치만 보고 섬기고 있다.

2013년 길하기 전 차관으로부터 성폭행 피해를 당한 여성이 동영상 속 피해 여성이 자신이라며 어렵게 자기 신분을 드러내 고소했다. 경찰은 기소의견으로 검찰로 보냈으나 검찰이 불기소 처분을 하자 피해자가 법원에 재정신청[18]을 했다. 그러나 2015년 법원은 "피해 여성이 제출한 자료와 수사기록만으로는 불기소처분이 부당하다거나 공소제기의 필요가 있다고 볼 자료가 없다"라고 하면서 재정신청을 기각했다.

별도의 감정이 필요 없을 정도로 누가 봐도 길하기가 명백한 동영상이 있는데도 흐릿한 동영상만 내밀며 '이것으로는 누군지 알 수 없

---

18 ― 고소인과 공무원의 폭행 등 죄에 관한 사건 등의 고발인에 한해 검사가 불기소 결정을 내렸을 때에 불복하여 그 검사가 소속된 고등 검찰청에 대응하는 고등법원에 고소, 고발인의 신청으로 기소를 강제할 수 있다. (형사소송법 제260조) 고소 고발인의 신청을 재정신청이라 한다.

어 불기소 처분한다'는 무도한 검찰의 결정을 법원이 아무런 고민도 없이 기록을 제대로 살피지도 않고 승인해 주었다.

그런데 피해자의 재정신청을 기각하고 길하기에게 면죄부를 준 그 담당 재판장 이용균은 8년 후인 2023년 가을, 용건석 대통령에 의해 대법원장 후보로 지명되었다. 검찰조직이 위태로울 때 크게 신세 진 판사이니 검찰 정권에서 대법원장을 시켜 신세도 갚고 앞으로도 검찰의 비위를 엄호할 검찰정권의 방패로 쓰기에 가장 믿을 수 있는 인물인 것이다.

더구나 그는 용건석과 40년 지기 절친으로 알려졌다. 용건석은 헌법의 삼권분립과 사법부 독립 원칙을 휴지조각으로 취급했다.

2023년 가을, 고발사주 의혹 사건의 피고인 소성준의 재판정에서는 용건석 검찰총장과 하도훈 검사장의 관여 의혹에 관한 증언도 나왔다.

"소성준 수사정보정책관이 매일 아침 용건석 검창총장실에 직접 보고를 하고, 용건석 총장이 휴일에도 소성준 수사정보정책관과 곽주성 대검 대변인을 수사정보정책관실에서 점심때 만났습니다. 그런 정도로 총장은 굉장히 밀접했습니다." 대검 감찰부장을 사직한 박동수의 법정 증언이었다. 소성준 수사정보정책관과 곽주성 대검 대변인, 하도훈 검사장 셋이 카톡방에서 그 무렵 엄청난 문자 대화를 긴박하게 나눴다는 것은 용건석 징계과정에서 이미 밝혀진 사실이다. 그런 깃들을 객관적으로 생각해 본다면 "고발장이 총장 승인을 받아 외부로 나가고 하도훈 검사장도 공모했을 가능성이 있다는 강력한 간

접증거가 아니겠습니까?" 박동수 대검 감찰부장의 증언이 이어졌다.

그의 말대로 용건석과 하도훈이 고발장의 작성과 외부 유출에 결코 무관할 수가 없는 것이다. 용건석 총장과 그 가족, 그리고 하도훈이 피해자라고 주장하는 고발장이 어떻게 그들과 상관없이 작성될 수 있으며, 또 컴퓨터 안에 든 문서가 이유 없이 밖으로 걸어 나갈 수는 없기 때문이다.

고위공직자범죄수사처는 2022년 5월 용건석이 대통령으로 당선되고 난 후 취임 직전에 고발사주 사건 피의자 용건석과 하도훈에 대해 무혐의 처분을 내렸다. 그리고 소성준 수사정보정책관만 고발장을 외부로 내보내 선거개입을 하려 했다는 이유로 기소하면서 그러나 그 고발장을 누가 작성했는지를 밝혀 내지는 못했다고 했다.

대검 감찰부장 박동수는 용건석 검찰총장의 후임인 김반수 검찰총장 시절 고발사주 의혹을 조사한 자료를 보고 받고 나서야 증언한 내용을 알았다고 했다. 그렇다면 이미 2021년 대검은 고발사주 사건에 대해 용건석, 하도훈에 대한 관련 조사를 하고 그 자료를 가지고 있으면서도 이를 수사하고 있던 고위공직자범죄수사처에 자료를 넘기지 않았던 것으로 보인다. 때문에 2022년 용건석이 대통령당선인 신분이 되자 더 이상 수사할 수 없었던 것이다.

'막바지에 이르기 전에 많은 시간이 있었으니 만약 검찰의 조사 자료가 고위공직자범죄수사처에 미리 제대로 보내졌더라면 고위공직자범죄수사처가 용건석과 하도훈을 쉽게 무혐의 처분할 수 있었을까?'

보신주의자와 기회주의자가 길게 살아남는 세상을 끝내야만 상식과 정의를 찾을 수 있을 것이다.

'용건석 대통령은 자신의 감찰 방해와 수사 방해에 연루된 검사를 법무부 장관에 임명했다. 그리고 징계처분에 불복하고 제기한 징계 취소소송이 1심 패소로 위기에 처했는데 그것을 2심에서 자신에게 유리하도록 하는 것이 피고 법무부 장관 개인과 퇴임 후의 자신에게도 매우 중요했다. 3심 대법원에 올라가면 친구 대법원장이 완벽하게 종지부를 찍어줄 것이라는 계획을 가지고 있었을 것이다. 다행히 민주당이 국회에서 대법관 임명 동의안을 부결해냄으로써 용건석의 1차 시도는 막아냈다. 그러나 용건석은 2차 시도를 할 것이다.' 이렇게 생각한 상하리는 일단 안도했으나 마음을 놓을 수 있는 상황이 아니었다.

사법을 파괴하고 삼권분립 원칙을 무너뜨리는 용건석의 전제군주적 사고방식은 '내가 곧 국가'라는 것과 유사하다. 민주주의 국가에서 최고의, 최후의 힘이 자기 자신이라는 반민주주의적 정신세계는 새로운 사법 방패를 대법관 후보로 내세울 것이라고 장하리는 예측했다.

58

쿠데타 주역 김종필 중령이 부러웠을까?

2020년 2월에 창궐하기 시작한 코로나가 3월에도 계속 확산되고 있을 때였다. 한 확진자가 대구의 특정교회에서 대규모 예배에 참가한 것이 뒤늦게 알려져 보건당국이 화들짝 놀랐다. 밀집 접촉을 통해 빠르게 확산되므로 감염경로를 파악하려는 보건당국이 애가 타고 있을 때였다. 경찰은 감염병예방법에 따라 접촉자를 파악하기 위해 예배 출입자 명단을 제출해 달라고 했으나 일부 신도 명단이 누락되는 등 교회 측이 비협조적이어서 압수수색 영장을 신청했다. 그런데 대구지검이 영장을 기각해버렸다. 이에 장하리 장관은 보건당국의 역학 조사를 거부할 때는 고발이나 수사의뢰가 없더라도 압수수색 등 강제 수사에 착수하라고 검찰에 지시했다. 방역당국의 방역 업무 조치에 신속하게 협조해 주라고 지시했던 것이다. 그러자 용건석 검찰총장이 강력하게 반발했다. 압수수색은 수사를 전제로 하는 것이므로 안된다는 논리였다. 그렇게도 평소에는 압수수색을 남발하더니 전 국민 86%가 압수수색이 필요하다고 찬성하고 감염병 확산을 우려하는 상황에서 갑자기 신중론을 펼치는 것이 장하리로서는 의아하지 않을 수 없었다. 검찰은 경찰이 신청한 두 번째 영장도 기각해 예배 참석자를 파악할 수 있는 CCTV에 녹화된 영상도 자동삭제되고 말았다.

법무부에서 이 사태를 놓고 간부들과 회의를 하던 중 장하리는 대검에서 검찰이 영장을 발부하는 건 선거개입이라고 한다는 소리를 듣고 매우 어처구니없어 했다. 아무리 총선 한 달 전이라도 검찰이 해야 할 일을 안 한다는 게 말이 되지 않았다.

"일상적인 업무가 왜 그게 정치 개입인가요? 압수수색을 못하도록 하는 게 혹시 방역 실패를 바라는 것이라면 그게 오히려 정치적 의도가 있는 게 아닌가요?"라고 말했다.

일선 검찰의 비협조로 접촉자를 파악할 수 있는 골든 타임을 놓친 방역 당국도 속수무책이었다. 그래서 장하리 장관은 국무총리에게 경찰과 검찰이 서로 협력하도록 하는 '역학조사지원단'을 만들자고 제안했다. 방역 행정에 신속한 법률지원을 하고 포렌식을 통해 감염 경로와 추가확산 방지에 법무 행정으로 지원하도록 하겠다고 했다. 총리가 좋다고 하므로 장하리는 검사들과 대검의 포렌식팀을 파견하도록 했다. 그렇게 함으로써 검찰총장의 시비를 차단하고 일선 검찰이 방역에 적극적인 태세로 전환하게 했다.

바로 그 무렵이었다. 서초동의 한 식당에서 대검감찰부장 박동수가 검찰총장 용건석의 옆에서 저녁밥을 먹으면서 들었다.

'나도 육사에 갔더라면 쿠데타를 했을 것이다. 5·16 쿠데타는 당시 김종필 중령이 한 것이다. 그는 검찰로 치자면 겨우 부장검사에 해당한다'고 했다는 것이다. 그러면서 '부장 시절로 돌아가고 싶다'라고도 하고 무속인들에 관한 얘기도 했다는 것이다. 이어서 용건석으로부터 '조선일보 사주를 만났다'고 하는 얘기도 들었다고 했다. 그러면서 '조선일보 사주가 반공정신이 아주 투철한데, 우리 검찰의 역사는 '빨갱이 색출의 역사다'라는 취지로 말했다고 한다.

장하리가 기억하는 중령 김종필은 과거 군사 쿠데타를 일으키기전에 관상을 본 경험을 자신의 회고록에 남겼다. 거사를 꾸미고 있던군인 김종필도 어느 날 사업을 하는 친구를 따라가 우연히 당대의 유명한 사주관상가인 백운학을 만났다고 했다. 그리고 나중에 박정희가 유신을 일으키자 백운학은 '바둑으로 치면 자신의 목을 조이는 나쁜 수를 둔 것이다'라고 하면서 그로 인해 '박정희는 말년 운이 매우좋지 않다'고 불의의 죽음을 시사하며 비판적인 예언을 했다고 한다.

그런데 박동수가 용건석으로부터 중령 김종필의 역모를 언급한 것을 들었다고 주장한 것은 2023년 가을 소성준의 재판에서 증인으로불려 나왔을 때였다.

그는 수사정보정책관 소성준이 고발장을 '혼자 결정해 한 것이 아니고 검찰총장 지시로 대검 수사정보정책관실 검사와 수사관이 함께작성한 것이고 검찰총장의 컨펌이 있었을 것'이라고 주장했다.

그러자 소성준 측 변호인이 검찰총장이 작성을 지시하거나 컨펌을하는 것을 옆에서 듣거나 본 것인지, 아니면 경험을 한 것인지 따져물었다.

그런데 당연히 있어서는 안 되는 일이 일어난 것인 만큼 그런 일을 경험할 리가 없을 것이므로 반대신문 자체가 논리 모순이었다. 박동수 감찰부장도 옆에서 본 것은 아니라고 하면서도 다만 검찰총장이 '컨펌'을 했을 것이라는 추론이 가능한 근거가 있다고 주장했다.

박동수 감찰부장이 고발사주 사건을 조사할 당시 소성준 수사정보정책관의 검찰총장 방문과 관련한 것으로 보이는 흔적이 남아 있었다는 것이다. 통상 아랫사람들이 검찰총장을 면담하러 가기 전에 총장 부속실에 '총장님을 뵙고자 한다'는 메신저를 먼저 보내고 부속실이 들어오라는 연락을 주면 그때 총장실에 내려가는데, 2020년 4월 초 고발장 유출 직전에 소성준 수사정보정책관도 총장부속실에 메신저를 보낸 접속 흔적이 있었다는 것이다. 또 박동수 감찰부장이 기억하는 소성준의 성품이 윗사람이 시키는 대로 하는 고분고분한 성품이기 때문에 시키지도 않은 일을 함부로 판단하고 일탈하지는 않았을 것이라고도 주장했다.

그리고 그는 "판사사찰 문건 작성이나 '채널A 검언유착 의혹 사건'에서 하도훈과 관련한 수사와 감찰을 방해한 것이나, 검찰총장과 가족들 비리를 보도한 기자나 고발한 당사자들에 대해 고발장을 작성해 고발을 시킨 의혹이 있는 '고발사주 사건'이나 검찰의 이익을 유지하고 국회의원 총선거에 영향을 미치기 위한 것인 점에서 세 가지 사건은 모두 사건의 구조나 배경에서 본질적으로 동일하다"라고 주장했다. 박동수 감찰부장은 세 사건의 동기나 목적이 같다고 자신의 의견을 소신있게 주장했다.

장하리는 굴하지 않고 용기있는 증언을 한 박동수 감찰부장에 대해 의로움을 보았다. 사실이라면 용건석은 이미 남들이 상상할 수 없는 시점에 권력을 향한 강한 욕망을 드러냈던 것이다. 그렇다면 자신이 존경해 마지않는 박정희처럼 용건석이 앞으로 권력 유지를 위한 권력 강화에도 집착할 것임을 경계해야할 것이라고 장하리는 생각했다.

59

사라져가는 평화의 향기

장하리가 장관직에서 물러나고 2021년 9월 각 정당에서는 대통령 예비 후보 경선 분위기가 무르익었다. 용건석이 가는 데마다 기자들이 몰려 다녔다. 기자들은 그가 내뱉는 말은 신속하게 보도하면서도 그에게 당연히 물어야할 것을 묻지 않았다.

검찰총장이 자신을 신임해 준 민주 정부를 비난하면서 곧장 야권의 정치 스타로 급부상할 수 있었던 것에는 무비판적으로 열렬히 띄워주는 언론의 역할이 무엇보다 컸다. 장하리는 사법 쿠데타가 일어나 민주주의가 짓밟힌 브라질을 떠올리며 염려했다.

"에이, 그런 염려는 마세요. 괜한 기우입니다. 우리나라 시민 의식이 남미의 여러 나라에 비교해도 훨씬 높은데 설마 검찰 권력을 선택할까요?" 시민 언론 운동을 오래 해왔던 전직 의원이 말했다.

브라질의 연방판사 세르지우 모루는 이른바 '세차작전'이라는 음모를 꾸미고 부패를 소탕한다는 명분을 세우고 브라질 민주세력을 숙청했다. 검사와 판사들이 연합작전으로 자신들이 표적 삼은 정적을 수사하고 기소하고 구속하고 재판으로 가두는 식으로 대대적으로 제거해나갔다. 브라질 대통령 룰라도 그렇게 투옥했다. 그것이 가능했던 것은 언론들이 앞장섰기 때문이다. 그런 식의 민주주의 제도를 이용한 특권 엘리트의 사법쿠데타를 연성쿠데타[19]라고 했다.

장하리는 결코 남의 일만은 아니라고 생각하면서 강하게 경고했다.

"고발사주 같은 것은 용건석 측이 지난 국회의원 총선거를 앞두고 검풍을 획책한 것입니다. 본질적으로는 검찰 쿠데타인 것입니다. 사법제도를 활용해 민심을 교란시키는 연성 쿠데타이고 조용한 쿠데타를 하고 있는 것입니다." 그러나 소수의 사람들을 제외하고는 장하리의 경고를 별로 귀담아 듣지 않았다.

"평생 검사를 한 사람이 정치를 잘 알 수도 없으니까 오히려 야권의 다른 후보들보다 더 본선 경쟁력이 없을 겁니다. 우리로서는 정치경험 없는 용건석이 후보로 올라오는 것이 대선 후보 토론전에서도 훨씬 상대하기가 수월하리라 생각합니다." 당을 대표하는 인사마저도 순진한 의견을 드러냈다. 당에서 정무감각을 가진 의원들의 대체적인 생각인 듯했다. 그러나 몇 달 후의 대선에서 결국 사람들은 아슬아슬한 차이이지만 검찰 권력을 선택했다.

용건석이 대통령 되고 얼마 지나지 않아 검찰 권력에 대해 시원함

---

19 — 군사쿠데타를 경성 쿠데타라고 한다. 브라질의 연성쿠데타는 다큐 〈위기의 민주주의〉를 참고할 수 있다.

과 유능함을 기대했던 사람들도 나날이 실망하며 기대를 접어갔다. 골목길에서 대형 압사사고가 일어나 시민의 안전이 무너져도 어느 누가 책임지지 않고, 물난리가 나 수십 명이 죽어도 대통령과 도지사가 '현장에 달려가 봤자 소용없다'며 딴청을 부렸다. 국민 대다수가 일본이 바다에 버리는 방사성 핵 오물을 반대해도 아무런 정치적 조치를 하지 않고 오히려 국민을 향해 적대적 발언을 하거나 두 번째 맞이하는 광복절 연설에서는 과거사를 부정하는 일본을 가치를 공유하는 파트너라고 치켜올리는 반면 인권운동가나 진보 민주화 세력을 공산전체주의 세력이라고 비난했다.

"나라 운영을 어떻게 하는지도 모르고 국정에 대한 책임이 뭔지도, 외교가 뭔지도 모르는데 왜 대통령이 됐을까요?"

"대통령 자리만 탐나고 대통령의 책임은 관심 없고 그랬겠지요"

2023년 여름 어느 모임에서 두 남녀가 용건석 대통령에 대한 얘기를 진지하게 주고받았다.

"아!, 그러고 보니 요번에 미국 CIA가 용산을 도청했다고 해서 예전처럼 막 시끄러울 듯하더니 이상하게 금세 조용해진 게 미국도 우파 검찰독재를 호구로 적당히 이용하고 있는 거 아닌가요?"

"미국이 도청 같은 거 알아도 모르는 척 예민하게 굴지 마라, 뭐 이런 거랄까"

"도청내용이 우크라이나 지원 요구에 관한 것이고 결국 우크라이나에 무기 주고 돈 지원하기로 다 약속했으니 그전에 참모들이 이러고 저러고 나눈 얘기가 새나갔더라도 달라질 게 없다 뭐 그런 차원 아닐까요?"

2023년 봄 미국 CIA가 용산 국가안보실을 도청한 것이 드러났다. 그런데 대통령실의 반응이 무덤덤했다. '동맹국인 미국이 우리에게 어떤 악의를 갖고 했다는 정황은 발견되지 않았다'고 해 마치 남의 나라 일인 것처럼 반응했다. 그러나 주권 침해를 당하고도 악의가 없으니 그냥 넘긴다는 것은 매우 굴종적인 처사였다.

대화를 묵묵히 듣고 있던 장하리는 지식인이 침묵만 하지 않는다는 생각이 들었다. 미국과의 역학 관계 속에서 미숙한 검찰 정부가 국운에 치명적인 방향으로 나라를 몰고가는 것을 예리하게 지켜보고 있었다.

명성 법무부 장관에 대한 사냥감 다루기하는 듯한 거친 수사 방식, 청와대가 지방 선거에 개입할 목적으로 경찰을 시켜 야당 후보를 수사하도록 했다고 시비하며 청와대를 마구 압수수색하고 그 공소장에 대통령을 수십 번 언급하고, 유민주 이사장에 대한 비위 정보를 캐고, 청와대 등 여권 인사가 라임 사기 사건에 개입됐을 것이라는 근거 없는 추측을 가지고 수사방향을 비틀고 과도한 수사 집착을 보이고, 신임검사들 앞에서 자신이 봉직하는 정권이 민주주의 너울을 쓰고 독재와 전체주의를 한다는 등 공직자인 검찰총장으로서 어울리지 않는 거친 비난을 쏟아냈고, 두 명의 장관을 직권남용으로 구속기소하고, 산업 환경 에너지 정책인 원전 축소 정책을 수사대상으로 삼아 청와대를 겨냥해 수사압박을 하는 기괴한 모습 등 용건석이 보인 이해할 수 없는 일련의 행동들이 주마등처럼 스쳐갔다. 수사권을 가지고 자신이 봉직하고 있는 정부를 파탄내는 행동들은 외부에서 높은 우월감을 자극하지 않고 믿는 데가 없으면 도저히 하기 어려운 행동들이었다. 장하리의 머리는 무겁고 복잡해졌다.

'대통령이 된 현재 미국만 믿고 평화구축 외교를 걷어차고 마치 전시를 준비하는 것처럼 미국 일본과 손잡고 도발적이고 호전적 자세를 보이고 있다. 그래서 미국을 맹목적으로 형님 모시듯 하고 있다. 만일 미국이 검찰 정부만 보고 국민을 외면한다면 미국은 우리 국민의 수준을 크게 잘못 본 것이다. 불의의 외풍이 아무리 거세게 몰아쳐도 결연하게 다시 일으켜 세우는 끈질긴 국민성을 미국이 과소 평가하고 있다면 큰 실수를 하고 있는 것이다.' 눈을 감고 생각에 잠긴 장하리에게 한 세기 전의 악몽과도 같은 반도의 운명이 어른거렸다.

'20세기 초 한반도의 운명을 미국과 일본이 결정해버린 태프트 카쓰라 밀약[20]처럼 다시 21세기 대한민국의 운명을 우리 국민이 모르는 사이에 바이든 기시다가 결정하고 우리 대통령이 신나서 장단을 맞추기만 한다면 평화구축은 점점 더 멀어질 것이다. 장하리는 파탄난 평화외교의 과정도 더듬어 보았다.

전임 대통령이 2019년 유엔총회 참석차 미국 뉴욕에 있던 중이었다. 한 해 전인 2018년은 한반도의 평화에 대한 열망이 드높았던 다시 올 것 같지 않은 역사적 한 해였다. 4월 판문점 남북 정상회담에서 처음 종전선언 합의가 있었고, 6월에 싱가포르에서 북미회담이 전격 이뤄졌다. 9·19 평양선언과 유엔 연설에서 대통령은 '비핵화를 위한 과감한 조치를 하고 종전선언으로 이어가자'고 연달아 목소리를 높

---

20 — 1905년 7월 미 육군장관 태프트와 일본 외무대신 카쓰라 사이에 맺어진 비밀 협약으로 미국이 일본의 한반도에 대한 지배를 인정하는 것을 내용으로 함. 그리고 일본이 그해 11월 을사늑약으로 외교권을 뺏었음

이며 주도적으로 운전대를 잡았다. 그런데 2019년 초 하노이 북미회담이 '노딜'로 끝남으로써 매우 충격적이었고 실망도 컸다. 그 배후에는 네오콘의 반대가 작용했다. 그러나 대통령은 그해 6월 방한한 트럼프를 금하나 사이에 두고 남북이 대적하고 있는 현장으로 가게 해 김정은과 극적인 만남을 주선해 하노이 회담에서 사그라진 불씨를 살려내려 했다. 그리고 9월에도 유엔으로 날아가 국제무대에서 다시 호소했다.

대통령은 2021년 9월, 임기 5개월을 남겨두고 마지막으로 유엔총회에 참석해 대북 적대관계를 끝내고 평화체제로 이행하기 위한 종전선언을 하자고 다시 촉구했다. 그런데 유력한 야권 후보가 된 용건석은 '종전선언을 해버리면 예측불가능하게 된다'고 마지막으로 안간힘을 쓰고 있는 대통령을 향해 무례한 비판을 했다.

'미국이 북한을 세계 무대로 끌어올린 트럼프 방식에도, 한국의 평화구상에도 반대한 결과 오히려 앞으로 통제 불가능한 상황을 맞닥뜨릴 수 있다. 용건석 대통령의 냉전적 호전적 자세로 인해 머지않아 전시에 준하는 긴장 상태에 빠져들 수도 있다' 장하리의 머릿속에 불길한 생각이 꼬리를 물었다. 한반도에서의 우발적 충돌이 지구의 화약고인 동북아 지역의 안보 충돌로 이어지면 바로 강대국 간의 충돌로 비화될 수 있기 때문이다.

2023년 추석 연휴를 앞두고 용건석 대통령은 광화문에서 70, 80년대 군사국가로 되돌아간 듯이 대규모 군사 퍼레이드를 전개했다. 이 때문에 시내 교통을 통제해 연휴를 앞두고 분주한 시내가 온통 마비됐다. 문화 축제로 늘 볼거리가 많았던 광장에는 평화의 향기가 사라지고 화약 냄새가 진동하는 듯했다. 장하리의 불길한 생각이 근거 없는 괜한 걱정이 아니었다.

60

다시 푸른 하늘을

대통령이 되어서도 용건석이 챙기는 것은 지역 연고도, 학교 인연도 아니었다. 오직 '친분'이었다. 그가 수사검사 시절 수사팀을 짤 때 절대 비밀이 새나가지 않고 믿을 수 있는 내편만으로 구성원을 뽑았듯이 정치에서도 내편이 절대 중요했다. 내편과 정적을 확실하게 나눈 다음 정적에 대해서는 고소·고발을 매개로 올가미를 씌운다. 법망에 걸려들면 수사권과 기소권을 가진 검찰과 일사분란한 위계를 가진 경찰을 동원해 법적 처벌을 해버리면 그만이었다. 정적은 설득과 타협의 대상이 아니라 타도와 박멸의 대상일 뿐이었다. 그 결과 사람들에게 공포심을 불러일으키고 이의를 제기하지 않거나 침묵하는 사회가 된다.

또한 민주적 제도를 하나씩 무너뜨리고 있다. 창조적 파괴가 아니라 절멸로 가는 파괴를 진행하고 있다.

항일 독립의 역사를 지우고 동해 바다 이름을 일본해라고 함부로 바꾸어 불러도 묵인하고 잠수함 홍범도함을 지우고 육군사관학교에 세운 독립군 영웅들의 흉상을 철거하면서 '목적 없는 이념'을 주입하고 있다. 후쿠시마 핵폐수를 바다에 버리겠다는 일본을 위해 홍보영상을 만들어 홍보에 열을 올려 국제 환경 테러범죄에 가공하고 생태절멸을 그저 받아들이고 있다.

"열등감이나 낮은 자존감을 가진 사람이 환영적 우월감으로 다 아는 척하면서 내 뜻대로 하려고 하는 모습을 보입니다. 권력의 우월감으로 열등감이나 낮은 자존감을 보이려고 하지만 완전히 자신을 속일 수가 없습니다. 이런 사람이 권력을 쥐면 무한 도취되는 경향이 있어요. 매사 본인이 잘 안다고 생각하고 있지만 잘못 판단하고 잘못 결정했는데도 능력이 안 되기 때문에 잘못을 인정하지 못합니다. 그리고는 다른 걸로 덮어버리죠. 아랫사람들이 그런 대통령을 추종하고 맹종하면 나라가 위험에 빠지는 겁니다." 장하리가 내린 진단이었다.

"우리 사회의 정의가 땅속에 묻히지 않고 꽃 피울 수 있다는 데 대해 회의적이신가요?, 그래도 낙관하는가요?" 사회자가 물었다.

한참 침묵의 시간을 가진 뒤 그녀는 이렇게 말했다.

"낙관이냐 비관이냐 하는 것은 사치입니다. 말만 개혁한다고 했을 뿐 강고분투(強固奮鬪)의 자세를 잃었습니다. 이제 강고분투의 자세로 더욱 단단해져야 합니다." 고난과 시련을 이겨내며 흩어지지지 않고 뭉치고 싸우는 것이 개혁에 절실한 자세였다.

"시민 정신이 살아있으면 우리는 역사의 주인공이 될 수 있습니다. 역사는 한 분 한 분이 주인공이니까 주체의식이 살아있으면 그 나라의 역사는 궤도이탈을 했더라도 다시 올라오게 될 것입니다."

장하리는 그날 인터뷰를 이렇게 매듭지었다.

장관 사퇴의 진실을 인터뷰한 직후 최동석 박사는 유튜브 방송으로 "욕하는 사람만 있었지 자기를 알아주는 사람 거의 없었잖아!" 라고 했다. 그는 김수영 시인의 시로 따뜻한 위로를 보냈다. 장하리에게는 정말 큰 위로였다.

< 푸른 하늘을 >

푸른 하늘을 제압하는
노고지리가 자유로왔다고
부러워하던
어느 시인의 말은 수정되어야 한다.

자유를 위해서
비상하여 본 일이 있는
사람이면 알지
노고지리가
무엇을 보고
노래하는가를
어째서 자유에는
피의 냄새가 섞여 있는가를

혁명은

왜 고독한 것인가를

혁명은

왜 고독해야 하는 것인가를

저녁 밥을 먹고 있던 장하리의 남편은 유튜브 방송을 보다가 고개를 숙였다. 그는 흐르는 눈물을 감추고 있었다.

"나도 당신이 그런 일까지 겪은 줄은 몰랐네"하며 미안해 했다.

장하리는 대통령의 신년사가 있은 후 열흘이 지나 퇴임식을 가졌다. 퇴임 하루 전 회의실에서 노시락을 놓고 간부들과 마지막 오찬을 가졌다.

묵묵히 바람 잘 날 없었던 법무부를 관리하고 다른 기관과 조율하느라 애쓰며 조용히 맡은 일을 해 온 기획조정실장 심정욱은 더욱 말이 없었다. 검찰국장 심재환은 장하리 장관과 눈을 마주치는 순간 눈시울을 붉혔다. 차관 이용식은 이별의 상황을 받아들일 수 없다는 듯한 난감한 표정을 지었다.

"저희가 제대로 보좌를 못해서…"

"절대 아닙니다. 여러분은 최선을 다 해주셨습니다"장하리의 진심이 묻어 있었다. 각자 살겠다고 버리고 떠난 난파선을 지키며 마지막까지 남아 최선을 다 한 그들이 고마웠다. 잠시 숙연해졌다.

감찰담당관 은정희가 침묵을 깨려는 듯 물었다.

"장관님은 어려움에 부딪힐 때 어떻게 견디어 내세요?"

질문 속에는 가장 마음 고생이 심한 그녀 자신의 심경이 고스란히 느껴졌다.

"저는 그럴 때마다 원칙이 뭔지 헤아려 봅니다. 원칙에 입각해서 이해하고 결론을 내린 것은 당장은 상처를 받더라도 나중에 후회가 덜 되더라구요."

"네! 그렇게 명심하겠습니다." 은정희가 진지하게 수긍하니까 장하리의 답이 당부가 되고 말았다.

"어제 같은 일년이 지났습니다. 끝까지 저를 믿고 따라준 여러분께 감사드립니다. 그런데 여러분을 끝까지 지켜주지 못한 채 힘들게 해 놓고 헤어짐도 퍽 미안합니다…" 장하리도 끝까지 말을 잇지 못했다.

다음날 퇴임식에서 그녀는 이런 말을 남겼다.

"모든 개혁에는 응당 저항이 있을 수 있습니다. 그러나 영원한 개혁은 있어도 영원한 저항은 있을 수 없습니다. 즉 개혁은 어느 시대에나 계속되지만 저항은 그 시대와 함께 사라지기 마련입니다. 그것이 우리가 걸어온 변함없는 역사의 경로이며 민주주의 발전의 역사입니다."

잠시 회상에 잠겼던 장하리는 일어나 남편의 손을 잡았다. 각자 바쁘고 심각하고 아프고 고단한 길을 걸으며 늘 멀리서 응원하는 동지였으나 서로에게 내지 못했던 시간을 최근 같이 보낼 수 있었던 것은 참 다행한 일이라고 생각하니 감사한 것도 있었다.

장하리는 원래의 밝은 기운으로 되돌아와 싱긋 웃어보였다.

"밥 먹고 다시 힘을 냅시다. 밥심으로 버텨야지요! "

잠겼던 목도 다시 돌아왔다.

그녀는 살아있는 만큼 할 일도 끝이 없는 것이라고 대범하게 생각하기로 했다.

'그렇다! 조롱도 두렵지 않다. 고립도 두렵지 않다. 더디더라도 결국에는 무엇이 본질인가로 수렴되어 올 것이다.' 그날 밤 장하리는 오랜만에 깊은 잠을 잤다.

다음날 아침 일찍 잠을 깬 장하리는 베란다에서 은빛을 내며 반짝이는 한강을 바라보며 마음을 가다듬었다.

'개혁은 관용으로 건설되지 않는다. 개혁 저항이 관용과 통합으로 포장되더라도 꿰뚫어 보고 넘어가는 용기를 심자, 무너진 본질을 회복하는 개혁의 주춧돌을 다시 만들자. 이제부터 중요한 것은 목적 없는 통합이 아니라 사회를 제대로 바꾸려는 강력한 의지의 연대여야 한다.' 장하리의 내면에서 강한 반동의 에너지가 힘차게 올라왔다.

한여름 내내 햇볕을 받고 잘 자란 로즈마리가 한층 높아진 푸른 가을 하늘을 이고 바람에 하늘거리며 향기를 발산하고 있었다.

끝.

얼어붙은 겨레의 심장을 다시 뛰게 하다

상상조차 할 수 없었던 일들이 연속적으로 일어나면서 사람들은 감각조차 무디어지고 판단도 흐려져 간다. 민주적 선택의 결과는 상상 이상으로 참담했다. 민주적으로 앞서간 다른 나라에서도 민주적 선택의 결과 실수도 있었다. 그런데 시민 한 사람 한 사람이 자신의 일로 자각하고 함께 손잡고 실수를 용기 있게 극복하는 과정이 있느냐 없느냐에 따라 그 나라의 성패가 갈렸다. 그 과정을 훌륭하게 통과한 사회는 관용과 다양성을 존중하는 풍성한 민주주의로 한 걸음 더 나아갔으나 그렇지 못한 사회는 후진국으로 퇴장했다.

지도자가 되면 절대로 안 되는 사람 중 첫 번째는 거짓말하는 사람이라고 생각한다. 대통령의 거짓말은 역사의 퇴보와 국민의 비극을 초래한다. 그런 사례로 미국 린든 비 존슨 대통령의 베트남전 확전에 관련한 거짓말일 것이다. 존슨 대통령은 베트남 통킹만에서 미국의 구축함이 북베트남 해군으로부터 기습당했다는 이유로 전쟁 확대를 선포했다. 미 해군은 칠흑 같은 바다에서 경험 미숙한 병사가 어뢰 소리라고 착각한 보고를 받고 대대적인 발포 소동을 벌였다. 그러나 밝은 날 적이 공격한 흔적을 전혀 찾을 수 없었다. 그럼에도 기다렸 다는 듯이 존슨 대통령은 있지도 않은 통킹만 공습을 핑계 삼아 서둘 러 확전을 결정했다. 미국 안에서는 반공 매카시즘 광풍이 불었고 밖 에서는 미국과 중소 사이의 냉전의 대결이 팽팽했으므로 의회도 대 통령의 무력행사 권한를 승인했다. 존슨 대통령은 합리적 의문도 제 기하지 못하게 했고 진실한 양심의 소리도 막았다. 충성을 좋아하는 대통령의 코드에 잘 맞추는 맥나마라 국방부 장관에게 총리처럼 행 세하도록 국정에 관한 전권을 주었다. 맥나마라는 국방부를 마치 거 대한 사설 회사처럼 운용하며 정보운용의 기본수칙을 깡그리 무시하 면서 정보를 날조하고 짜깁기해 통킹만 습격에 대한 엄청난 거짓의 파일을 쌓았다.

존슨 대통령은 업적에서나 경력에서 전임 대통령 존 에프 케네디 에 대한 열등감에 시달렸다.

케네디 대통령은 쿠바 미사일 위기로 소련과 핵전쟁 위험까지 갔 으나 최후통첩으로 피 흘리지 않고 외교적 승리를 쟁취했다. 또한 존 슨 대통령은 하버드 대학교를 나온 명문가 출신의 케네디에 대한 콤 플렉스도 상당했다.

케네디와 존슨은 대선에서 서로 경쟁을 했으나 케네디가 대통령, 존슨이 부통령이 됐다. 케네디가 암살되고 난 후 존슨이 대통령직을 물려받았다. 존슨 대통령은 아시아 반공전선에서 케네디를 능가하는 업적을 내고 싶은 조바심이 있었다.

존슨 대통령이 월남전에서 이길 것이라고 호언장담하자 부통령 험프리가 참모 중 거의 유일하게 반대했다. 그는 '케네디가 개입한 베트남 전은 확전할 때가 아니라 출구 전략이 필요하다'고 했다. 그러자 존슨 대통령은 화를 내며 그를 안보회의에서 배제시키겠다고 했다. 그러나 그가 역사적 중대 결단을 민주적 토론을 거치지 않고 비밀리에 결정했다는 것이야말로 가장 큰 실책이었다. 그는 겁쟁이라는 평판을 두려워했고 차기 대선의 경쟁자로 부상한 케네디의 동생 로버트 케네디를 지나치게 의식했다. 그의 열등감은 근거 없는 우월감으로 대체되었고, 베트남 전 신속 확전 결정은 자신만이 할 수 있는 용기 있는 결단이라고 자기 자신도 속였다. 그러니까 존슨 대통령은 거짓말뿐만 아니라 열등감으로 먼저 성급하게 결정해버리고 남의 말을 듣지 않는 스타일이었다. 그런데 전임 대통령 케네디는 참모들의 의견을 하나도 놓치지 않고 경청하고 진지하게 답변했다. 다른 의견도 경청하고 자신의 의견을 수정하기도 했다. 케네디의 진정한 장점은 그가 민주적 토론을 거치는 열린 지도자라는 것이었다. 그것이야말로 거짓이 활개치는 것을 막고 실수와 실패를 예방하는 비법아닌 비법이었다.

결국 존슨 대통령은 국내정책에서는 위대한 사회 건설을 약속하고 좋은 정책을 냈음에도 불구하고 월남전 확전 결정으로 수많은 청년들을 전쟁터에 내보내 죽음으로 내몰고 국고를 소모시켜 경제를 어렵게 만든 실패가 압도했다. 북베트남이 기습했다는 존슨 대통령의 거짓말은 후임 닉슨 대통령 때 국방부 보고서가 폭로되면서 그 전모가 밝혀졌다.

그러나 늦었지만 진실의 힘은 미국을 전쟁의 늪에서 구해냈다. 아들을 전쟁터에 보낸 어머니의 마음을 움직였고, 오빠를 월남에 보낸 여동생의 마음을 움직였다. 어머니와 누이들과 여자친구들은 전쟁 종식과 반전 평화의 시위 대열의 맨 앞에 섰다. 특히 신문사를 문 닫을 각오로 대통령들의 거짓말 폭로 보도를 결단한 워싱턴 포스트 지의 사주 그레이엄 여사의 힘이 컸다. 그들은 남의 일이 아니라 자신들의 일이라고 깨달았다. 정치적 체면 때문에 무모한 전쟁을 결단한 사람들은 국내에서 편안한 삶을 누리고 있는데, 죄 없는 수많은 아들들이 전쟁터에서 애꿎게 목숨을 버리는 일을 막아야겠다고 분연히 일어났다.

존슨 대통령의 인간적 성격과 비민주적 국정 운용 스타일에서 우리와 많은 것들이 비교되고 시사된다. 대통령의 거짓말과 토론 기피와 비민주적 국정 운용, 그리고 특정인에 대한 집중된 권한 부여와 의존, 충성경쟁 등은 민주적 제도의 자율성과 투명성을 해친다는 점에서 현재의 우리가 겪고 있는 상황과 많이 닮아있다. 많은 중대한 국가적 결정이 내려져도 우리는 그 이유나 과정도, 그 영향에 대해서도 모르고 있는 것도 유사하다.

또한 심리적으로 이미 전쟁에 나서고 싶었던 존슨 대통령은 불가피한 거짓말로 여기고 국민을 속인 것에 대한 죄의식이 없었다. 그의 경우가 우리에게 시사하는 바가 의미심장하다. 바로 대한민국 대통령의 언어에서 나오는 심리적 전시체제 때문이다. 전쟁 예방이나 평화공존의 언어는 사라지고 전쟁 준비를 자주 언급하고 상대를 부정하기 때문이다. 긴장과 대립을 부추기면 작은 자극에도 충동을 느끼고 오판할 수 있는 것이다.

대중의 관심을 돌리고 권력 강화를 위해 전쟁을 선호한 지도자가 더러 있었다. 그런 지도자들은 거짓으로 국민을 속이고 거듭 속이는 일을 반복했다. 그러나 결국에는 역사도 국민도 그 지도자도 모두 불행하게 끝났다. 한반도에서 다 꺼져가던 냉전의 공기를 다시 팽창시키려는 세력을 보면서 개개인의 운명을 바꿀 불행한 결정이 느닷없이 우리에게 닥치는 일이 결코 일어나서는 안 된다는 절실한 생각이 자꾸 드는 까닭이다. 어느 사람이라도 그의 생명과 행복을 어리석은 정치가 망가뜨리도록 맡겨 둘 수는 없는 것이다.

지도자의 거짓은 사회의 영혼을 타락시킨다. 거짓과 불의가 힘을 얻을수록 불의에 충성하고 경쟁하며 거짓을 동원한 아부가 늘어간다. 그렇지 않은 사람들도 지친 나머지 차츰 불의에 무디어지게 된다. 그렇기에 이 이야기를 써내려가면서 감각의 무디어짐을 경계하고 지친 심성에 치유가 되기를 소망한다. 침묵을 벗어나 다시 역동적인 거리와 끼가 넘치는 광장을 되찾고 싶다.

탐욕과 의도가 깔린 거짓이 그물처럼 사람들의 판단을 방해하고 옭아매고 있다. 진실과 거짓은 어느 편이 아니다. 안타깝게도 진실과 거짓을 구분하려는 노력 대신 한쪽 편에 서서 자기편은 거짓도 무조건 감싸주고 상대편은 진실도 매도하면서 사회의 위험과 해악을 자꾸 키우고 있다.

그래서 거짓을 분간하기 위해 거짓을 알아야 한다고 생각했다. 거짓이 왜 어디서 어떻게 왔는지 알아야 한다. 거짓을 모르고 지나치면 진실도 알아보지 못하기 때문이다. 진실은 어떤 고난 속에서도 앞으로 나아가게 하는 힘을 주지만 거짓은 언제나 역사를 퇴행시켰다. 거짓으로 눈앞의 승리를 잠시 쟁취한 듯 보이지만 머지않아 진실이 안개처럼 날려버릴 것이다.

　권력의 절정에서 더 욕망을 채우려는 헛된 꿈을 꾸는 사람도 보인다. 그러나 진정한 역사의 영웅은 저 만주 벌판 극한에서도 희망의 절정을 품고 얼어붙은 겨레의 심장을 다시 뛰게 한 이육사 시인일 것이다.

　가장 절망스러울 때가 가장 희망의 절정에 이를 때라고 외치는 소리가 들린다.

2023년 11월 추미애